CONFUSÃO
O FOGO DA IRA

YANNA VASCONCELOS

CONFUSÃO
O FOGO DA IRA

TALENTOS
DA LITERATURA
BRASILEIRA

São Paulo, 2023

Confusão – O fogo da ira
Copyright © 2023 by Yanna Vasconcelos
Copyright © 2023 by Novo Século Editora Ltda.

EDITOR: Luiz Vasconcelos
GERENTE EDITORIAL: Letícia Teófilo
ASSISTENTES EDITORIAIS: Gabrielly Saraiva e Érica Borges Correa
PREPARAÇÃO: Marina Montrezol
DIAGRAMAÇÃO: Manoela Dourado
REVISÃO: Bruna Tinti
CAPA: Félix Nery

Texto de acordo com as normas do Novo Acordo Ortográfico da Língua Portuguesa (1990), em vigor desde 1º de janeiro de 2009.

Dados Internacionais de Catalogação na Publicação (CIP)
Angélica Ilacqua CRB-8/7057

Vasconcelos, Yanna
 Confusão : o fogo da ira / Yanna Vasconcelos. – Barueri, SP : Novo Século Editora, 2023.
 288 p. : il.

ISBN 978-65-5561-467-1

1. Ficção brasileira 2. Fantasia I. Título

23-0543   CDD B869.3

Índices para catálogo sistemático:
1. Ficção brasileira
2. Fantasia

TALENTOS
DA LITERATURA
BRASILEIRA

GRUPO NOVO SÉCULO
Alameda Araguaia, 2190 – Bloco A – 11º andar – Conjunto 1111
CEP 06455-000 – Alphaville Industrial, Barueri – SP – Brasil
Tel.: (11) 3699-7107 | E-mail: atendimento@gruponovoseculo.com.br
www.gruponovoseculo.com.br

Confusão, do latim *confusio*, significa mistura, desordem. "Pois onde há inveja e ambição egoísta, aí há confusão e toda espécie de males".

Tiago, 3:16

Para a primeira que ouviu minhas divagações sobre um mundo bizarro em 2012. Mãe, obrigada por me apoiar mesmo sem entender o que eu dizia.

Atenção!

Confusão – O fogo da ira contém os seguintes gatilhos (+18):

- Armas brancas e armas de fogo
- Automutilação
- *Bullying*
- Castração
- Consumo de álcool
- Drogas ilícitas
- Explosivos
- *Gaslighting* (manipulação)
- Ragatanga
- Saúde mental
- Tentativa de suicídio
- Torturas física e psicológica
- Violência sexual

Zero

Meus reflexos são rápidos. Agarro o pulso da mulher e a coloco em minha frente como um escudo. Cubro sua boca com a mão e aperto a ponta da tesoura em sua jugular.

– Não tente fazer nada ou isso aqui vai entrar na sua garganta com um único movimento – murmuro no momento em que ela tenta se livrar de mim. Raquel entra em transe ao ver a cena e nossos olhos se encontram. – Tranque a porta – ordeno.

"Controle suas emoções ou elas controlarão você. Caso isso ocorra, você nunca será verdadeiramente livre."

Yanna Vasconcelos

Sumário

O início de um fim trágico e patético de desconhecidos 13

1. Bem-vindos à escola de nada e à inutilidade de lugar nenhum 19
2. Por acaso eu te conheço? 23
3. Se eu sou louca, por que acredita nos meus delírios? 30
4. Se não sabe brincar, não desce para o *play* 35
5. Ouro é mais perigoso que uma arma 41
6. Um raio não atinge duas vezes o mesmo lugar 48
7. Os delírios são mais reais que a própria existência 54
8. Um sonho é bom 58
9. O primeiro passo é o mais difícil? 66
10. Uma morte, uma festa. Por que não comemorar? 73
11. Hormônios + álcool = pensamentos homicidas 88
12. Matemática faz mais sentido que um conto infantil 99
13. Seja meu prazer. Seja minha vítima. 104
14. Olhos tão profundos quanto o mar 109
15. Se o teu passado te condena, o meu me revela 117
16. Receba bem seus inimigos. Dê um tiro! 126
17. Não instigue a ira do fogo 146
18. Eu sou o escorpião e meu veneno é a destruição 159
19. ... Mas dois sonhos é demais 171
20. Domine meu corpo para que eu domine sua mente 190

21. Respeito aos mais velhos ou ao mais forte?...197

22. Vítima de uma condição ou somente uma assassina?............................ 208

23. Renata Gomes, aquela que renasce e sobrevive.. 226

24. É melhor viver com a mentira do que sofrer com a verdade? 237

25. As Cinco Realezas 247

26. O líder dos clãs: Naraíh.. 265

27. O sentido de uma profecia..275

O verdadeiro perigo se esconde no mais fiel dos sorrisos......................... 282

Agradecimentos 285

O início de um fim trágico e patético de desconhecidos

Ainda é madrugada, aproximadamente duas e cinquenta da manhã, quando Raquel abre as cortinas que cobrem a janela retangular, e isso produz um barulho estridente na barra de ferro. Estou sonolenta, bocejo alto e coço os olhos que estão melados, preguiçosos e cansados. Olho para ela com um certo desdém, reclamando em silêncio por estar cedo demais e eu odiar isso.

— Bom dia! — Raquel sorri para mim levemente quando estremeço os braços por causa da ventania forte que adentra o quarto e me deixa arrepiada. Franzo as sobrancelhas finas e me sento na cama sem fazer muito esforço.

— Oi, mãe. Bom dia. — Estico os braços para cima, realizando um breve alongamento, e Raquel me dá um olhar rápido. Estou vestindo apenas uma blusa de tecido fino e uma calcinha velha, porém confortável. Calcinhas de algodão são ótimas para dormir!

Raquel me faz sair de cima da cama e começa a arrumar a colcha ao mesmo tempo que me empurra para o banheiro, entrega uma escova de cabelos e franze os lábios. Acho que ela está um pouco impaciente. Na verdade, acho que a palavra certa seria ansiosa.

– Hoje é seu primeiro dia de aula, meu amor. Não está empolgada? – questiona mesmo sabendo qual será minha resposta. Reviro os olhos de forma dramática e penteio os cabelos loiros, prendendo-os em um nó no alto da cabeça. – Não demore, viu? Faltam, mais ou menos, uns quarenta quilômetros até chegarmos a Porto Alegre. E, por favor, seja rápida. Quero chegar antes do amanhecer.

Quando ela sai do banheiro, olho para meu reflexo no espelho. Olhar cansado, cheio de olheiras devido a noites mal dormidas, boca seca, clavícula um pouco evidente, mas um par de peitos de dar inveja. Já até pensei em fazer cirurgia para diminuí-los, mas, com o tempo, eu fui mudando de ideia. Hoje em dia, sou completamente apaixonada por eles e, de certo modo, acredito que fazem parte do meu charme.

Procuro uma base e meu pó compacto que está quase no fim dentro de uma minibolsa preta surrada, fazendo todo o procedimento de "aperfeiçoar" minha pele antes de sair do quarto. Não faço isso por vaidade, mas por pura necessidade, é claro.

– Vamos, Renata? – chama quando me aproximo do carro. – Está pronta? – Eu apenas concordo com a cabeça e entro no automóvel, colocando o cinto de segurança.

– Afinal, por que estamos indo embora de novo? – pergunto ao apoiar o cotovelo na porta do carro e colocar o punho fechado no queixo, completamente entediada.

– Eu já lhe expliquei diversas vezes. Eu passei em um concurso e, além disso, poderei conhecer o Fórum de Porto Alegre, o que para mim é uma coisa incrível.

– Acho que viajamos demais.

— Não se preocupe com isso. Não é como se você sempre se importasse com os locais em que moramos.
— Eu sei disso, mas tenho algumas dúvidas quanto à possibilidade de gostar de Porto Alegre.
— Hum... — Raquel pensa por um momento. — Ao menos, tente ser mais positiva desta vez. Veja o lado bom, meu amor: não foi necessário arrumar uma mala sequer.
— Sim! Percebi que praticamente viemos com a roupa do corpo. Estava assim tão desesperada para sair de onde estávamos? — pergunto, mas não obtenho uma resposta, então reviro os olhos mais uma vez e suspiro.
— Bem... — começa ao mudar de assunto. — Pode ser um recomeço.
— Que tipo de recomeço você quer dizer? — continuo olhando para a estrada escura, alheia aos seus comentários que não me afetam.
— Pense bem, Renata. Você pode fazer amigos, prestar um vestibular, finalmente, entrar em uma faculdade e...
— E?
— E não vai mais precisar fazer suas atividades.
— Não seja ridícula! — retruco de imediato ao olhar para ela com reprovação. Percebo que Raquel segura o volante com mais força e respira fundo.
— Foi apenas uma sugestão amigável. Estou dizendo para você tentar ser mais pacífica, pois sei que consegue fazer isso se realmente tiver interesse.

Não falo mais nada depois disso. Passamos o restante do caminho em total silêncio e o sono retorna lentamente, até que as luzes fortes da cidade brilham e eu desperto. Depois de alguns minutos atravessando avenidas, chegamos a uma casa duplex relativamente grande e de cor neutra.

Saímos do carro e eu olho para o portão branco. Estacionado de frente para ele está um carro preto, desligado. Semicerro os olhos e cruzo os braços quando Nicolas sai de dentro do veículo e caminha graciosamente até nós.

Quem é Nicolas? Ele é um jovem empresário no auge dos seus 26 anos que herdou uma empresa multibilionária do pai e, por isso, está sempre ausente. Conheci Nicolas há alguns anos e confesso que posso ser um pouco obcecada por ele. Não porque eu goste dele ou coisa parecida, apenas porque ele transa bem e, também, porque me ensinou tudo que eu sei.

Fico realmente admirada por vê-lo depois de tanto tempo, mas não deixo isso transparecer em meu rosto.

Ele, como um cavalheiro educado, beija as costas da minha mão e sorri educadamente.

– Então esse foi o motivo para virmos apenas com as roupas do corpo? Você foi o responsável pela casa e tudo que tem dentro dela? – pergunto ao cruzar os braços.

– Falando assim, parece que está desapontada. – Ele solta uma risada frouxa.

– Não estou. Estou apenas surpresa com sua cara de pau...

– Aprendi com a melhor – comenta e, ao dizer isso, consegue me fazer sorrir. – É bom vê-la sorrindo, Renata. Continua linda, se me permite dizer.

– Não seja idiota. Eu tenho espelho em casa.

– Não acha que a casa é um pouco grande demais para nós duas, Nicolas? – pergunta Raquel.

– Talvez. Sei que não gosta de casas grandes, Raquel, mas eu pensei mais no conforto da sua família e no fato de ela gostar de certas coisas mais peculiares, se é que me entende.

– Compreendo, sim. Agradeço sua ajuda. – Ela o abraça gentilmente e nós três entramos na residência.

Raquel logo se acomoda na cozinha e eu subo com Nicolas para conhecer meu quarto.

– Está empolgada para a aula? – Ele pergunta ao entrarmos.

– Não. Uma garota de quase vinte anos tendo que aturar adolescentes falando sobre provas, vestibular e camisinha... Isso parece empolgante para você? – Rio baixo e ajeito os meus cabelos loiros na frente do rosto, o que chama a atenção de Nicolas.

– Os anos passam e você continua escondendo o rosto.

– Não existe qualquer necessidade em mostrá-lo para pessoas desconhecidas. – Sorrio de lado e olho o guarda-roupa. – Você sabe, meu bem... Hoje em dia, sou mais controlada quanto ao meu comportamento graças a você, é claro. Mas não se esqueça de que, ainda assim, evito me misturar e socializo por pura necessidade.

– Devo crer que suas habilidades continuam intactas ou que você enfraqueceu? – Nicolas fala ao se aproximar do meu ouvido, por trás, e toca meu ombro com a mão. Eu seguro o pulso dele e giro seu braço rapidamente, fazendo com que caia de joelhos enquanto puxo o braço retorcido, e ele solta um breve gemido. Com a mão livre, bate três vezes no chão e eu o solto de forma abrupta.

– Não me teste, Nick. Você é gostoso, mas não pense que hesitarei em te matar se me provocar sem motivo.

– Eu sei. – Dito isso, ele se levanta e ajeita a roupa, muito bem engomada. – Se me der licença, senhorita, verei como sua mãe está se saindo na cozinha. Volto em breve.

Eu não digo nada, apenas deixo que ele parta e vou ao banheiro tomar um banho quente. Ao olhar para o espelho, sorrio.

– Não se preocupe, Renata. Essa confusão acaba de começar!

"Para que preocuparmo-nos com a morte?
A vida tem tantos problemas que temos de
resolver primeiro."

Confúcio

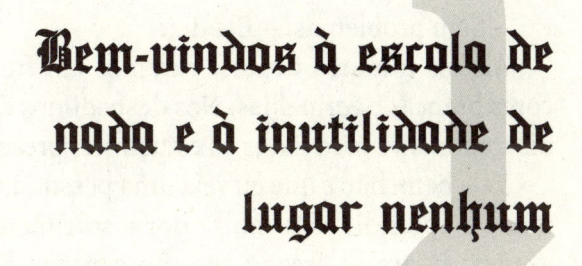

1
Bem-vindos à escola de nada e à inutilidade de lugar nenhum

28 de outubro de 2008.
Terça-feira.

Não demora muito para Raquel bater à porta e entrar no quarto, vendo-me parada de frente para o grande espelho. Ela se encosta na parede e cruza os braços enquanto passo a maquiagem na pele sem exagerar.

Viro o rosto para ela e dou um leve sorriso, mostrando o fardamento obrigatório do pré-universitário. Não me sinto confortável com essa vestimenta, mas, como tenho de usar, apenas sigo as regras impostas a mim até que seja preciso me livrar delas.

Ao chegarmos na frente do colégio, Raquel diz:

— Seja legal. Você está entrando no final do ano letivo e todos vão saber quem é você, então...

— Eu sou legal!

— Ah, um poço de simpatia...

— Vamos logo. Não vai pegar bem eu me atrasar no meu primeiro dia, não é? — Pego a mochila, que está em cima da cama, e ela me

acompanha para a saída. – A partir da próxima semana, irei sozinha para o colégio, se não for pedir muito.
— Sem problemas! – Ela diz.

Alguns minutos depois, paramos em frente ao prédio de cores brancas e vermelhas. Nos despedimos depressa e eu olho discretamente para todos os estudantes presentes no pátio.

Veja bem: não é que eu seja uma pessoa antissocial e chata, mas eu aprendi, com muita dor e sofrimento, que simpatia exagerada atrai pessoas que são capazes de qualquer coisa para fazê-lo querer morrer. Eu já estive nos dois lados da moeda e, sinceramente, prefiro o lado do caçador ao da caça.

O que quer que seja sentimento, é algo que não preciso ter de forma alguma. Durante toda a minha vida, sempre tive uma habilidade única: mentir. E, com essas mentiras, manipulei sentimentos inexistentes para conseguir o que queria com máscaras de simpatia e sorrisos doces. Porém, até o melhor dos enganadores pode ser tapeado.

O portão enferrujado está aberto e eu caminho calmamente pelo centro do corredor, de cabeça erguida, sem qualquer vergonha em andar tampando metade do meu rosto com meus cabelos longos e lisos.

Uma qualidade minha: eu sou perfeita!

Olho rapidamente para cima quando chego em frente à sala que me foi designada e vejo uma placa de alumínio presa a uma porta cinza com as palavras:

3º ANO C
23 ALUNOS

Vinte e três alunos.

Respiro fundo, ajeito os cabelos no local onde eles devem sempre estar e entro na sala sem me preocupar com nada nem ninguém. A princípio, meus caros colegas não prestam atenção em mim e, por isso, decido deixá-los de lado, sentando-me no fundo da sala. Não estou interessada em ninguém, muito menos em chamar atenção neste momento.

Percebo que há três garotas juntas, conversando, próximas à cadeira na qual eu pretendo me sentar. Levanto os lábios ao colocar a mochila no lugar e olho para cada uma com atenção. Duas parecem ser gêmeas. Ambas têm cabelos longos, pretos, uma franja de corte reto e pele clara. A diferença está apenas nos olhos: a da esquerda tem olhos extremamente verdes, intensos, frios e, de certo modo, calculistas; a da direita tem olhos azul-esverdeados, transmitindo ingenuidade e simpatia. A moça do meio tem um corte de cabelo rebelde, vermelho e estridente.

– Bom dia – digo ao me aproximar das três, chamando a atenção de cada uma.

– Oi! – diz a ruiva. – Você deve ser a novata, Renata, não é?! Soubemos que uma pessoa nova viria estudar conosco esta semana, mas não sabíamos o dia.

– Seja bem-vinda! – diz a moça de olhos azul-esverdeados. – Meu nome é Júlia, essa é Ana e essa aqui é Juliana, minha irmã.

– Obrigada por me receberem, meninas. Vocês se importam se eu me sentar com vocês? – pergunto, ainda com um sorriso falso no rosto. Olho para cada uma esperando uma aprovação, mas, quando encaro os olhos verdes de Juliana, sinto uma dor de cabeça me atingir e fico levemente tonta. Não deixo isso nítido e aumento o sorriso para ela, que ergue as sobrancelhas rapidamente e estica a mão para mim.

– Fique à vontade – responde Juliana, de forma cordial, quando aperto a palma da sua mão.

Essa mulher... A forma como ela me envolve com o olhar me faz sentir como uma presa prestes a ser engolida por uma fera e isso é algo que não vou permitir.

Aperto sua mão com um pouco mais de força e ela estreita os olhos, provavelmente me vendo como uma ameaça, do mesmo jeito que a vejo. Isso, para mim, é ótimo. As outras duas, entretanto, são como dois coelhinhos.

Olho para o restante da sala e percebo um rapaz loiro, de olhos castanho-escuros, escorado no quadro e de mãos dadas com uma moça que mexe no telefone, ignorando-o completamente. Ao perceber que ele me encara, aceno discretamente e volto minha atenção para as três meninas.

– Quem é o moço loiro lá na frente? – pergunto a elas.

– Acho que você não vai querer se meter com ele, moça – responde Júlia. – Ele é namorado da Laura, uma garotinha muito chatinha, patricinha, mimada e que tem tudo o que quer. Não me entenda mal. Ele, às vezes, até consegue ser gente boa, mas só quando não está com ela.

– Gente boa? – Ana fala com certa revolta. – Não me faça rir. Samuel é só mais um cara que se acha incrível e que, na primeira oportunidade, vai te comer e depois te largar como se você fosse um pedaço de lixo, um papel descartável. Ele não respeita ninguém, ele não sabe os próprios limites e, apesar de ser bonito, é convencido e arrogante.

– OK... – respondo e olho Juliana rapidamente para ver se ela comenta algo. Ela me olha, mas não diz nada. Estou prestes a fazer um comentário quando o professor entra e todos os alunos se sentam. Vez ou outra olho para Samuel, o loiro arrogante, que compartilha comigo o olhar de forma acusatória, como se eu tivesse acabado de cometer um crime terrível.

Acredito que Samuel não está interessado em mim, mas, sim, no que escondo.

Por acaso eu te conheço?

29 de outubro de 2008.
Quarta-feira.

O sol bate com força na minha cara e eu solto um palavrão alto, virando-me para o outro lado da cama e passando a mão no rosto. Abro os olhos e encaro o teto branco, sem qualquer mancha ou rachadura, e franzo a testa depois de um tempo, fazendo um pequeno biquinho triste e preguiçoso.

Merda.

Seria muito melhor ficar na cama, dormir até às dez da manhã e me entupir de chocolate – de preferência, amargo.

Um fato sobre mim: gosto de coisas amargas, como café sem açúcar e chocolate com o máximo de cacau possível.

– Bom dia, Renata. – Raquel entra no quarto sem bater, segurando um pote que mais se parece um tipo de vasilha com algum líquido dentro e repleto de... que diabos é isso?

– O que é isso? – pergunto em alto som ao ficar de pé e me alongar.

– Prove!

Faço uma careta bem feia e seguro a vasilha, aproximando-a do meu nariz para cheirar o conteúdo e ter certeza de que não vou morrer por beber algo horrível. Coloco um canudo metálico na boca e chupo o líquido, que mais parece água quente misturada com, sei lá, ervas? Eu não sei, é amargo. Gosto de coisas amargas, mas não quando vêm de algo que não conheço.

– Isso é ruim – respondo ao entregar de volta.

– Não seja fresca. Isso se chama chimarrão e é cultura. Se você se interessasse por outra coisa que não fosse chocolate, saberia. Agora, se apresse! Daqui a pouco sua aula começa.

Eu concordo rapidamente e me arrumo.

Quando chego até a sala, as gêmeas já estão no mesmo local de antes. Elas me olham e Júlia acena para mim, ao passo que Juliana continua com o braço apoiado na mesa.

– Oi, Renata! – Ela comenta e pisca seus olhos verdes.

– Oi. Bom dia. Cadê a Ana?

– Ela chegará daqui a pouco. Às vezes, ela chega tarde, sabe? Mas não se preocupe. – Júlia se senta ao meu lado e suspira.

Ana chega poucos minutos depois desse comentário e logo em seguida a aula começa. O início da aula é sempre às sete horas da manhã, com intervalo de trinta minutos às nove horas, seguindo de nove e meia até meio-dia sem pausa. Fazia muito tempo que eu não participava de algo assim; então, me acostumar com essa ideia está sendo difícil para minha capacidade mental.

Estamos no intervalo e, neste momento, estou com as meninas em uma fila de lanchonete extremamente barulhenta enquanto Ana faz drama sobre o que vai ou não comer.

Eu peço calmamente um café sem açúcar e sigo para a mesa redonda junto com as três. Presto atenção na forma como falam e percebo que é um pouco diferente do meu sotaque cearense. Acho isso agradável.

Estou rindo bastante com as três, ao mesmo tempo que Juliana e eu nos ignoramos, claro, quando, de repente, o café se torna ácido na minha língua e eu perco o equilíbrio, sentindo que vou desmaiar e cair da cadeira.

– Renata, meus pais aprovaram.
– Jura? – *pergunto, deixando um pequeno rastro de entusiasmo surgir no meu rosto.*
– Vou para a sua casa hoje.
– Hoje...?

Abro os olhos ao recobrar a consciência e percebo que Juliana me observa atentamente. Eu respiro fundo e sorrio para ela de forma doce, mas ela não retribui, apenas volta a conversar com as outras meninas.

Noto, então, um rapaz vindo em nossa direção. Seus olhos estão fixos em Juliana, mas, ao se sentar na mesa, não troca uma palavra com ela.

– Olá, lindas – ele diz animado ao cruzar os dedos na mesa. Ele é loiro, tem olhos azuis e um sorriso contagiante.

– Oi, amor. – Júlia o abraça com animação e Ana o cumprimenta com alegria. Juliana continua comendo seu salgado, ignorando a presença do outro mesmo ele estando sentado ao seu lado. – Como foi a viagem?

– Foi interessante. Conto mais detalhes no MSN, pode ser? – Ele pisca para a amiga e me olha. – E você deve ser a tal Renata, certo?

– Procurou minha ficha criminal?
– E se a resposta for sim?

– Só posso dizer "sinto muito", porque eu sou um amor que nunca perdeu o réu primário. – Todos rimos, com exceção de Juliana. Ela parece desconfortável ao lado do rapaz, que continua ignorando sua presença.

Ela então me encara com uma expressão que, se eu a conhecesse, diria que é raiva, mas pode ser mera indiferença ou a forma como ela olha todo mundo mesmo.

– Renata, gostaria de ir lá fora comigo? – pergunta ele.
– Por quê?
– Só dois minutos...

Faço "hum" e me levanto, deixando-os lá. Quando olho para Juliana, ela está encarando o rapaz e ele repete seu movimento. Os dois estão conectados, como se pudessem ler a mente um do outro, como se entendessem o que o outro pensa apenas com um simples olhar.

O loiro levanta e caminha comigo até o pátio.

– O que deseja? – pergunto ao me sentar na grama.
– Apenas tirá-la de perto de Juliana e conversar melhor com você. Você é bonita, simpática e não quero que arrume confusão com Juliana logo na primeira semana.
– Por que a preocupação? Não vejo Juliana como uma possível ameaça.
– Deveria.
– Obrigada, mas eu acho que posso me cuidar sozinha. Qual o seu nome?
– Diego Mendes. Eu sou seu colega de sala, aliás. Espero que possamos nos dar bem, Renata.
– Não fique tão nervoso. – Solto uma risada tímida e o olho com firmeza. – Eu não mordo.

Passo o dedo pelo seu queixo e sorrio de novo, deixando-o lá e voltando para a sala, pois o intervalo já ia acabar.

Diego me acompanha, mas não conversamos sobre nada durante todo o percurso, colocando uma distância de meio braço entre nós. Ele parece ser uma pessoa respeitadora até onde posso perceber e, se ele continuar não passando do limite, pode ser que eu não realize nenhuma das minhas atividades com ele.

Ao pensar nisso, sinto minha cabeça latejar. Uma onda de sons extremamente altos invade meus ouvidos e gritos desesperados me deixam tonta, fazendo com que eu perca o equilíbrio. Seguro-me na parede antes de pensar na possibilidade de cair no chão, mas Diego agarra meus braços com força e toca minha testa.

– Renata, você está suando. O que você tem? – Os gritos são tão altos que sequer consigo ouvi-lo direito. Apenas grunho e me solto dele o mais rápido possível.

Está acontecendo.

Sento-me na minha cadeira e respiro fundo, porque o enjoo é tanto que parece que vomitarei a qualquer momento. Tento manter minha respiração controlada quando uma mão toca meu ombro e me chama.

Depois de muito ignorar o chamado, decido olhar para cima e vejo Júlia me observando com um semblante preocupado. Eu sorrio para ela, mas minha visão fica turva no momento em que meus olhos castanhos encontram os olhos azul-esverdeados dela.

– *Júlia, espere!*

– *Não chegue perto de mim.* – *Ele a puxa pelo braço depois que ela diz isso.*

– *Por favor, me dê outra chance ou pelo menos me deixe explicar* – *suplica.*

– *Afaste-se de mim agora!* – *Ela o empurra. Novas lágrimas escorrem pelo seu rosto.*

– *Eu amo você.*

— *Não minta para mim.*
— *Você não entende...*

Fecho meus olhos depressa. A visão que tive do passado de Júlia me deixa com mais vontade de vomitar e, quando mordo o lábio para aguentar a sensação, sinto gosto de sangue na língua. Não é muito, mas o suficiente para me deixar incomodada.

As mudanças começaram a acontecer logo após eu completar 13 anos. Normalmente, eram apenas dores de cabeça e tonturas, mas, com os anos, a situação se agravou e os gritos e as súplicas das vítimas começaram a surgir na minha cabeça, assim como a capacidade de acessar memórias traumatizantes de qualquer pessoa que ousasse olhar diretamente para os meus olhos.

A última parte sempre foi um enigma e, graças a esse misterioso "dom", eu consigo acessar a mais profunda fraqueza de qualquer pessoa e isso pode servir para as minhas atividades.

Sem dizer uma só palavra a ela, saio da sala e vou em direção ao banheiro. Realmente não pensei que essa coisa sem nome definido aconteceria de novo e logo aqui, logo agora. Fui pega completamente desprevenida.

Assim que entro no box do banheiro, eu me agacho e despejo tudo o que está dentro do meu estômago, incluindo uma quantidade significativa de sangue. Minha cabeça não para de doer e percebo que o líquido vermelho também escorre pelo meu nariz.

Certifico-me de não sujar a blusa branca e dou a descarga, limpando o máximo que consigo, pois sangue é algo que chama atenção demais. Não quero causar uma má impressão agora ou criar algum tipo de fofoca, então deixo tudo em um estado razoável, vou até a pia e me lavo, tendo a certeza de que estou perfeitamente bem para retornar à sala de aula.

Ao me sentar em meu lugar, Júlia me encara com as sobrancelhas unidas, mas eu sorrio amigavelmente para ela. Está tudo bem.

Pelo menos, até o momento. Por enquanto, eu ficarei em silêncio, quieta no meu canto, sem dizer uma única palavra. Por enquanto, eu não farei absolutamente nada, apenas analisarei os acontecimentos atuais com cautela.

Eu lutarei contra esse desejo desesperador e excitante que preenche meu corpo como água.

Mas não por muito tempo.

Se eu sou louca, por que acredita nos meus delírios?

30 de outubro de 2008.
Quinta-feira.

    Estou há menos de uma semana nesse colégio e consegui conquistar a confiança de Ana. Sei disso porque hoje viemos juntas e ela não parou de tagarelar sobre a vida romântica que ela não tem enquanto eu fingia prestar atenção.

— ... e ele disse que eu estava linda e tentou passar a mão em mim. Tipo, quem tenta passar a mão em você no primeiro encontro? Alô-ô! E, meu Deus, foi tão idiota! Tudo bem, eu sei que sou linda, mas eu disse a ele "eu não sou vadia, OK?!" e... Renata? Renata!

— Oi? — Viro minha cabeça rapidamente para olhá-la.

— Você, por acaso, está me ouvindo? — Ela põe as mãos no quadril e ergue uma das suas sobrancelhas.

— Sim, eu estou, aliás... — E então eu paro de repente. Por alguma razão, aquela pessoa tira a minha concentração. Talvez seja minha curiosidade em saber mais sobre ele ou sobre o porquê da preocupação dele comigo sem nunca ter me visto antes... Ou talvez seja porque quero me divertir com ele... Ou ainda porque meus hormônios femininos estejam à flor da pele e nesse período eu me sinto como uma cadela no cio. É tudo questão de perspectiva.

Diego Mendes está sentado em um dos bancos do pátio lendo um livro e parece muito concentrado no que está fazendo.

– Ah! Vejo que o jovem ali lhe chamou a atenção... – Ana se joga em cima de mim e dá uma risada alta, claramente se divertindo com a situação.

– Como?! – Falo com falsa incredulidade e dou uma risada fingida com uma mistura de vergonha inexistente. – É claro que não.

– OK. Certo. Então vai negar que ele é maravilhoso? – pergunta com seu sotaque gaúcho não tão forte quanto o das gêmeas.

– Eu nunca disse que Diego não é bonito, mas ele também não faz o meu tipo.

– Desculpa, senhorita exigente. Mas, falando sério, não vá falar com ele – diz, apontando o dedo para mim. – É isso que ele está querendo. Conheço os truques desses meninos daqui da escola. Nenhum presta!

– Você fala assim como se eu fosse uma ingênua de 12 anos.

– É quase isso. – Ana ri baixo.

– Acho que está me confundindo com você, querida. Não sou eu que falo com estranhos na internet. – Dou de ombros e ajeito, de forma totalmente indiferente, os cabelos na frente do rosto.

Ana apenas gargalha do meu comentário, mas não retruca.

Em casa, fico deitada o dia inteiro olhando o teto e pensando em como desejo comer chocolate, e não me estressando com vestibular e drama adolescente. Eu deveria estar rica em Dubai, comendo meus chocolates e comprando armas de diversos tipos apenas para ter uma coleção admirável.

Além disso, as aulas daquela escola são chatas e cansativas. Terceiro ano é, definitivamente, uma merda, e eles só falam o quanto temos de estudar para entrar em uma faculdade, palavra que já perdeu todo o significado de tanto que falam. É conteúdo atrás de conteúdo, pouco tempo para descansar e, depois, mais conteúdo. Acho que eles não sabem que algumas pessoas não se interessam em ir para a faculdade tão cedo e, mesmo que queiram, a forma como nos pressionam me faz sentir na obrigação de cumprir essa "regra". Estou sendo louca por pensar sobre isso? Provavelmente.

Balanço a cabeça para os lados, rolo na cama algumas vezes e solto um bocejo alto. Em seguida, volto a encarar o nada.

– Eu devia estar estudando... – comento em voz baixa.

– Mas como estudar quando minha cabeça está cheia de coisa mais importante do que um monte de baboseira em um livro didático de, sei lá, Matemática?

Recordo o dia anterior, a complicação que foi vomitar naquele banheiro, e minha cabeça começa a doer apenas por pensar no ocorrido. Isso não deveria estar acontecendo, não agora e não aqui. Está acontecendo rápido demais e, por essa razão, eu me sinto cega, incapaz de ver as coisas na minha frente com clareza. Será que o Diego tem algo a ver com isso?

Delicadamente, deslizo os dedos pelo meu rosto e franzo as sobrancelhas. Acredito que precisarei começar minhas atividades em breve nesta cidadezinha, pois só assim conseguirei voltar a enxergar e a pensar direito. Entretanto, preciso pensar com calma para não estragar o jogo.

Para mim, tudo isso não passa de um jogo.

Cada cidade que cruzo é um tabuleiro, e cada pessoa que participa é um peão. Eu sou a dama no tabuleiro de damas nessa brincadeira que fica cada vez mais viciante, difícil e excitante de vencer. Todavia, não posso agir tão cedo. Preciso avaliar melhor o campo para começar minhas atividades e conseguir o que quero.

– Renata? – chama Raquel ao bater à porta.

– Diga. – Ela entra no quarto e sorri para mim.

– Como foi na escola? – Raquel se senta na cama, ao meu lado, e mexe em meus cabelos, que aparentemente estão emaranhados.

– Nada de surpreendente, na verdade. Fiz amizades, conquistei uma ou duas pessoas e aquela coisa aconteceu mais uma vez. – Falo com tranquilidade, despreocupada, vendo o sorriso de Raquel desaparecer aos poucos. – Eu sei o que vai dizer e eu prefiro que não o faça. Só gostaria que soubesse que esse problema continua presente e, desta vez, acontecendo mais rápido do que o normal. E eu, sinceramente, estou ficando sem paciência para remédios ou médicos.

– Minha filha, o que quer que eu faça? O que estava ao meu alcance, eu fiz. Peço que tenha calma e tente, pelo menos, controlar isso. Já que controlar as atividades parece ser algo impossível para você, controle ao menos esses impulsos.

– Não são impulsos.

– O que você quer que eu diga, Renata? Os médicos já deram o parecer deles, terapeutas já deram também. Até mesmo Nicolas, que não é da área, deu opinião a respeito. O que eu posso fazer?

Suspiro.

Raquel se levanta e sai do quarto, deixando-me sozinha com meus pensamentos mais uma vez. Raquel sempre tentou ser uma mãe compreensiva e sempre ficou ao meu lado, mesmo quando soube das minhas vontades. Ela sempre foi prudente, calma, responsável e sabia exatamente o que dizer quando os médicos iam me visitar na nossa casa. Não só isso, ela nunca demonstrou real desespero quando comecei a apresentar reação aos medicamentos controlados ou quando me mantive trancafiada no quarto por meses devido a um acontecimento relativamente traumático. Quando isso aconteceu, foram, em média, trinta médicos para me avaliar, para me diagnosticar. Além, é claro, dos psicólogos. Ela sempre se manteve firme, sempre aguentou o tranco.

Mesmo quando descobriu como meu cérebro realmente funciona, Raquel não se assustou, não me rejeitou e aceitou todas as consequências vindas da condição que os psiquiatras disseram que eu tenho. Logo, ela aceitou os riscos e decidiu sempre me proteger. Ela tem medo de que algo aconteça comigo por causa das minhas tentações, e eu acho que ela deve me amar, mas isso nunca foi empecilho para eu agir como ajo.

Contudo, Raquel, no começo, era um pouco resistente. Apesar de ser calma e jurar me proteger de tudo, ela teve um pouco de dificuldade para entender como eu realmente funciono quando os primeiros diagnósticos saíram.

Em 2006, uma terapeuta chamada Regina disse que eu estava querendo chamar atenção e que minha mãe deveria agir com mais rigidez. Raquel fez como ela aconselhou, e eu passei alguns dias internada. Infelizmente, em uma noite qualquer, apareceu no noticiário que a pobre Regina morreu de forma trágica. De acordo com os relatos, o carro derrapou de forma inexplicável e as ferragens entraram em seu corpo. As autoridades não sabem, até hoje, como seu corpo desapareceu.

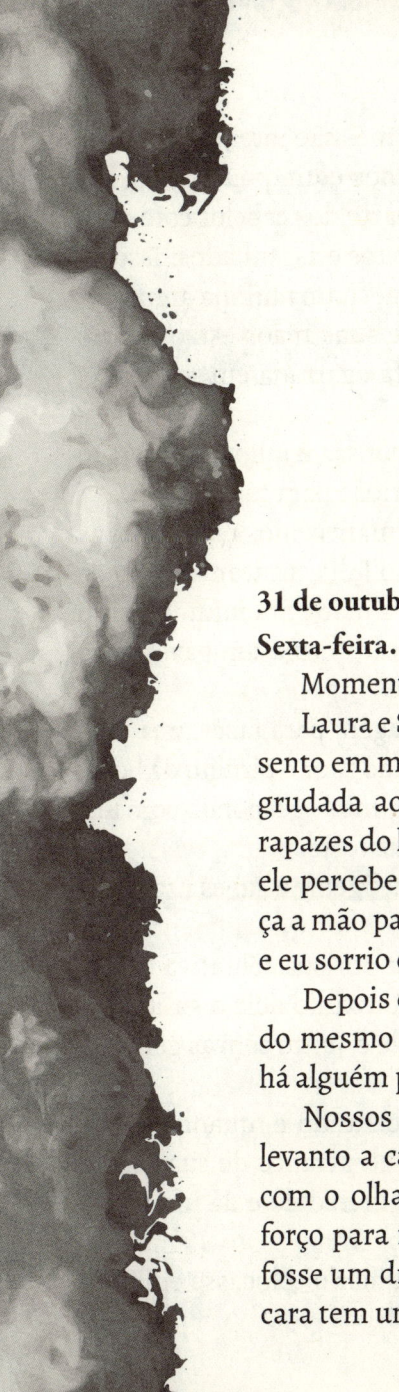

4. Se não sabe brincar, não desce para o *play*

31 de outubro de 2008.
Sexta-feira.

Momento fofoca!

Laura e Samuel não estão juntos quando me sento em meu lugar de sempre. Ela permanece grudada ao telefone, e ele conversa com uns rapazes do lado oposto ao que ela está. Quando ele percebe que eu estou observando-o, balança a mão para mim em forma de cumprimento e eu sorrio de maneira simpática.

Depois disso, as meninas vêm falar comigo do mesmo jeito que nos dias anteriores, mas há alguém presente e esse alguém não é Diego.

Nossos olhos se encontram quando eu levanto a cabeça para olhá-lo e ele me encara com o olhar baixo, sem sequer fazer um esforço para me cumprimentar. Se essa história fosse um drama adolescente, eu diria que esse cara tem um aspecto de *bad boy*.

Ele tem a cor dos olhos de Júlia, mas são intensos como os de Juliana. Seus cabelos são castanhos e um pouco lisos, batendo no ombro. Ele amarra uma parte dos cabelos com uma liga, deixando o restante dos fios soltos e assanhados. Isso dá um charme a ele que, de certa forma, chama minha atenção.

Em sua boca está um pirulito e suas mãos estão dentro do bolso da calça enquanto Ana está agarrada em seu braço, rindo bastante.

– Amiga, deixa eu te apresentar. Esse é Júlio. Ele é irmão mais velho das meninas e estava curioso para te conhecer.

Enquanto ela fala, Júlio e eu permanecemos nos encarando sem piscar ou sorrir. É necessário Júlia cutucar seu ombro para ele mudar de postura e erguer a mão para mim. Eu ergo as sobrancelhas e aperto sua mão de forma amigável, mas sem tirar meus olhos dos dele.

– Tu estás decorando minha imagem para fazer uma pintura e colocar no museu? – pergunta ao tirar o pirulito da boca.

– Eu poderia fazer a mesma pergunta – respondo com um sorriso irônico, imitando seu sotaque forte.

– Para uma loira, tu és muito inteligente e sabes usar bem as palavras.

– Eu deveria me sentir ofendida por sua tentativa de insulto? – Levanto da cadeira e me aproximo dele o suficiente para amedrontá-lo. Ana se afasta dele e, junto com as gêmeas, observam nossa conversa.

Júlio e eu continuamos nos encarando e, quando ele ia colocar o pirulito na boca de novo, eu arranco de sua mão e coloco na minha. Ele me olha meio incrédulo e dá um passo para trás.

– Quando permitiu que uma mulher o colocasse em uma gaiola, Júlio?

Todos nós olhamos para o lado, próximo à porta, e uma moça de cabelos tingidos e com lentes de contato azul-claríssimas caminha até a gente rindo. Júlia imediatamente a abraça, igualmente Ana, mas ela e Juliana sequer se olham. Já o irmão mais velho das gêmeas olha para a colega com total desdém e desinteresse.

– Ora, não me olhe desse jeito, gatinho. Só fiz um comentário inocente. Uma piada...

– Ha-ha-ha – Júlio fala ironicamente e eu solto uma risada curta, o que chama novamente a atenção dele. – Estás me achando engraçado?

– Eu não posso rir do que eu quiser? Até onde eu sei, nossa Constituição garante uma democracia e, caso não saiba, a liberdade de expressão.

– Pelo visto és realmente inteligente – comenta e eu reviro os olhos.

Eu olho para a moça que acabara de entrar na sala e percebo que ela não vai com a minha cara assim como Juliana, porém, ao contrário da morena, ela deixa isso bem perceptível.

– Está me encarando? – pergunta. Percebo que ela está me testando e provavelmente quer me colocar em problemas, então sorrio e decido ver até onde ela vai levar esse encontro amistoso.

– Não posso?

– Eu que deveria encará-la, já que cobre metade da cara com esse cabelo ressecado. – Ela ri alto e noto que isso chama a atenção dos demais alunos.

– Agora percebo com quem o seu namorado aprendeu a tentar ofender alguém. Vocês deveriam fazer umas aulas.

– Ele não é meu namorado e você está cometendo um erro sério em querer me provocar.

A moça dá um passo em minha direção e, neste momento, Juliana fica entre nós duas. Elas se encaram quando Juliana se pronuncia:

— Você deveria saber onde é seu lugar, Carla. Claramente não é aqui.

— Desde quando você virou defensora de gente como ela? Está tão boazinha.

Juliana não diz nada, então eu suspiro e decido sair da sala para tomar água, mas, ao passar por Carla, sinto um puxão de cabelo forte que me faz ser arrastada para trás. Ouço alguém brigar com Carla, mas me movo tão rápido que é quase impossível acompanhar o que acontece.

Quando meu corpo é puxado para trás, giro nos calcanhares, agarro o pulso de Carla e a puxo em minha direção. Ela solta meus cabelos e meu punho vai reto na fuça dela, o que faz com que ela perca imediatamente a consciência e caia no chão. Olho para ela e tiro o pirulito da boca, prestes a me apoiar em cima dela e socar aquela cara até que ela morra, mas parece que Júlio percebe minha intenção e segura meu braço.

— Venha comigo. — Júlio me arrasta para fora da sala, ignorando a colega estatelada no chão, rodeada de gente. Eu o acompanho sem pressa e me deparo com os olhos castanhos de Samuel na porta ao sairmos.

Do lado de fora da sala, Júlio olha para os lados e coloca um dos braços ao lado da minha cabeça, abaixando-se o suficiente para ficar da minha altura.

— Eu não sei qual o teu problema, mas a Carla é filha do dono deste colégio, então fazer esse tipo de coisa é pedir para ser expulsa. Entendeu?

— E eu com isso? Foi em legítima defesa, você viu.

— Pouco importa o que eu vi, guria. Quando Carla está aqui, faz-te de doida. Não é para aceitar as provocações dela e muito menos espancar a menina.

— Rapaz, você é um amor, mas eu não preciso de orientação. Se ela não sabe brincar, que não desça para o *play*, entendeu?

Afasto-me dele e vou para a sala de novo, ignorando completamente o pessoal que me encara como se eu fosse o pior tipo de monstro.

Finalmente a última aula. Carla foi retirada da sala e levada para a diretoria já faz algumas horas, mas não sei que fim ela levou. Continuei assistindo às aulas como se realmente tivesse algum interesse. O professor Dante, que tosse como um desgraçado, diz para abrirmos as apostilas na página 257.

Olho para o quadro e, do nada, tudo fica turvo.

— *Pare! Isso faz cócegas.*

— *Faz, é?* — *Ele continua o que está fazendo, causando mais risos exagerados na moça. Ela se contorce na cama e começa a chorar devido às risadas.* — *Não chore* — *diz, acariciando seus cabelos loiros e lisos.*

— *Culpa exclusivamente sua!* — *Ela grita animada, olhando no fundo de seus olhos.*

— *Não sou culpado.* — *Ele faz um bico e ela sorri, indo até ele e beijando seus lábios. O homem agarra seus quadris, pressionando-a, e rola com ela pela cama, ambos rindo e trocando carinhos.*

Porém, uma explosão balança a casa inteira e os dois se assustam. Ele olha em volta e se levanta depressa, vestindo uma calça o mais rápido que consegue.

— *Fique aqui* — *é o que ele diz. Ela tenta argumentar e puxa seu braço, mas ele se solta rapidamente.* — *Não se mova!* — *diz, desesperado, e segue correndo em direção à rua, deixando-a à sua espera.*

Ela corre até a janela para ver o que está acontecendo e o vê conversando com quatro pessoas estranhas.
Ele cai de joelhos e outra explosão balança o lugar. Ela está tensa demais, então empurra o vidro da janela fechada para que possa ver com precisão o que acontece.

— Mas o que está...? — *pergunta ao ver uma luz brilhante lá embaixo, cegando-a por um curto momento. Ela sente a janela rachar e partir, e então ela cai rumo à escuridão. Seu grito fino e abafado é a última coisa que ele escuta naquele momento.*

Minha garganta emite um grito alto e só aí percebo que estou na sala mais uma vez.

Minhas mãos suam demais e vejo que estão presas na cadeira, minha cabeça está erguida e meus olhos parecem que vão saltar das órbitas. Não consigo respirar direito, meu peito sobe e desce depressa.

— Perdão? Algum problema, senhorita? — Dante desgruda do quadro para me olhar. Eu estou com a respiração pesada demais para responder.

Toco minha testa. Suor escorre e desce pelas têmporas, então engulo em seco e tento me situar. Demoro um pouco para entender o que está acontecendo. Todos me encaram mal-humorados, afinal eu atrapalhei a aula e Dante ainda espera uma resposta válida para a sua pergunta. Depois de uns segundos piscando o olho confuso, com Samuel sorrindo para mim ironicamente, Júlia com testa franzida e Laura boquiaberta, consigo dizer:

— Não, nenhum problema.

Ouro é mais perigoso que uma arma

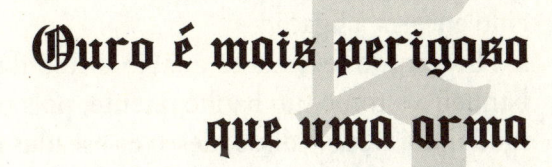

**Ainda no dia 31 de outubro de 2008.
Sexta-feira.
21h.**

 Deitada de barriga para cima, passo as mãos no rosto para, de alguma forma, conseguir pensar direito no que diabos aconteceu na aula. Eu estou acostumada a ver memórias traumáticas das pessoas, mas visões? Que porra é essa? E ainda de pessoas completamente desconhecidas, que eu nunca vi ou ouvi na minha vida. Isso é, no mínimo, perturbador.
 Meu telefone toca e me tira desses pensamentos que dão dor de cabeça, então reparo que tem o nome "desconhecido" na tela e isso desperta minha curiosidade. Quando atendo, uma voz masculina, grave e meio rouca fala do outro lado da linha.
 – Renata Gomes?
 – A própria.
 – Venha para a Praça do Japão amanhã, exatamente às oito horas – ele continua a dizer seu comunicado. – Te esperarei.

– Por qual razão gostaria de me ver?
– Há algo que é do seu interesse. – Dito isso, o desconhecido encerra a ligação.

Eu mordo levemente o lábio e saio da cama, vou para o banheiro e tomo um banho quente, pois o frio está me incomodando. Depois disso, desço as escadas e vou até a cozinha procurar qualquer coisa para comer. Encontro uma fruta na geladeira e não me dou ao trabalho de ligar a luz, pois a iluminação da geladeira é suficiente. Vejo que passaram apenas vinte e três minutos desde a ligação do homem, então balanço os ombros e volto para cima.

1 de novembro.
Sábado.

De novo, mais uma vez, novamente, o sol invade o quarto pela manhã e bate em meus olhos, me fazendo virar para o outro lado com um resmungo irritado. Isso é frustrante, porque eu me recordo de ter fechado as cortinas na noite anterior exatamente para não ter de passar por esse momento. De qualquer forma, ignoro isso e vou para o banheiro tomar outro banho. Depois do banho, percebo que já passam de sete e meia da manhã e me xingo, me lembrando de que tenho um encontro marcado na tal Praça do Japão. Saio sem comer nada e mal penteio os cabelos, apenas deixo um recado para Raquel dizendo que vou fazer um passeio para conhecer melhor a cidade.

A tal praça é bonita, com árvores que lembram uma típica cidade japonesa, com flores, um lago e uma placa em homenagem a Hiroshima e Nagasaki. Aproximo-me da pedra e observo o que está escrito na placa:

> *"Às vítimas de Hiroshima e Nagasaki,
> um monumento à paz e à compreensão entre
> todos os povos e as nações."*

Eu me sento em um banquinho e percebo a brisa fresca tocar minha pele, sentindo o cheiro do ambiente e sendo tomada por uma sensação extremamente leve.

– Seja bem-vinda, senhorita Renata Gomes. – Ouço a voz da ligação e abro os olhos sem pressa, observando um homem de pele escura, trajando um belo paletó elegante, vindo em minha direção.

– Quem é você? – pergunto, um tanto desconfiada. Ele não parece ser uma má pessoa, mas não posso simplesmente baixar a guarda assim.

– É um imenso prazer conhecê-la finalmente, senhorita Renata. – O homem faz uma leve reverência para mim e me olha com respeito e submissão. – Acredito que tenha dúvidas, de fato, e por isso gostaria de me apresentar. Eu sou Chayun, um mero mensageiro.

– Mensageiro?

– Estou aqui para lhe entregar algo importante, valioso e, se me permite dizer, perigoso também. Por esse motivo, para a sua segurança, peço que abra somente em sua residência, longe dos olhares mundanos que nos cercam.

Chayun tira uma caixa retangular de camurça de dentro do paletó e me entrega com cuidado. Eu olho para a caixa e, quando levanto a cabeça, o homem não está mais presente. Falo em voz alta que devo estar ficando louca e, pela primeira vez, a voz de Samuel é audível para mim.

– Sim, você está louca, está louquinha de pedra – ele comenta com um sorriso sarcástico e eu reviro os olhos.

– O que você está fazendo aqui?

— Bem, eu poderia fazer a mesma pergunta... Eu moro aqui perto e vez ou outra venho dar uma caminhada para espairecer a mente. E você?

— Vim ver você — digo com um sorriso doce, mudando de assunto para não ter de responder a perguntas insuportáveis. — Vamos lá... Eu sei que estava querendo me conhecer também.

— Isso realmente não é uma mentira. Mas, ao que parece, você já conheceu Diego, hein?

— Algum problema com isso?

— Só acho que não precisa perder tempo com esse tipo de gente quando tem coisa bem melhor bem na sua frente.

— E sua namorada? — Pergunto ao erguer uma sobrancelha.

— Laura? Ela não é minha namorada. Nós apenas fodíamos e fingíamos ser um casal por pura conveniência. Além disso, Carla transa muito melhor do que ela, apesar de ser umazinha que faz qualquer coisa para ter o que quer naquela escola de merda.

— Então suponho que agora você esteja com Carla.

— Se quiser participar, vamos adorar sua companhia. — Ele sorri e, quando vê que não retribuo, fica sério novamente. — Sabia que este lugar tem uma polêmica interessante?

— Não me diga...

— No início do ano, uma mulher foi encontrada morta a tiros e amarrada em seu carro aqui, nesta praça. O crime ficou sem solução e desde então a praça está basicamente abandonada. E sabe o que é mais interessante? — Ele continua, sem me esperar responder, aproximando-se cada vez mais de mim. — A mulher se chamava Renata.

— Eu deveria estar de luto?

— Você não acha esquisito que, após meses de um crime como esse, uma desconhecida de mesmo nome apareça na cidade como se tudo fossem rosas? — Ele fala com um sorriso bobo em seus lábios e eu tenho certeza de que esse idiota só está me dizendo essa baboseira para me provocar.

— O que está insinuando, Samuel? — Cerro os olhos e espero que ele continue.

— Estou querendo dizer que vou descobrir o verdadeiro motivo de você ter vindo para cá.

Eu relaxo os ombros e exibo um leve sorriso, dando alguns tapinhas em suas costas.

— Pode tentar, se quiser. Mas lembre-se de que, antes de conseguir descobrir, já estará cavando sua cova.

Assim que o portão da casa é aberto, Raquel corre pela cozinha para me receber com um sorriso no rosto.

— Como foi o seu passeio?

— Foi agradável. Conversei diplomaticamente com um colega de classe e ganhei um presente de um desconhecido.

— Um presente?

— Eu não sei o que é. Apenas prometi que iria abrir em casa, então veremos juntas.

Nos sentamos no sofá e eu abro a caixa para descobrir que ela contém um belo colar de ouro. O cordão está preso a um pingente em formato de um oito na horizontal, sendo rodeado por cinco tipos de pedras diferentes. Eu sei disso porque, quando era mais nova, tinha um hobby que era estudar cristais, pedras preciosas e seus significados. As pequenas pedras perfeitamente lapidadas brilham no pingente em tons roxo, azul, vermelho, verde e amarelo, correspondendo a ametista, quartzo-azul, jaspe-vermelho, aventurina e citrino, respectivamente. O que mais prende a atenção, entretanto, é o pequeno e solitário diamante que está no centro do pingente, no cruzamento em "X" do oito na horizontal.

Eu e Raquel nos olhamos boquiabertas, impressionadas com tamanha beleza e elegância que o colar emana. Ela não diz nada, apenas o segura e prende em meu pescoço.

– Renata, você deve proteger esse colar. – Dito isso, Raquel se levanta e vai para a cozinha.

Eu subo as escadas, entro no quarto e retiro os sapatos, me certificando de fechar as cortinas para que o ambiente fique escuro o bastante para eu conseguir dormir. Deito de bruços e abaixo as pálpebras ao mesmo tempo em que penso como vou descobrir o que significa esse colar e por que o recebi.

Clã Naya

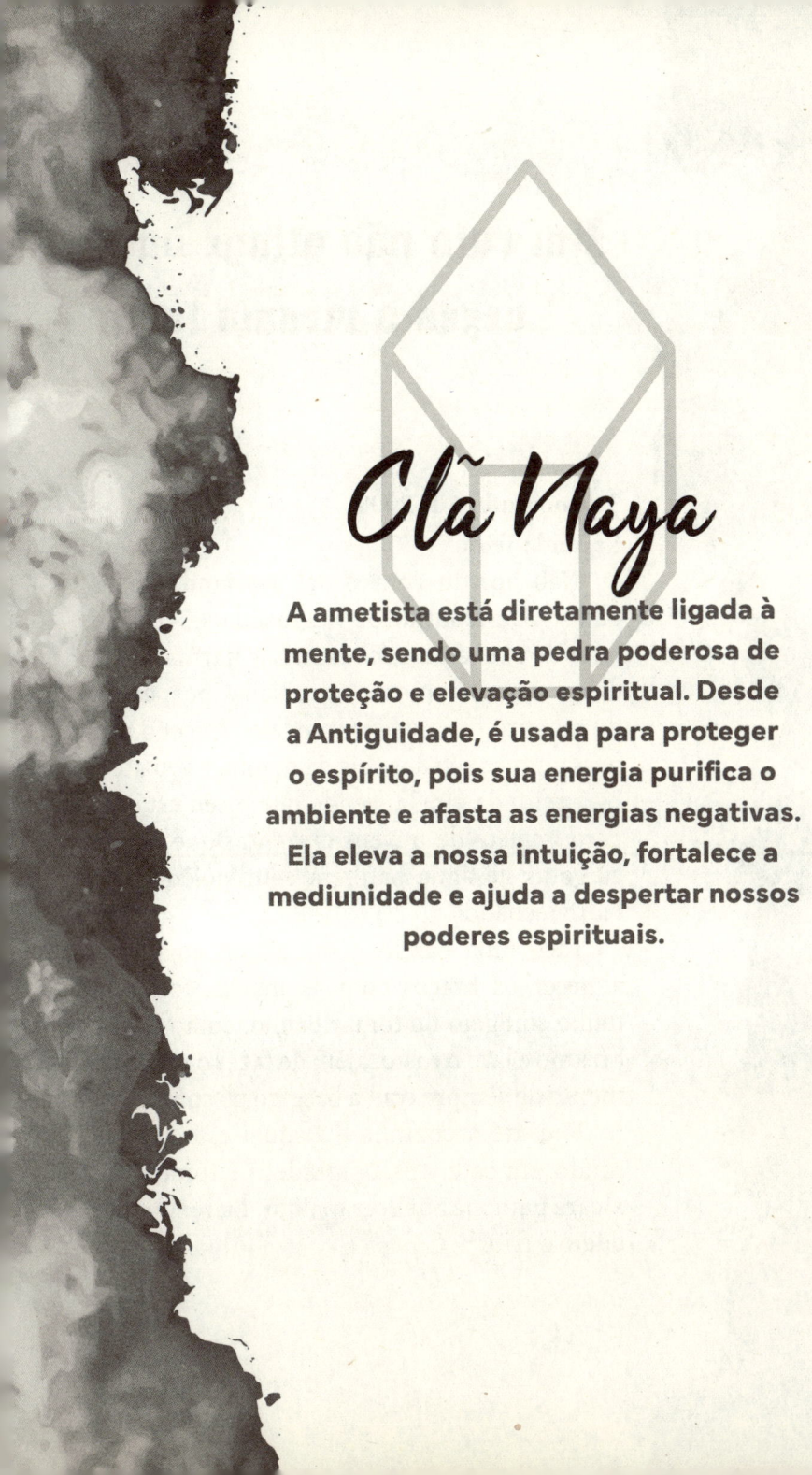

A ametista está diretamente ligada à mente, sendo uma pedra poderosa de proteção e elevação espiritual. Desde a Antiguidade, é usada para proteger o espírito, pois sua energia purifica o ambiente e afasta as energias negativas. Ela eleva a nossa intuição, fortalece a mediunidade e ajuda a despertar nossos poderes espirituais.

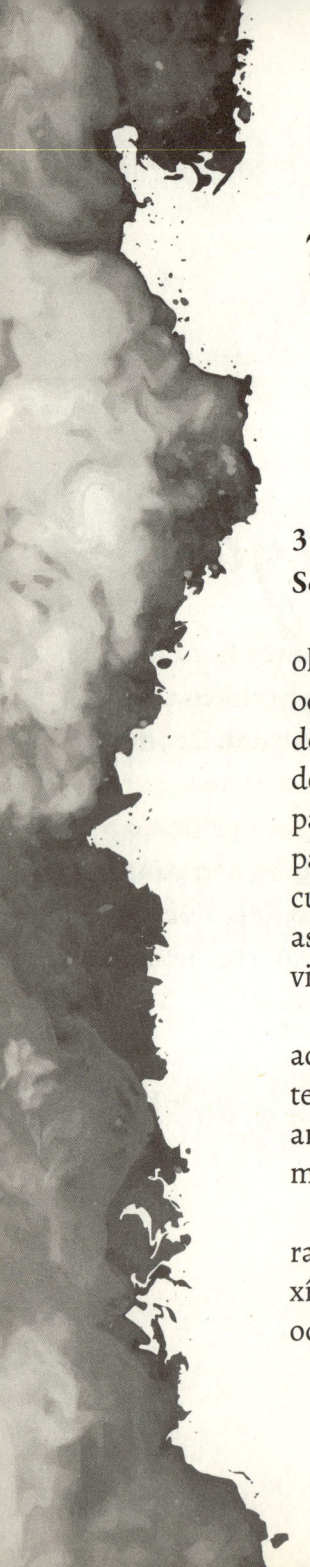

Um raio não atinge duas vezes o mesmo lugar

3 de novembro de 2008.
Segunda-feira.

Não acordo com o sol assolando meus olhos. Pelo contrário. Na realidade, o forte odor de chuva preenche minhas narinas e me deixa completamente arrepiada por causa do maldito frio que tanto odeio. Percebo que passa um pouco das seis da manhã e vou até o parapeito da janela, vendo que o céu está escuro, repleto de nuvens cinzentas que fazem as gotas de água baterem com violência no vidro fechado.

Faço uma careta e me afasto ao tentar aquecer os braços com as mãos. Hoje não tenho coragem de tomar banho, então só me arrumo e lavo o rosto, além de fazer o procedimento de sempre com a base e o pó compacto.

Vou até a cozinha e Raquel está preparando um café, então agradeço e tomo uma xícara para me aquecer melhor. Eu realmente odeio o frio.

– Por que acordou tão cedo hoje? – Ela pergunta ao esfriar o café, que está fumaçando, e ao reparar que já estou arrumada para o colégio. Eu a olho e noto que seus olhos estão cheios de olheiras, então me pergunto se existe algo que está tirando o sono dela.

– Só não estou conseguindo dormir bem esses dias. – Raquel não diz nada, apenas concorda com a cabeça, como se soubesse exatamente o que estou pensando. – De qualquer forma, já vou indo. Quero ir refletindo sobre algumas coisas que estão me incomodando ultimamente, então, se não se importa... vou sair agora.

– Mas ainda está chovendo.

– Não é como se não existisse guarda-chuva. – Deixo a cozinha e me preparo para sair ao abrir a porta da frente. As gotas batem com força contra o chão quando uma rajada de vento forte sopra meus cabelos para trás e derruba um dos vasos que está na mesa de centro.

Seguro a barra de metal do guarda-chuva, prestes a abri-lo para poder sair de casa. É então que Raquel grita meu nome, algo brilha intensamente e o restante é só um *flash*.

Uma luz branca e ofuscante atinge o chão com tanta força que me assusta, e a única coisa que consigo sentir é uma onda eletrizante atravessar todos os meus nervos em uma velocidade espantosa, fazendo-me estremecer por completo.

Por algum motivo, percebo que o colar brilha e penso na possibilidade de isso ter sido uma forma de proteção ou se é algo da minha cabeça. Meus braços cobrem o rosto no momento em que meu corpo fica dormente e a luz me cega. Então, uma força sobrenatural me joga para trás, lançando-me contra a parede. Vou de encontro ao chão com agressividade, sentindo extremas dores. Não consigo pensar direito, meu cérebro parece queimar e minha visão parece perder o foco.

Somente escuto Raquel gritar alguma coisa antes de simplesmente apagar.

Não sei bem como isso tudo pode ter acontecido e muito menos o que se passou comigo depois que eu caí, mas, quando consegui abrir os olhos de novo, a única coisa que senti foi dor. Dor em todo lugar, principalmente nas costas. Sou capaz de soltar um resmungo baixo e imediatamente percebo que Raquel corre de algum lugar e vem até mim. Estou muito fraca, minha cabeça dói e tem um zumbido insuportável no meu ouvido que me deixa tonta toda vez que tento me mexer. Raquel me chama desesperadamente, mas não sei de onde vem. Eu a procuro, olho para todos os lugares, mas até respirar me parece difícil.

Depois de algum tempo que não sei definir, posso me ouvir dizer:

– O que houve? – Falar me faz gemer com a dor e mordo o lábio para suportar.

– Meu amor, você quase foi atingida por um raio. Eu não sei como isso aconteceu, como você sobreviveu, mas... – Raquel começa a chorar e eu continuo tentando não morrer.

Devagar, muito devagar, eu consigo me sentar e enxergar alguma coisa. Ela me pergunta como estou me sentindo e eu apenas digo que estou bem. Com muito esforço, consigo me levantar do chão, mas as minhas pernas estão trêmulas. Não sei quanto tempo passou, mas a chuva já havia acabado.

– Quanto tempo passou? – pergunto, meio séria e ignorando as dores.

– Pouco tempo. Estou realmente surpresa por você estar conseguindo ficar de pé agora. Acho melhor descansar, não precisa ir para o colégio hoje.

– Não aja como se isso fosse o fim do mundo.

– Você não é super-humana, Renata. Precisa descansar.

– Irei para o colégio. E, se você não me deixar, irei sozinha. Como vai ser?

Não sei que ideia foi essa de vir para essa bomba de lugar em vez de ficar em casa dormindo ou comendo chocolate. Algo está errado comigo. Por que eu insisto em querer vir aqui? O que esse lugar tem? É o lugar ou são as pessoas que o frequentam?

De repente, a imagem daqueles olhos azul-esverdeados surge na minha cabeça e eu tento ignorar. Pergunto-me se o verei hoje, mas logo me esqueço desse pensamento por causa da moleza que sinto ao entrar na sala.

– Oi, bombom de mel. – Julia salta próximo a mim, sentando-se ao meu lado. Ela me olha com seus olhos meigos e grandes e me oferece *gloss* labial, mas eu recuso educadamente. – O que você tem, bombom de mel? Parece abatida.

– Você está carente? – pergunto. Ela me olha com dúvida e eu solto uma risada. – Esse "bombom de mel" é o cúmulo da carência.

– Eu sou uma pessoa amorosa, sua sem coração.

– Não se preocupe, estou apenas cansada – respondo a sua pergunta anterior colocando uma das mãos na cabeça. Júlia pega em minha testa e franze os lábios, dizendo que estou suando muito. – Não se preocupe – repito quase sem fôlego.

Quando levanto a cabeça, a primeira coisa em que reparo é nos olhos dele me analisando. Engulo o pouco da saliva acumulada na minha boca e respiro fundo enquanto ele caminha em minha direção e se aproxima.

– Tu estás bem, guria? Estás pálida – diz com um tom meio preocupado, a meu ver.

Eu apenas o olho sem dizer nada e ele se afasta, dando-me o espaço de que preciso no momento. Peço licença aos irmãos de olhos claros e saio da sala sem fazer alarde, tentando me manter em pé mesmo com a visão escurecendo vez ou outra.

Começo a perder o equilíbrio, esbarro em quem aparece na minha frente e a única coisa que quero é um lugar onde eu possa ficar sozinha e melhorar sem chamar a atenção de gente desnecessária. Tento respirar, mas parece que meus pulmões estão perfurados, minha mente está confusa, tudo está confuso. É como se... se alguém estivesse dentro da minha cabeça.

Minhas pernas perdem totalmente as forças quando esbarro em alguma pessoa. Minha cabeça está girando demais e meus olhos se recusam a ficar abertos. A pessoa segura meus braços e eu agarro sua camisa para conseguir me apoiar melhor.

– Ei, moça. Cuidado. – A voz dele é calma, serena. Tento abrir meus olhos, mas não consigo ver nada.

– Eu... desculpa, eu... eu não me sinto nada bem. – É o que consigo dizer antes de desmaiar.

Não sei quanto tempo passou nem onde estou.

Solto um gemido e coloco a mão em uma das têmporas. Percebo que ela está coberta com algo que parece gaze e lateja bastante. A luz que ilumina o local não ajuda com a dor e, quando abro meus olhos, sinto-me mais tonta ainda.

– Ei. Ei. Ei. Calma aí, mocinha – diz aquela voz. Eu viro em sua direção e vejo um rapaz de olhos claros e cabelos escuros, quase beirando um azul-marinho em vez de preto. Ele tem um sinal no canto da boca e é praticamente impossível não olhar para ela por causa desse sinal.

– O que aconteceu? – pergunto ao tentar me levantar. O rapaz me ajuda e se senta ao meu lado.

– Na verdade, eu não faço ideia. Você só esbarrou em mim e desmaiou. Aqui não tem enfermaria, então eu te trouxe para a diretoria. A gente cuidou da ferida na sua testa, que, por sinal, está bem feia.

Nesse momento, uma senhora entra no local e me analisa. Ela pede que o rapaz se afaste e ele obedece.

– Senhorita Renata... – começa. Não sei como ela sabe o meu nome, mas, também, não pergunto. – Você sabe o que aconteceu com você?

– Não. Mas, ao que me parece, um raio quase me atingiu.

A mulher me olha como se eu fosse maluca e até penso que vai dizer algo, mas ela se cala e apenas anota algo em uma espécie de prancheta, agenda, sei lá.

– Pode voltar para a sua sala agora.

Eu agradeço e saio da diretoria junto com o moço cujo nome desconheço.

– Então... Quem é você mesmo? Não lhe agradeci por ter me ajudado.

– Imagina! Meu nome é Ítalo. – Ele sorri para mim e nós paramos de andar. Eu o encaro com atenção, memorizando bem o seu rosto.

– Vou lhe dar um conselho, meu bem. Se contar para alguém, qualquer pessoa, pode ser um padre, sobre o que aconteceu hoje, você pode ter certeza de que eu mato você. E eu garanto: será deliciosamente doloroso. Mas... – Sorrio, mostrando os dentes, e me afasto dando tchauzinho – obrigada por me ajudar! Beijinho.

7
Os delírios são mais reais que a própria existência

Minha cabeça ainda está doendo depois que saio de perto de Ítalo e realmente não sei se foi uma ideia excepcional escolher voltar para a sala de aula sozinha, visto que posso apresentar consequências graves temporariamente.

Enquanto caminho devagar, seguro o colar na mão e olho o pingente por alguns instantes, colocando-o para dentro da camisa logo depois.

Os corredores estão silenciosos, não há qualquer alma viva passando por eles, o que é estranho. Mordo o polegar e apresso o passo com uma expressão cansada estampada na cara, bem farta de tudo isso. Eu não deveria ter vindo para cá hoje. É realmente uma coisa que está tirando meu juízo e eu só vejo uma explicação para isso.

Ao adentrar a sala, vejo os meus colegas parados, encarando a parede mais próxima do quadro com atenção. Parecem estar em transe, pois sequer notam minha presença, não falam e não piscam, apenas encaram a parede. Ao observar bem, não é a parede que eles olham, mas uma cena que acontece em frente a ela. Isso me deixa curiosa e eu entro no meio deles para ver o que está acontecendo; logo percebo que é uma briga e, assim como os outros, permaneço imóvel.

– Sua vagabunda! – grita Juliana ao penetrar seus olhos frios e verdes nos olhos falsificados de Carla. Ela solta um risinho debochado e Juliana não hesita em segurar seu pescoço com uma das mãos e a prender na parede com força, batendo suas costas no concreto. – Hum? Você está achando divertido rir dos meus pais, sua puta? Quero ver se rirá disso também!

– Recomponha-se, Juliana. – Júlio, seu irmão, toca em seu ombro.

– Cale-se! Você pode ser o que acha que é, mas continuo sendo a líder – rosna para o rapaz, que imediatamente tira a mão dela e recua.

– Mas que merda de líder você é. – Carla solta mais uma risada em meio a engasgos. – Uma garotinha patética que se esconde atrás daquela mulher depois de ter matado os próprios pais. Você é ridícula, uma criança. Nunca será uma líder de verdade.

– Quando eu estiver no topo, pode ter certeza de que sua cabeça estará em uma estaca enfeitando a frente do meu castelo – diz Juliana, com um ódio que é disparado por seus olhos frios ao mesmo tempo que seus dedos apertam com mais força a garganta da colega.

– É só questão de tempo... – Carla consegue dizer com dificuldade – é só questão de tempo até ele aparecer e destruir todos vocês. Inclusive a mulher que você tanto admira...

Isso irrita Juliana e, com um movimento rápido, ela gira a cabeça de Carla para trás, que faz barulho. Um estilhaçar de ossos é ouvido; seu corpo cai no chão e lá permanece. Juliana se afasta de todos e, sem olhar para ninguém, sai da sala.

Eu a acompanho e é quando noto algo incomum entre as janelas abertas.

"*Mate ou morra!*"

Olho com certa admiração o vermelho do sangue fresco escorrer pela parede e abro a boca, prendo a respiração e permito-me ficar extremamente paralisada, incapaz de falar ou me mover como quero.

Aproximo-me lentamente das letras vermelhas e minha mão treme quando a ergo e passo pelas palavras, sujando meus dedos de vermelho vibrante e intenso. O odor metálico invade minhas narinas e fecho os olhos quando aproximo a mão do nariz e respiro ainda mais o cheiro. Ah, que delícia!

Sim, aquilo é uma delícia, posso sentir o pulsar entre minhas pernas e minhas coxas tremerem ao sentir o cheiro maravilhoso do sangue me invadir. Aliso os dedos uns nos outros para espalhar o fluido na minha pele; como eu amo essa sensação. Preciso de mais! Preciso me banhar com a essência que move a vida, que faz o cérebro funcionar e o coração bater. Quero ouvir o pulsar daqueles que terão o privilégio de experimentar minha arte e isso me faz arfar, pois o pensamento de iniciar minhas atividades de novo me deixa com a calcinha molhada.

Chego mais perto das palavras escritas a sangue e estico o braço o máximo que consigo, mas, quanto mais eu estico, mais longe eu estou. Eu vou mais para a frente, desejando aquilo que me alucina por inteira. Estou obcecada, viciada e, por isso, não percebo que a brisa fria bate nos meus cabelos e os sopra para trás.

Estou caindo.

Estou em queda livre e consigo ver a luz do Sol invadir meus olhos, fazendo-me recuperar a consciência. Olho para cima e vejo que meu corpo está quase todo para fora da janela e meu braço é segurado por uma mão, que me puxa com força para cima e me faz entrar na sala de novo. Mordo o lábio e acabo cortando-o, quando sou posta para dentro do prédio de quase quinze metros de altura de novo.

Júlio me segura com as mãos trêmulas e os olhos arregalados, totalmente sem ar.

– Estás louca? – pergunta depois de me soltar e me analisar. Pisco os olhos e olho ao redor, verificando que a sala está vazia e a parede sem qualquer sinal de mancha. Tudo parece perfeitamente normal.

– O que houve?

– Eu que deveria perguntar isso, guria.

– Eu não entendo... – Franzo as sobrancelhas e olho para ele, confusa. Ele relaxa os ombros e respira fundo, segurando meus ombros com ambas as mãos e me examinando com os seus olhos claros.

– Eu não sei a razão para você ter tentado se jogar da janela, mas saiba que não é o certo. OK? Podemos dar um jeito nesse problema. Hoje tu não falaste com ninguém, ficaste sentada a manhã toda sem abrir a boca para nada, e, quando te vejo de novo, estás tentando cometer suicídio. Eu... eu não quero que faças isso.

Eu encaro seus olhos azul-esverdeados e tento assimilar o que ele disse. Se eu passei a manhã inteira na sala de aula e nada do que eu achei que vivenciei realmente aconteceu, o que explica o sangue nos meus dedos neste momento?

E, aliás, por que eu tentei me jogar da janela?

Um sonho é bom...

Um fato um tanto interessante sobre mim é: existe uma voz na minha cabeça. Essa voz sempre me irritou e minha vontade é de silenciá-la sempre, pois ela aparece toda vez que vou iniciar minhas atividades.
Respire!
Eu estou respirando, e estou respirando mais do que o suficiente para não desistir dessa farsa ridícula e sair matando todos esses alunos com as minhas próprias unhas. A única coisa de que preciso agora é sair deste ambiente, me acalmar e agir da maneira correta. A escola tem uma regra clara sobre não permitir que estudantes saiam sem autorização ou motivo relativamente plausível e, mesmo tendo 19 anos, ainda preciso seguir as normas deste local.

Passo pelos corredores roendo as unhas, observando cuidadosamente os estudantes que passeiam e conversam entre si, até que uma ideia genial surge e eu penso em como colocá-la em prática para conseguir sair daqui sem chamar atenção.

Vejo o extintor de incêndio ao lado do alarme de emergência; isso vai ser bem barulhento, mas facilitará meu desejo de andar pelas ruas de Porto Alegre sem ter de dar satisfação a alguém.

Sem pressa, desço as escadas e vou até o refeitório. Compro um pacote de salgadinho, o mais salgado possível, e me encosto em uma coluna enquanto como, pacientemente. Olho para as horas no meu bolso e vejo que tenho o tempo a meu favor.

Depois de esvaziar o saco, olho seu interior para verificar a quantidade de sal que sobrou e melo os dedos com ele, enfiando no olho que meus cabelos não cobrem. Enquanto o olho arde para um caralho, mordo discretamente o braço para distanciar a dor e respiro fundo.

Com dificuldade e com o olho quase fechado, ando até a cozinha do refeitório um pouco depressa e invado a área dos funcionários. Minha visão está um pouco borrada e é difícil abrir os olhos, mas, assim que a cozinheira me vê, ela se assusta com a condição do meu olho.

– O que aconteceu com você? – pergunta, preocupada com o meu estado.

– Por favor, me ajude! Eu me machuquei e preciso de água ou qualquer coisa que possa aliviar. Eu não conheço ninguém, não sei como melhorar, e está doendo muito. Por favor, por favor! – Falo com certo desespero na voz, quase exagerado.

A mulher concorda e se afasta para buscar o que for necessário para ajudar uma aluna em "perigo". Antes que ela volte, eu vasculho o local e acho o que estava procurando em cima de um dos balcões. Após pegar e guardar na parte de trás da calça e esconder com a blusa, saio da cozinha o mais rápido possível.

Pisco algumas vezes para que meu olho pare de arder e, enquanto faço isso, subo para o segundo andar e procuro pelo botão redondo e vermelho, que é protegido por uma caixinha de vidro quadrada. O nome "ALARME" está pintado de amarelo e, com o martelinho, quebro o vidro e aperto o botão, fazendo soar um barulho insuportavelmente alto.

Por um momento, os estudantes param e pensam no que pode ser, mas não demora muito para todos começarem a correr de um lado para o outro sem ter ideia do que está acontecendo. Eu apenas aproveito o tumulto e consigo escutar as batidas do meu coração acelerarem à medida que a excitação nasce entre minhas coxas. Quando finalmente consigo sair do prédio, solto uma risada divertida e passo a mão no olho para remover o marejado que está se formando. Procuro uma farmácia próxima e, com o dinheiro que tenho no bolso, compro os materiais necessários para minha primeira missão. Graças ao clima, a farmácia está vendendo luvas de frio, e as pego juntamente com um pacote de camisinhas. A moça do caixa me olha com desconfiança, como se uma moça comprar preservativo fosse o maior ato de escândalo do nosso século.

Depois de comprar esses materiais, entro em uma loja qualquer e compro uma blusinha simples, que guardo em uma sacolinha. O formigamento preenche meu corpo e sorrio ao sair do local, procurando por minha matéria-prima para realizar a minha primeira atividade.

Quando avisto um jovem, bem jovem mesmo, passando por perto com fones de ouvido, não hesito em me aproximar. Eu toco seu braço delicadamente, demonstrando vergonha, e ele para de andar para me dar atenção. Ele me olha atentamente depois de remover os fones e me espera falar.

– Desculpe aparecer do nada, mas é que eu sou nova aqui e acho que estou perdida. – Formo um sorriso tímido, quase ingênuo, e isso parece conquistar o rapaz.

– Para onde quer ir?

– Eu não sei o nome do lugar, eu me esqueci. Gostaria de saber se você pode me acompanhar. Tenho medo de andar sozinha em uma cidade que não conheço e, como está muito frio, andar acompanhada pode me aquecer melhor. – Ele solta uma risada nervosa ao ouvir isso e guarda os fones no bolso.
– Eu acompanho você. Posso ser seu guia. Explico as ruas para que você possa se situar e talvez assim se lembre do lugar ao qual precisa ir. Pode ser?
– Eu adoraria. – De forma exagerada, abraço seu braço e o rapaz se surpreende com o afeto repentino. Acho que as pessoas aqui não estão muito acostumadas com isso ou talvez ele seja um *nerd* estranho que não teve contato com nenhuma mulher na vida.

Conversamos algumas coisas inúteis enquanto caminhávamos, como o fato de ele ter feito 16 anos há três dias, se chamar Rafael e ter um gato chamado Robert. Percebo que Rafael vez ou outra olha para os meus peitos e isso realmente me entretém. Mesmo com a blusa do colégio, eles chamam atenção e isso é ótimo para excitar um jovem com os hormônios à flor da pele.
– Você está sentindo muito frio, Mariana?
– Ah, você percebeu – digo ao mostrar as luvas em minhas mãos. – Eu vim de um lugar quente, então qualquer frieza já me deixa doente. Preciso me cuidar para não pegar um resfriado, espero que não ache isso estranho.

Nós entramos em um beco que fica entre dois prédios e começo a andar mais devagar. Digo minhas próximas palavras com cuidado, com doçura e me aproximando mais do rapaz. Ele não estranha e espera que eu fale.
– Então, Rafael... você é solteiro? – Ele apenas responde que sim e nós paramos no meio do beco, no local exato em que se forma uma grande sombra. – Você me acha bonita?

Ele solta uma risada nervosa e me olha com atenção, intercalando a direção entre meus peitos e minha boca. Ele pergunta o motivo para eu fazer tal pergunta, e eu apenas dou de ombros, aproximando-me mais dele e dizendo que é apenas uma curiosidade feminina. Rafael diz que sou muito bonita e olha novamente para minha boca, então sorrio e coloco as mãos em sua nuca devagar, puxando seu pescoço para baixo, quando falo:

– Então me diga uma razão para não me beijar agora...

Não dizemos mais nada. No passo seguinte, eu e Rafael estamos trocando saliva e sua mão envolve minha cintura, mas tenho cuidado para que ele não encoste no que escondo nas costas. Rafael, com gentileza, apoia-me na parede e me prende, beijando-me com mais agressividade. Eu agarro sua nuca para prendê-lo e ele puxa meus cabelos levemente ao soltar um curto gemido.

O jovem pressiona mais o seu corpo no meu, quase espremendo meus peitos. Enquanto o distraio com beijos quentes e carícias, retiro a faca de dentro da calça e seguro o cabo com firmeza atrás de Rafael, de modo que ele não percebe o que estou prestes a fazer. Sua mão aperta minha bunda e eu arfo, mostrando o pacote de camisinha que trouxe comigo. Ele respira com dificuldade, claramente excitado e ansioso para meter em mim naquele beco escuro.

Rafael me beija mais uma vez e eu mantenho meus olhos bem abertos quando cravo a faca na região em que fica sua jugular. O garoto grunhe e me solta, dando passos para trás ao perceber que uma arma foi embutida em seu corpo. Ele tenta falar, mas o sangue jorra como uma mangueira de pressão e isso faz com que ele perca a consciência.

Com calma, vou até minha primeira vítima e observo a quantidade de sangue que sai do seu pescoço. Suas mãos alcançam a área e a pressionam ao mesmo tempo que ele tem leves espasmos. Seus olhos giram e isso me excita, pois o sangue continua a sujar sua roupa juntamente com o chão, então seguro seus cabelos ondulados e o puxo para mim.

    Sem qualquer piedade, dou um chute na lateral de sua barriga. Ele tenta se recuperar, mas isso só faz mais sangue jorrar da sua garganta. Rafael estica uma das mãos para cima e tenta me pegar com os dedos trêmulos, quase sem forças, mas faço um "tsc, tsc, tsc" e me sento um pouco abaixo da sua barriga dolorida, segurando o cabo da faca com as duas mãos. Deixo passar alguns poucos segundos, observando seu belo rosto contorcido e amedrontado, e então afundo todo o comprimento da faca em seu peito, retirando e inserindo repetidas vezes, vendo-o se contorcer, jogar a cabeça para os lados, como uma forma de súplica, e então perder a vida.

    Estou sorrindo, gozando, me deliciando com essa sensação maravilhosa que é ter aquele fluido quente tocando minha pele de novo e escorrendo sem pressa até o chão. Encontro seus olhos vazios antes de me levantar.

    Vejo que a poça de sangue já está espessa no chão quando desvio dela e ando para o outro lado do beco, deixando o cadáver exposto. No caminho, retiro as luvas sujas e a blusa do fardamento repleta de manchas vermelhas. Com elas, aproveito para limpar meus braços e rosto, que também possuem pingos e alguns vestígios de sangue. Passo-as também pela lâmina da faca antes de jogá-la em um lixeiro qualquer e não olho para trás quando visto a blusa nova, guardo a anterior na sacola junto com as luvas e arrumo os cabelos para seguir meu rumo.

    Retorno para o colégio apenas para pegar meu material, que deixei na sala, e me despeço das meninas, que ficam curiosas com o meu sumiço. Pego um táxi e, em silêncio, vou para casa. Ao chegar, Raquel está na sala, sentada no sofá, lendo um livro e grifando alguma coisa que ela considera importante.

– Cheguei.

– É cedo – comenta, sem tirar sua atenção do livro. – Aconteceu algo excepcional hoje para ter voltado agora? O almoço nem está pronto ainda.

– Estou sentindo cheiro de doce – digo ao olhar para ela, que ergue a cabeça, franzindo a testa assim que repara que estou sem a blusa do fardamento.

– O que aconteceu com sua roupa?

– Que doce está preparando? – questiono ao ignorar sua pergunta. Ela fecha o livro e se levanta, olhando para mim com um pingo de desconfiança.

– Cuca. É um doce típico daqui, achei que pudesse gostar. Agora pare de fugir e responda ao que perguntei.

– A blusa está dentro da mochila, está suja. Vou lavá-la e estará nova de novo.

– Suja? O que andou fazendo? Suja de quê?

– Sangue – respondo e coloco a bolsa no chão, esticando as costas e suspirando. Percebo que Raquel fica sem palavras e eu a encaro. Ao fazer isso, seus olhos se enchem de lágrimas, pois ela entende o que acabou de acontecer.

– Pensei que seria diferente aqui, minha filha.

– Eu nunca prometi parar com isso...

– Eu sei... – ela se senta novamente e coloca a mão na testa. – Mas isso não quer dizer que eu aprove.

– Eu também nunca pedi sua permissão.

Ela engole em seco, levanta e vai para a cozinha. Ela sabe que não me emociono ao vê-la chorar e que não adianta reclamar ou brigar, meu comportamento será sempre o mesmo.

Eu não sinto absolutamente nada, para ser sincera. Não tenho arrependimentos, remorso, dor ou culpa.

– Se me der licença, eu irei para o meu quarto – anuncio para ela, que ignora. Suspiro e vou até onde ela está. – Sabe me dizer se um raio quase me atingiu hoje?

Só então ela me olha, com descrença. Raquel franze os lábios, chateada, e desvia o olhar.

– Não, nenhum raio quase lhe atingiu hoje. Você acordou cedo, fui lhe deixar e dei carona para Ana – responde. Reproduzo um "hum" e saio, subindo as escadas e me deitando de uma vez na cama.

Estou cansada, mas aliviada por ter voltado com minhas atividades. O prazer e toda a euforia que senti um tempo atrás começam a desaparecer quando sinto o colar esquentar em minha pele, irritando meu tórax. Chio e o removo, sentindo-o quente. Coloco-o em cima da cômoda e massageio a área que está dolorida e avermelhada.

Amarro os cabelos em um nó, bocejo e fecho os olhos, relaxando.

Cuidado!

A voz na minha cabeça soa como um aviso, e eu a ignoro completamente, fingindo que não existe. Exatamente o que faço desde que começou a aparecer. Não demora para que eu caia no mais profundo sono e, consequentemente, tenha um sonho.

Nele, uma mulher jovem está agachada em um campo repleto de névoa, colhendo algumas flores e pondo em uma cesta pequena. Ela está com um belo vestido longo e tem cabelos longos e loiros, como os meus. Canta baixinho algo que parece uma canção de ninar, e eu a observo em silêncio. Quando se vira e me vê, a cesta cai de sua mão e ela não se abaixa para pegar. Seu rosto é delicado, mas noto um olhar triste quando me encara. Ela abre a boca, mas volta a fechar, recusando-se a falar. Ao invés de dizer algo, ela apenas põe as mãos na barriga e só então percebo que está a pouco tempo de ter um bebê.

Quando acordo, estou sem ar.

O primeiro passo é o mais difícil?

Não sei quanto tempo se passou desde que adormeci, mas pisco os olhos rapidamente para despertar e pego o smartphone para ver a hora. No mesmo instante, vejo que tenho um SMS de um número que não está salvo – até porque eu não salvo o número de ninguém.

Ei, como vc tá? Estava estranha na sala.
Por favor, me liga, vai!
Beijinho,
Júlia.

Solto um resmungo e me deito na cama de novo, deixando o celular de lado. Eu dormi por quase quatro horas, mas pareceram minutos. O que Júlia quer me mandando mensagem? Aliás, como essa perseguidora conseguiu meu número?
Cheiro minha axila e solto outro resmungo, decidindo tomar um banho. No chuveiro, lavo bem o braço que mordi antes de sair do colégio e percebo que está inchado, um pouco roxo.

No momento, não estou com vontade alguma de sair ou ver qualquer pessoa. Minha cota de socialização está no fim e preciso de um pouco de espaço para colocar a cabeça no lugar.

Olho o celular mais uma vez e vejo o endereço que Júlia deixou anexado à mensagem, o que é claramente um convite. Não sei ao certo se devo ir lá, mas ela deve estar preocupada e eu quero perguntar algumas coisas.

Visto uma roupa de frio, arrumo os cabelos como sempre faço e realizo meu ritual diário de usar base e pó compacto no rosto. Não procuro por Raquel para dizer que estou saindo, apenas fecho o portão.

Penso em pegar um táxi, mas, depois de ver o trânsito insuportável, prefiro ir a pé, mesmo. Nunca me incomodei em andar de qualquer forma. Amigavelmente, peço algumas informações para chegar até o local e sigo as placas de orientação com calma. Entro em uma rua de calçamento, meio curta, sem muito movimento, onde as casas são mais simples e de cores bem neutras.

Enquanto caminho, sinto uma sensação estranha de que alguém está me seguindo. A sensação aumenta e olho discretamente para as minhas costas, verificando que uma pessoa grande realmente percorre os mesmos passos que eu, pois, quando eu acelero, a pessoa repete.

Franzo o cenho e começo a procurar com mais rapidez o número vinte e um, mas sem muito sucesso. Olho para trás novamente e a pessoa veste um casaco com capuz, então começo a correr e o perseguidor faz o mesmo. Saí de casa sem qualquer meio para me defender a não ser minhas próprias mãos, mas como farei isso com alguém que tem o triplo do meu tamanho? Estou em maus lençóis agora.

Mordo o lábio quando finalmente avisto a casa e não olho para trás quando cruzo a calçada e aperto compulsivamente a campainha. Pelo canto do olho, vejo que a mão do sujeito é erguida e sua sombra se forma na parede, pela qual posso perceber que ele segura algo longo e pontiagudo. Continuo apertando a campainha até ela quebrar e minha pele se arrepia, então me viro com a intenção de me preparar para o possível confronto.

Com a respiração irregular e sem entender o que acabou de acontecer, olho ao redor com bastante atenção. Estou completamente sozinha.

Os segundos passam e, quando retorno para a frente da casa, o portão é aberto bruscamente e eu solto um grito, fazendo a pessoa também se assustar.

Quando percebo que é apenas o Júlio, solto o ar e coloco a mão no peito. Ele me olha como se esperasse uma explicação por eu ter quebrado a campainha dele e ainda ter gritado daquele jeito.

– O que tu queres? – Ele pergunta, com uma cara nada amigável. Novamente nos encontramos: eu, ele e o pirulito. Bufo rapidamente e troco o peso de uma perna para a outra.

– Eu vim falar com sua irmã, então... Licença?

– As meninas não estão. Terás de voltar mais tarde – ele diz, cruzando os braços. Eu sorrio levemente.

– Você não gosta de mim, não é?!

– Não tenho motivos para gostar nem para desgostar... – Eu cruzo os braços com seu pronunciamento e ele os olha. – O que foi isso no teu braço? Viraste uma vampira?

– O quê? Isso? Não se preocupe. Não preciso ser uma vampira para deixar marcas no seu pescoço, se é o que está pensando. – Sorrio novamente e, sem sua permissão, passo por ele e entro na casa. Ele não me impede, apenas me olha e fecha o portão.

– Tu és muito audaciosa.

– Não sabe lidar com mulheres assim? – pergunto ao me sentar no sofá e Júlio me encara friamente, sem qualquer sinal de ofensa.

– Vais esperar as meninas aqui? Não tens medo de que eu te ataque?

– Pff... Como se você pudesse fazer isso! – Rio e viro a cabeça para o lado sem perceber que Júlio se aproxima de mim rapidamente e seu rosto fica muito próximo do meu. Ele tira o pirulito da boca e umedece os lábios, sorrindo ao me ver surpresa com sua atitude repentina.

– Quer apostar?

Eu não digo nada, pois os olhos dele me engolem de um jeito sedutor demais para resistir. E é nesse momento que eu sei por que tenho tanto interesse em ir para o colégio: estou obcecada. Assim como fiquei por Nicolas anos atrás, agora transferi essa obsessão para Júlio.

Não é algo ruim, claro, porque, graças a essa obsessão, eu terei esse homem na palma da minha mão.

Júlio é um homem que gosta de seduzir apenas pelo olhar, mas ele não sabe o que está fazendo comigo. Eu não caio em jogos, eu os faço.

– Tente – sussurro ao intercalar o olhar entre suas pupilas e sua boca umedecida. Júlio segura meus cabelos delicadamente e seu rosto se aproxima mais do meu, mas ambos ficamos parados, olhando um para o outro sem mover um músculo. – Você só fala...

– Tu queres que eu pare de falar? – sussurra de volta e aperta mais meus cabelos. Seus olhos me prendem e então eu sorrio ao pegar sua camisa e puxá-lo para baixo, fazendo-o tropeçar e cair no sofá.

Ele se vira para mim sem entender o que aconteceu, e eu ajo rapidamente e me sento em seu colo, ajeitando meus cabelos na frente do rosto logo em seguida. Completamente surpreso, Júlio fica estático ao me ver sentada em cima dele. Tomo, mais uma vez, o pirulito de sua mão e o coloco em minha boca.

Eu seguro seu queixo com uma das mãos e o forço a se manter parado, ficando o mais próximo possível dele. Júlio fecha os olhos quando minha boca está quase na dele, mas eu recuo e ele morde o lábio em frustração.

– Não se preocupe, meu bem – digo ao dar um tapinha de leve em sua bochecha –, você me terá quando eu achar que deve ter. – Solto uma risada e saio de cima do seu colo, caminhando de boa até a cozinha.

Júlio me acompanha e me observa beber um copo de água com tranquilidade, como se fosse de casa.

– Quantos anos tu tens? – Fala depois de alguns segundos me avaliando. Eu termino de beber minha água e olho para ele com as sobrancelhas erguidas.

– Tenho 19.

– Por que está no Ensino Médio?

– E você? Não parece ter 17 anos.

– Não tenho. Tenho 20 – responde ao dar de ombros e eu reviro os olhos.

– Por que está no Ensino Médio? – devolvo sua pergunta e ele ri.

– Tenho meus motivos. Acho que não são do teu interesse...

– Não é. – Solto uma risada travessa e ele me fita com os olhos intensos, que me deixam muito curiosa a respeito dele. Quão bom ele deve ser na cama? Ou melhor... Qual deve ser o sabor de vê-lo morrendo? – Enfim, estou apenas curiosa. Todo mundo gosta de uma boa fofoca.

– Então você poderia me dizer o que veio fazer em Porto Alegre. – Ele lança e eu paro de rir, ficando séria e ereta. Júlio caminha até mim, remove o copo da minha mão e põe na pia, sorrindo. – Samuel comentou sobre o crime da Praça do Japão, não foi?!

– Não estou preocupada com isso.

– Não soube do último ocorrido? – Ele sorri ao perceber que está me provocando. Eu sei que ele se refere a Rafael, mas ele não tem provas que possam me acusar e eu não tenho medo de cair na armadilha dele. Apenas digo que não, e ele ri. – E é porque gosta de fofoca.

Eu estou prestes a falar, mas o portão é aberto e as meninas entram na casa. Júlio imediatamente se afasta de mim e pigarreia, chamando a atenção das duas para a cozinha e as fazendo se entreolharem, sem entenderem por que estou com ele ali.

– Renata! – Júlia sorri animadamente e corre até a gente, me abraçando. – Você veio.

– E agora vai embora – declara Júlio.

– Mas eu acabei de chegar.

– Se tivesse chegado mais cedo, ela poderia ficar. Mas agora ela vai embora. – Ele olha para ela com aquele olhar de desdém e ela franze os lábios. – Não leve para o lado pessoal, Renata. Está ficando tarde.

– Não se preocupe, Júlia. Podemos conversar melhor em outro momento – digo, ignorando o seu irmão.

– Vamos, eu vou te deixar em casa. – Ele agarra meu pulso e me puxa para fora da casa, passando por Juliana e ignorando sua existência. Ela está de braços cruzados, parada, e apenas nos observa sair sem se mover.

Ele entra em um carro preto e bate a porta ao fechar, esperando que eu entre junto. Eu me sento no banco do passageiro e respiro fundo ao colocar o cinto. Não tenho intenção de dizer nada, mas ele insiste em manter um diálogo.

– Peço desculpas por ter te expulsado daquela forma, mas, pelo menos, eu estou te dando uma carona – diz ao dar a partida. Eu apenas digo "hum" e ele me olha rapidamente. – Não seja boba, eu estava te protegendo de Juliana.

– Já disse que não preciso disso. Não vejo Juliana como uma ameaça e não tenho medo dela. Dobre ali.

Júlio obedece e depois de alguns minutos chegamos até minha casa. Eu estou prestes a sair quando ele segura minha mão e me impede. Eu olho para seu toque um tanto delicado se comparado com seu atual comportamento. Ele percebe que fiquei levemente incomodada e solta a minha mão, colocando a dele em cima do freio.

– Podemos recomeçar? O primeiro passo é o mais difícil, mas podemos fazer isso dar certo.

– Não – digo e saio do carro, batendo a porta com força.

Eu o espero arrancar e reflito sobre o que ele disse a respeito do crime da Praça do Japão. Se eles querem ligar isso a mim, darei um motivo. Porém, eu sei que serão incapazes de fazer isso, porque tudo o que faço é perfeito. E, se quer domar um leão, dê a ele um pedaço de carne.

Uma morte, uma festa. Por que não comemorar?

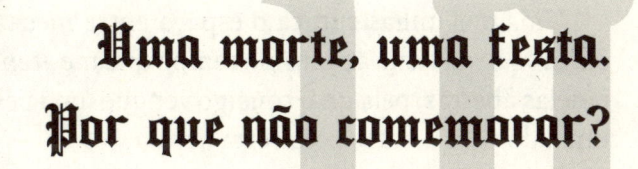

O pequeno corpo do gato jaz na calçada. A língua está para fora e os olhos virados para cima, sem vida. Solto as mãos do pescoço fino do filhote e Rafaela me encara com seus enormes olhos infantis.

– O que houve com ele? – Pergunta, assustada, ao segurar meu braço curto.

– Ele ficará bem, Rafaela – digo com um sussurro, encarando o animal morto no chão. – Ele não vai mais tentar arranhá-la.

– Mas... – fala, com sua voz inocente. Eu olho para sua mão cortada e cerro os meus olhos a uma fina fresta. – Ele não fez por querer, Rê.

– Criaturas malvadas não merecem viver – é o que respondo, soltando-me do seu aperto e deixando minha irmã de 3 anos para trás junto com o bicho de quatro patas.

Lentamente, o céu começa a escurecer e a noite se inicia. Permaneço encostada no tronco de uma árvore, extremamente paciente, observando a casa da pessoa que vai participar da minha atividade de agora.

Uma das unhas cutuca o espaço entre meus dentes, e eu observo a rua vazia ao mesmo tempo que me atento a uma das janelas abertas, pela qual consigo ver que uma pessoa anda de um lado para o outro com certa pressa.

Espero mais alguns minutos apenas para ter certeza de que nada vai me atrapalhar, então suspiro e vou até a casa, batendo à porta educadamente. Enquanto espero, arrumo de forma gentil o cabelo e verifico minhas roupas mais uma vez apenas para ter certeza de que estou minimamente apresentável. Uso um *cropped* justo e, por cima dele, uma camisa qualquer apenas para me proteger do frio. A pessoa demora alguns minutos para abrir a porta, mas, quando o faz, eu me deparo com uma jovem moça loira de cabelos curtos e grandes olhos escuros.

Ela olha para mim atentamente, e eu sorrio de forma ingênua.

– Boa noite – digo, e ela segura mais a porta, um tanto desconfiada. – Eu gostaria de saber se posso usar seu telefone. É que meu carro acabou de pifar e eu tirei a carteira de motorista há pouco tempo.

– O que aconteceu com seu telefone?

– Fui assaltada... – Desvio o olhar, mantendo uma expressão triste. A moça diz um "ah" e abre a porta para que eu possa entrar.

– Eu sinto muito, moça. Também já fui assaltada e sei como é ruim essa sensação. Entre, tome um copo de água ou uma xícara de café. Aí você liga para sua mãe. OK?

– Eu agradeço muito.

– Estou arrumando minha casa agora porque vou receber uns amigos mais tarde – diz enquanto fecha a porta, e eu reparo que a casa é repleta de móveis de madeira, tapetes requintados e cortinas finas. Isso será muito mais fácil do que imaginei. – Gostou? – Sorrio para ela e digo que sim. Ela fica satisfeita, orgulhosa da própria casa e das coisas que guarda com tanto cuidado. – Você realmente sabe apreciar arte. – Ela me guia até a cozinha e me serve uma xícara quente de café.

– Atualmente, as minhas amigas preferem ler revistas de moda e fofoca do que ouvir Tchaikovsky. Isso é meio triste.

– A propósito, meu nome é Jéssica.

– Meu nome é Giovana. – Ambas sorrimos e volto a me concentrar no café.

– Giovana, você gosta de beber?

– Adoro! – Isso desperta interesse em Jéssica e ela logo se levanta, indo até o armário para dele tirar um vinho. – Você não vai receber seus amigos?

– Ah, não ligue para isso. Isso vai ser só mais tarde e, se não se importa, gostaria que os conhecesse. Eles vão adorar você, tenho certeza.

– Fico honrada. – Levanto os lábios e aceito a taça que Jéssica me oferece. – Mas o que vai comemorar com seus amigos?

– Acabei de me formar na faculdade, então alguns colegas virão para celebrar. E, como moro sozinha, não preciso dar satisfação aos meus pais por estar gastando meu dinheiro todo em vodca, cachaça, absinto...

Nós duas rimos e voltamos a tomar o vinho depois de fazer um breve brinde.

– Você é rebelde, hein... – eu comento com humor, e ela pisca um dos olhos para mim. – Mas sua casa não é grande, isso não vai atrapalhar os vizinhos? A música, o barulho.

– Imagina, amiga. As paredes aqui são à prova de som exatamente para evitar esse tipo de coisa. Você poderia me matar aqui e agora e ninguém iria perceber. – Ela ri bastante, ignorando meu levantar de sobrancelhas e sem perceber o meu divertimento. Continuo com o plano e prolongo a conversa para que ela fique o mais embriagada possível.

— Eu tomei absinto somente uma vez, em uma festa de 15 anos de uma colega minha, muitos anos atrás.

— Sério? Não experimentou mais?

— Não... Minha mãe descobriu a peça que eu fiz e fez um escândalo. Ela não é muito fã de bebida... — Acompanho Jéssica virar a terceira taça de vinho enquanto eu ainda estou na metade da primeira.

— É uma pena, amiga. Mas, para sua sorte, eu tenho aqui e você pode provar mais uma vez, sabe?! — Ela dá uma risada travessa, quase emitindo um "hehehe". Eu rio junto com ela, claramente me divertindo com a situação, e digo que adoraria, principalmente se for com ela. Jéssica fica levemente constrangida e bate palmas depois. — O mais maravilhoso é que sua mãe não vai precisar encher seu saco hoje, porque você está sem telefone.

— Você tem um bom argumento.

Jéssica se levanta e vai até a despensa, pegando um pequeno copo e a bebida. Observo-a despejar o absinto no copo de *shot* de vidro e entregar a mim.

— Por que você não toma primeiro? Você é a anfitriã. — Estico o copo em sua direção e dou um leve sorriso, até que ela concorda comigo e vira-o na boca com animação, balançando a cabeça para os lados com força depois de engolir. Jéssica faz uma careta e solta um grito ao bater o copo na mesa. — E aí, já viu a fada verde? — Meus olhos brilham ao vê-la ficar tonta, sem conseguir falar direito.

— O quê... é isso?

— Ah, então você nunca viu. — Eu pego o copo e encho mais uma vez com o álcool. — Pegue. Tenho certeza de que será capaz de ver depois da segunda dose.

– Uh... – Jéssica faz um bico e pega o copo, virando garganta abaixo e engolindo com dificuldade. – Caralho... Caralho...
– Você está bem?
– Meu namorado rompeu comigo há três dias – fala com a voz arrastada. – Estou triste, amiga.
– Ah...
– Giovana, você tem que idade?
– Tenho 19.
– Own, um lindo brotinho. – Ela ri alto, de forma extravagante, e cai em cima de mim após o corpo tombar para a frente. – Na sua idade, anjinho, eu já tinha pegado mais mulher que a maioria desses homens de hoje, que não valem nada. E isso faz o quê? Três anos? Cinco? Não sei.
– Então você gosta de mulheres?
– E quem não gosta? – Pergunta, ao olhar meus olhos por uns instantes. Depois disso, ela caminha cambaleante até a sala de estar e, ao perceber que estou sozinha, procuro por uma caixa de fósforos ou por um isqueiro. Encontro a segunda opção próxima à geladeira e a guardo em meu bolso. – Você gosta de música bizantina?
– Um pouco, já parei para escutar algumas vezes.
– Então, vou colocar uma que você vai amar!

Com dificuldade, Jéssica liga o som no volume máximo e eu a admiro dançar feliz no meio da sala quando "Agni Parthene" começa a tocar. Eu ouvi pouquíssimas vezes, mas gosto da melodia e do tema, apesar de não ser religiosa. A voz da mulher se acalma e Jéssica rodopia pela sala, tranquila.

A música fala do exército de anjos que louva as ações e virtudes de Maria, que a elevaram acima de todos os céus. É, realmente, uma música fantástica. E me inspira!

Deixo-a se divertir um pouco, pego uma das garrafas de absinto que está guardada na despensa e vou lhe fazer companhia.

Ela roda na pequena sala e eu continuo observando seus movimentos lentos enquanto ela sorri.

Sem que ela perceba, porque está bêbada demais, vou despejando o líquido verde pelas cortinas finas e pelos tapetes, deixando tudo molhado. Molho também os móveis e o chão de madeira.

– Já viu a fada? – pergunto com humor enquanto ela para de girar para me olhar com divertimento.

– O que eu ganho se disser? – Ela corre até mim e agarra meu pescoço, aproximando-se o suficiente para me beijar.

– Se você for boazinha, o que quiser – falo ao segurar seu queixo com delicadeza, beijando sua boca com graciosidade e ao ritmo da música, bastante lento e compassado.

Ficamos nesse ritmo por alguns minutos, até que me afasto e a olho com excitação. Ela sorri, completamente ingênua, e volta a balançar o corpo para os lados.

– Você é uma moça boazinha, Jéssica? – pergunto. Ela não responde, apenas fecha os olhos.

Vou até ela e a beijo de novo, empurrando-a gentilmente até o sofá e sentando em seu colo, logo removendo sua blusa e apertando seu seio por cima do sutiã quando ela geme em minha boca.

Continuamos com os amassos por um tempo considerável, mas depois me levanto e termino de despejar a bebida no chão da casa. Com um pouco mais de pressa e ignorando a música por enquanto, começo a procurar nas gavetas dos móveis alguma coisa que me seja útil, não sei exatamente o quê. Porém, quando encontro uma tesoura de ponta longa, sorrio com a ideia que imediatamente surge na minha cabeça.

Segurando a tesoura, pego mais garrafas na cozinha, intercalando entre absinto e vodca. Aos poucos, vou espatifando o conteúdo pelo restante da casa, deixando tudo escorregadio e com um cheiro forte.

– Jéssica, você tem algo mais forte que isso? – Aponto para a bebida verde e ela logo sorri para mim, pegando a garrafa e tomando dois goles fortes.

– Acho que... estou vendo a fada verde... – é o que diz entre soluços.

– Se você me disser se tem uma bebida mais forte que essa, eu lhe digo o que fazer com a fada verde... – digo, com a voz mansa, e ela me olha com excitação.

– Eu escondo uma garrafa... Ela é estrangeira. – Sua voz está tão arrastada que a última palavra sai mais ou menos como "esssstrangeeeiraaa". – Essa garrafa é especial. – Ela deixa cair o absinto, e a garrafa quebra no chão e corta seus pés. Ela se assusta, mas ignora completamente. – Está atrás do botijão de gás.

Sorrio para ela como agradecimento e vou atrás da bebida, vendo "Moonshine" escrito no rótulo. Com a tesoura na mão, volto para a sala e deixo essa garrafa em cima de um móvel. Pego uma de vodca e, enquanto Jéssica dança, quebro a garrafa na cabeça dela sem pensar duas vezes, estraçalhando o vidro e fazendo a bebida se espalhar em cima dela. Jéssica cai de joelhos no chão, segurando a cabeça, que agora está cortada, e ferindo os joelhos com os cacos de vidro. A lateral de sua cabeça sangra um pouco, e ela me olha com dor no olhar, sem entender o que infernos eu acabei de fazer.

– Não se preocupe, meu bem... – sussurro em seu ouvido ao me abaixar. – Eu farei você ver a fada verde agora. – Abro o Moonshine e derramo um pouco ao redor dela, sorrindo com divertimento. Depois disso, empurro-a com a sola do pé e ela cai para trás, soltando um gemido alto, entorpecida pela dor na cabeça e pela bebida, totalmente incapaz de pensar direito.

Ao vê-la no chão, me sento novamente em seu colo e retiro minha blusa, ficando apenas com o *cropped* escuro que cobre meus belos seios. Ela olha para mim, tonta, e eu a faço abrir a boca para colocar a blusa dentro dela. Mesmo que a casa isole o som dos vizinhos, não quero correr riscos.

Por um momento fico apenas ouvindo a música e, seguindo a voz calma da cantora, corto sua artéria poplítea, que fica na parte posterior do joelho. Uma quantidade de sangue jorra com violência e Jéssica grita de forma abafada, principalmente quando removo a tesoura de lá e cravo no outro joelho. A música continua tocando em *repeat* e eu até cantarolo enquanto o sangue escorre e espirra para fora em uma velocidade tão impressionante que mancha o chão e minhas roupas de baixo. Jéssica tenta me empurrar, mas mal consegue levantar um dedo.

A música e a cena me deixam com um tesão absurdo enquanto o sangue vai se acumulando no chão, formando lagos lentamente alimentados pelo fluxo das artérias cortadas. Seguro a tesoura ensanguentada com força, percebendo que ela começa a perder a cor, mas não permito que ela morra agora. Não, não! Eu preciso de mais que isso para conseguir chegar ao ápice.

Saio de cima dela ao mesmo tempo que ela chora silenciosamente, entre soluços, e posiciono sua cabeça em meu colo como uma mãe faz ao acalentar um filho, acariciando seu cabelo curto ao virar, devagar, a cabeça para o lado e cravar a tesoura próximo à coluna vertebral, girando-a até chegar à metade do pescoço, fazendo com que as lâminas cegas abram espaço por entre os espessos grupos musculares até atingir os grandes vasos. O sangue simplesmente jorra da carótida e inunda a sala, juntamente com minhas roupas e rosto, como um aerossol vermelho-rubi.

A lâmina bate no arco de cartilagem da traqueia e Jéssica, ao tentar gritar, só consegue gorgolejar em minha blusa enquanto o sangue inunda seus pulmões e a afoga dolorosamente. Acompanhando a música, uma lágrima escorre lentamente dos olhos dela e a lâmina continua sua progressão lenta como mel. Ela esperneia e o sangue rubínico me ensopa toda. Com isso, a luz desaparece de seus olhos e o corpo inteiro cede, cansado de lutar.

Levanto sem pressa e desligo o som, deixando a casa cair em completo silêncio, analisando com deleite minha vítima com o pescoço ligado à cabeça apenas pelas vértebras, visíveis de longe, cercadas por lagos negros do sangue que começa a coagular.

Pego a tesoura e passo a língua pela lâmina avermelhada.

– Espero que tenha gostado da fada verde, amiga – digo com humor.

Respiro fundo e olho para a garrafa de Moonshine em cima do móvel, então vou até a cozinha e arrasto o botijão para a sala, deixando todo o gás escapar vagarosamente. Mais uma vez, olho para o corpo de Jéssica e para todo o sangue que o banha, admirando meu belo serviço.

Derramo metade da garrafa do Moonshine pelo corpo de Jéssica e removo o isqueiro do meu bolso. Arranco sem delicadeza a minha blusa babada e carregada de sangue que salpicou de suas artérias, umedecendo com um pouco do Moonshine. Logo em seguida, introduzo o tecido molhado dentro da garrafa com o dedo indicador, deixando metade pendendo para fora.

Saio da casa e deixo a porta da frente aberta, que dá acesso direto para a sala onde Jéssica se encontra. Em uma distância segura, acendo o isqueiro e encosto a pequena chama na blusa, fazendo-a se espalhar com o fogo ardente. Com uma mira invejável, arremesso a garrafa para dentro da casa e ela se quebra no chão, espalhando as labaredas ferozes pelo piso. Ela alcança rapidamente tapetes, móveis, cortinas, o cadáver e uma imagem da Virgem Maria de Vladimir pregada na parede.

Não fico ali para saber o que acontece quando as chamas atingem o botijão, porque sei que o estrago será grande o suficiente para chamar a atenção de todos. Todas as provas sobre minha existência serão dizimadas a pó, e a única coisa que eu posso fazer agora é sofrer pela triste e inexplicável morte da minha vizinha que eu não pude conhecer.

Sim, Jéssica era minha vizinha.

Quando escuto a explosão, minha mão já está no portão da minha casa, e um sorriso brota em meus lábios.

※

– Por que você matou o sr. Jango, Renata? – Mamãe me olha com tom de reprovação.

– Ele arranhou a Rafaela, eu estava protegendo-a – digo com uma voz irritada. Raquel suspira e eu olho para minha irmã mais nova, que está sentada no sofá, chorando a perda do seu bichinho.

– Minha filha, a sua irmã gostava do sr. Jango. – Ela se abaixa e segura meus ombros baixos. – Eu sei que você não fez por mal, mas já é o terceiro bichinho que você...

Ela não completa a frase e encara meus olhos castanhos. Há pesar nos seus e eu me pergunto o que há de errado.

– Desculpe, mamãe – falo com um sorriso largo –, não vai se repetir. – Ela assente devagar e eu pego a boneca que está no chão. Ando até minha irmã e dou um peteleco forte na sua testa, deixando-a avermelhada. – Toma! – Ofereço minha boneca de pano e ela a pega, parando de chorar ao agarrar o brinquedo. – Eu vou proteger você com a minha vida, Rafaela – sussurro ao abraçar seu pequeno corpo com o meu. – Nem que eu precise me livrar de tudo neste mundo. Nós estaremos sempre juntas! Porque você é minha.

※

Por Jéssica ser minha vizinha, não tive dificuldades para entrar em casa sem ser vista por ninguém e, quando passo pelo portão, tudo está em silêncio. Raquel não está na cozinha, mas as luzes estão acesas. Todo o meu corpo, assim como meu rosto e meu cabelo, está sujo de sangue.

Subo as escadas em direção ao meu quarto, porque preciso urgentemente de um banho. Quando abro a porta do quarto, dou de cara com Raquel sentada, de pernas cruzadas, em minha cama. Ela me olha como se estivesse vendo um fantasma, perde totalmente a cor e não consegue sequer falar.

Eu pigarreio depois de um tempo, e ela pisca os olhos rapidamente ao tentar entender o que está acontecendo. Raquel começa a chorar sem tirar os olhos de mim e eu apenas respiro fundo sem mostrar qualquer emoção ou preocupação em relação a isso.

– Pode me dar licença? Vou tomar banho.

Removo o short, ficando apenas de lingerie, chamando a atenção de Raquel para as minhas coxas repletas de cicatrizes de incontáveis tamanhos e espessuras. Ergo uma das sobrancelhas e ando até o guarda-roupa para ver se ela para de olhar para isso.

– Renata... – murmura ao me chamar, e eu me viro para ela, olhando-a sem qualquer expressão – eu amo você. – Ela se levanta da cama e me abraça um pouco tensa, tremendo por causa do sangue no meu corpo. – Depois que o acidente aconteceu, eu só tenho você. Não quero te perder.

– Isso não vai acontecer. Estamos juntas agora, não se preocupe.

– Isso é tudo culpa minha – ela grita no meu peito e me abraça com mais força, chorando desesperadamente. – Se eu tivesse ficado ao seu lado depois do incêndio, se eu tivesse tentado entender você depois do que aquelas pessoas lhe fizeram... Ao invés disso, eu a deixei sozinha dentro daquele quarto, tendo de sofrer todos os dias, por meses, anos.

– Não é culpa sua, Raquel. Está tudo bem, e essas coisas são passado, essas pessoas não estão mais aqui. – Eu a afasto ligeiramente e enxugo uma de suas lágrimas enquanto sorrio, provando o que eu disse. Tudo está bem.

Ela desvia o olhar para minhas coxas de novo e depois volta para meu rosto, passando os dedos pela minha bochecha e retirando um rastro de sangue.

– Será que um dia isso vai parar?

Eu engulo em seco e depois respiro fundo, ignorando sua pergunta. Fico com a garganta seca ao me lembrar de como tudo isso começou e, de repente, gritos surgem na minha cabeça com intensidade. Gemo baixo e me afasto de Raquel para poder respirar melhor, mas a agitação só aumenta. Gritos altos, gemidos de dor, súplicas de desespero que me atingem como uma bala. As imagens de sangue escorrendo pelo chão, de armas sendo engatilhadas e de vidas sendo tomadas sem qualquer remorso ofuscam minha visão com uma velocidade estupenda, e tudo isso me tira o equilíbrio.

Escuto Raquel me chamar, mas eu a ignoro e coloco as duas mãos na cabeça, soltando um grito alto e, em seguida, socando a parede com toda a força. Isso faz o gesso rachar e alguns pedaços caem no piso do quarto. O meu punho está dormente por causa do impacto, e minha respiração trava nos pulmões. Raquel toca meu ombro e tenta me acalmar, mas eu olho para ela com raiva e digo apenas para ela ir embora, em um tom ameaçador. Assustada com a minha reação, ela hesita e dá passos para trás, saindo do quarto enquanto fecha a porta.

Depois de respirar fundo várias vezes, removo o sutiã ensanguentado e o jogo no cesto de roupa suja, ficando apenas de calcinha e com os peitos para fora. Vou para o banheiro e me sento no vaso sanitário, apalpando um dos seios com a mão e massageando, sentindo um enorme prazer ao fazer isso. Aperto com mais força e puxo o mamilo com os dedos, mordendo os lábios e fechando os olhos ao me entregar a esse momento íntimo. Solto um suspiro baixo e abro as pernas, colocando a outra mão dentro da calcinha e sentindo um leve arrepio nas costas quando estou prestes a iniciar o ato; e aí, do nada, a porra do meu telefone toca!

O número de alguém que não está salvo na agenda aparece na tela e eu reviro os olhos ao atender.

– Oi, amiga! – exclama Júlia.
– O que é?
– O que você tem? Está tão aborrecida.
– Eu estava prestes a me masturbar quando você me ligou e interrompeu o meu momento – falo com simplicidade, e ela ri do outro lado da linha.
– Está tão desesperada assim? – pergunta ao continuar rindo.
– O que diabos você quer?
– Eu estava pensando em te chamar para sair hoje.
– Sair? – Uno as sobrancelhas e removo a calcinha com a mão livre.
– Hoje vai ter uma festa superlegal e todo mundo vai.
– Não gosto muito dessas coisas – converso com Júlia enquanto ligo o chuveiro e espero a água ficar quente.
– Deixa de besteira. É uma ótima oportunidade para se enturmar e fazer novas amizades. Além disso, Júlio me disse que Samuel está no seu calo e seria uma boa chance para reverter essa situação, não acha?
– Júlio parece ser um baita de um fofoqueiro, pelo visto.
– Isso não é importante. A única coisa que importa é que roupa você vai usar.

Solto uma risada.

– OK. Eu lhe mostro quando chegarmos nessa festa.
– Perfeito. Antes das onze a gente passa para te pegar, então. – Ela desliga e eu coloco o celular na pia, olhando de canto o meu reflexo.

Parando para pensar, acho que nunca fui a uma festa. Pelo menos, não para me divertir.

Entro no chuveiro e deixo que a água quente lave todo o sangue da minha pele e mande-o para o ralo. Levo bastante tempo no banho, certificando-me de que conseguirei ficar completamente limpa e sem quaisquer vestígios de que, um dia, toquei em Jéssica.

Fico pronta antes das onze e me olho no espelho mais uma vez, verificando se tudo está em seu devido lugar. Uso uma roupa qualquer que achei no guarda-roupa, mas que eu acho que seja adequada para uma festa de adolescentes. Não sei, mas deve servir. Não estando pelada, já é alguma coisa. Penteio o cabelo como sempre, deixando uma parte na frente do rosto, e faço o ritual de maquiagem, colocando somente um batom vermelho nos lábios, usando pela primeira vez desde que o ganhei.

Vou até o quarto de Raquel e bato à porta algumas vezes até ela me atender, olhando para mim com os olhos inchados. Acho que ela estava dormindo ou chorando muito, mas tanto faz.

– Vou sair – digo e ela me olha da cabeça aos pés, sem entender exatamente o que eu estou planejando. Seus cabelos estão presos em um nó e ela usa somente uma camisola, então cruza os braços e suspira.

– O que vai fazer?

– Uma festa com os colegas.

– Hum... Não chegue muito tarde.

– Não prometo nada, mas vou me comportar. – Sorrio sem mostrar os dentes e giro nos calcanhares sem dar tempo para ela se despedir ou dizer qualquer coisa.

Uma morte. Uma festa. Por que não comemorar?

Clã Sorín

O quartzo-azul está ligado à comunicação, paz e esperança. Assim como Sorín durante a Primeira Guerra, essa pedra é responsável pela tranquilidade e resolve os conflitos de forma diplomática. Também tem propriedades curativas que ajudam a diminuir as tensões emocionais.

Hormônios + álcool = pensamentos homicidas

11

Permaneço sentada no sofá por mais tempo do que o esperado, até que escuto uma buzina do lado de fora. Me alongo rapidinho e sigo para a saída da casa, avistando o carro preto de Júlio estacionado próximo à calçada. Abro a porta e dou de cara com o moreno no volante. Ele ergue os lábios para cima e o cheiro do seu perfume invade minhas narinas quando fecho a porta e coloco o cinto.

— Suas irmãs não vão mais?

— Estão terminando de se arrumar, então vim logo te buscar para ganhar tempo — diz ao dar partida no carro. Eu estremeço um pouco com o ar-condicionado no mínimo e Júlio percebe meu incômodo, então aumenta a temperatura o suficiente para me deixar mais confortável. — Além disso, pensei em ficar sozinho contigo de novo.

— E por qual razão?

— Eu quero me desculpar... pelo meu comportamento desde quando nos conhecemos, eu acho que devo ter soado muito babaca.

— Não é como se eu me importasse com esse tipo de coisa, mas eu aceito suas desculpas. — Dito isso, seguimos o restante do caminho em silêncio.

Quando chegamos em frente a sua casa, Júlio buzina duas vezes e alguns minutos depois meu telefone toca. Ele me olha, curioso, quando atendo e a sua irmã fala antes que eu possa dizer "alô".

— Amiga linda, vamos demorar só mais um pouquinho. Juliana está terminando de se maquiar aqui. — Eu passo a mão na testa, meio impaciente, e olho para Júlio que automaticamente entende meu recado e suspira. — Vai ser rapidinho, prometo. Já, já, a gente aparece aí. Beijo!

Ela desliga e eu coloco o telefone no bolso.

— Bem... Ao menos você terá mais tempo comigo, conforme queria.

Júlio ri e umedece os lábios, o que chama a minha atenção. Ele repara que eu o observo e vira a cabeça para mim, prestando atenção no meu rosto.

— Por que te escondes atrás do cabelo?
— Por que a pergunta repentina?
— Só fiquei curioso...
— Eu não gosto de expor esse tipo de coisa, espero que entenda — falo com simplicidade, apesar de ser meia-verdade. Não é que eu não goste, eu apenas acho desnecessário. Para evitar perguntas. Odeio perguntas.
— Claro que entendo, Renata. Não tenhas uma imagem ruim de mim... — Ele se inclina em minha direção e coloca uma mecha loira que está bagunçada atrás da minha orelha. A parte coberta continua intocada e eu respiro compassadamente quando a mão dele encosta no lóbulo da minha orelha. Sua boca está meio aberta e ele alterna o olhar entre meus olhos e meus lábios. O ar-condicionado deixa a minha pele fria, mas permanecer perto dele assim me faz sentir quente.

Ele está prestes a falar algo quando, de uma vez, a droga da porta de trás é aberta e as gêmeas entram enquanto conversam entre si, ignorando totalmente nós dois. Júlio salta para trás e eu solto o ar que está preso em meus pulmões.

– Meus amores, temos de ir logo – diz Júlia ao bater no ombro do irmão. – Eu sei que deviam estar em uma conversa ótima, mas...

– Ah, você não faz ideia... – Júlio comenta com ironia e começa a dirigir, olhando-me de soslaio antes disso. Eu apenas dou de ombros e fico conversando com Júlia, já que Juliana vai o caminho inteiro calada, falando poucas vezes durante o percurso e só quando alguém se dirige a ela.

Primeiro buscamos Samuel, que se senta no centro, e depois Diego, que se senta ao seu lado esquerdo. No lado direito estão as meninas, com Júlia sentada no colo da irmã. Uma música de rock nacional toca e Júlio tamborila os dedos no volante enquanto canta baixinho.

– Carla vai? – pergunto para ninguém em específico, mas quem responde é Juliana.

– Ela já está lá. Normalmente, ela é responsável por organizar esses eventos...

– Onde fica essa festa?

– Em um clube um pouco afastado da cidade. É comum que festas como essa durem até de manhã, e não gostamos que a polícia interrompa nossa diversão – continua ela. – Ainda mais com as coisas que muitos gostam de fazer.

– Como o quê?

– Você vai descobrir.

Júlio acelera quando nos afastamos dos sensores de velocidade e aumenta o volume da música, o que causa euforia no banco de trás.

– "Ela é puro êxtase!" – Cantam e eu apenas ergo as sobrancelhas, ignorando a animação deles. Não é como se eu

fosse acostumada com esse tipo de situação, já que passei a maior parte da minha adolescência matando ou trancada em um quarto tomando remédio.
— Parem de pular! — grita Diego um tanto impaciente.
— Ah, vai rachar uma lenha — responde Samuel, e escuto uma das meninas rir.
— Quer morrer, é?
Samuel o ignora completamente, e Júlio cutuca meu braço. Ele age como se esse tipo de coisa fosse mais comum que beber água.
— Chegamos, Renata.
O lugar é simplesmente enorme. Há luzes por tudo quanto é canto e carros e motos estacionados ao redor. Em frente há uma mata, quase uma floresta, com árvores altas e densas. Assim que Júlio para o carro, os meninos já vão logo descendo e as irmãs me esperam para irmos juntas. Samuel nos ajuda a subir a calçada por causa dos sapatos, e logo em seguida um rapaz pula em cima dos seus ombros, gritando superanimado.
— Gostosoooo!!!
— Bah, sai de cima de mim, desgraça. — Os dois riem, e Diego e Júlio batem em suas costas como bons amigos. — Vamos, cara. Ajuda a gente a levar as bebidas lá para dentro.
Eu o olho rapidamente e posso notar que já o vi antes. Ele tem um sinal perto da boca, igual a... Ítalo.
Como isso é possível se eu estava alucinando?
Passo a mão no rosto e acompanho os demais a entrar no clube no momento em que uma música eletrônica da Rihanna começa a tocar absurdamente alta. Sorrio de um jeito amigável para Júlia, mas pensando em matá-la, ao ver aquela quantidade absurda de gente se esfregando e dançando, suando, bebendo. Tem fumaça, tem luz colorida, estroboscópio na cor branca que alterna com as coloridas, e eu estou apenas parada na entrada sem saber exatamente o que devo fazer primeiro.

Mordo o lábio e vejo Diego chegando ao meu lado, segurando um copo de bebida. Ele dá um bom gole e me oferece; eu já sei o conteúdo daquilo. Pego da sua mão e dou um pequeno gole apenas para experimentar. Ele, orgulhoso, sorri para mim e parte para o meio da festa quando "Poker Face" começa a tocar. Ao menos essa eu conheço.

Entro no clube e balanço a cabeça no ritmo da música enquanto começo a beber para me animar mais um pouco. As músicas vão passando, Diego vem e vai com um copo de bebida para mim, converso com algumas pessoas aleatórias, até que Juliana pula em cima de mim, completamente suada e descabelada, segurando a mão de Ana, que está mais tonta que aqueles bêbados de esquina.

– Porra, você sumiu! – Juliana diz e eu fico levemente entretida com sua simpatia momentânea. Deve ser o álcool no corpo dela. – Onde se meteu?

– Fiquei aqui o tempo todo – grito em seu ouvido. Ela dá de ombros e pega minha bebida, provando o que tem dentro. Faz uma careta e diz que está fraco demais, então eu rio e dou de ombros.

– Vem com a gente, vou te mostrar umas paradas legais.

Eu concordo e junto com Ana, embriagada, sigo-a para uma parte mais interna do clube, perto da parede. Tem umas seis pessoas reunidas, incluindo Carla e Samuel. Posso ouvir outra música da Lady Gaga tocando quando Juliana passa para mim um baseado. Eu ergo as sobrancelhas, mas ela insiste, sorrindo.

– Não se preocupe, o pessoal vai te ensinar a usar. Vai se sentir bem.

– Não vai ficar?

– Vou. Só preciso segurar o cabelo da Ana enquanto ela melhora aqui – ela comenta e aponta a cabeça para a amiga, que está quase vomitando. Eu concordo e seguro o baseado entre os dedos.

Quando Juliana sai, Carla vem até mim e acende o negócio, colocando-o em minha boca e me dando dicas de como fumar. O efeito surge rápido, misturando-se com o da bebida, e eu posso sentir meu corpo entorpecido. Todos estão rindo, dançando e conversando de forma despreocupada.
— O que está sentindo? — Posso ouvir Carla dizer com os olhos baixos e vermelhos. Ela fumou para um caralho, mas isso não é da minha conta. — Conta aqui.
Quando eu me aproximo do seu rosto para falar, Carla agarra minha nuca e me beija, causando-me uma puta surpresa. Acho uma coincidência enorme, porque "I Kissed a Girl" começa a tocar e eu decido entrar na brincadeira dela, segurando sua cintura e a puxando para mais perto. Posso sentir o olhar de alguém e presumo ser Samuel, que deve estar se divertindo com a situação.
Juliana já está de volta na roda e Carla está se agarrando com Samuel, encostado na parede. Juliana está extremamente simpática, rindo para todo mundo, conversando, animada, e nós até dançamos juntas, indo até o chão ao som de "Low", do Flo Rida.
Quando olho o telefone, vejo que é apenas uma da manhã e isso faz com que eu me empolgue mais, então vou atrás de bebida na mesa do bar e eu mesma me sirvo, olhando ao redor. Percebo que uma roda se forma no meio do salão e, com euforia, alguém sobe em cima de algo mais alto, pega um microfone e fala com autoridade.
— Todos os homens com o nome Diego devem vir para o centro da roda. — Os envolvidos na brincadeira gritam e eu vou ver o que está acontecendo, me metendo entre eles e vendo Diego Mendes no meio da putaria. Eu posso contar, pelo menos, doze caras, um do lado do outro, sendo posicionados de forma que não batam um no outro, mas meus olhos estão somente no loiro.

Quando percebo o que está acontecendo, solto uma gargalhada.

O toque de "Ragatanga" começa e imediatamente todos os rapazes iniciam uma dança desengonçada, um copiando o outro, totalmente bêbados, perdidos. A menina que falou ao microfone desce de onde estava e os guia na famosa dança que é obrigatória com o refrão.

Depois que essa música acaba, outra música brasileira toca, mas essa eu não reconheço, só sei que é da Pitty. Nesse momento, todo mundo se junta de novo para curtir o rock e eu sinto meus hormônios falarem mais alto quando Diego vem até mim com água na mão.

Ele não diz nada, e muito menos eu, apenas nos encaramos por um momento, ignorando todo mundo. Diego segura minha cintura e, com um leve puxão, se aproxima e se abaixa o suficiente para alcançar minha boca, mas somos interrompidos por Juliana, que brota do nada.

– Vocês viram a Ana? – pergunta, fazendo Diego revirar os olhos e se afastar. – Estou atrapalhando algo? – Ela sorri e eu noto claramente que ela sabe a resposta. Diego apenas a olha aborrecido e ela segura minha mão. – Vem, Renata. Vamos procurar a Ana. – Eu a sigo sem me preocupar com Diego. – Vocês iam se pegar, não iam?

– Hum... Acho que sim.

– Ele é meu ex. – Ela me olha rapidamente e ri. – Mas eu já superei.

Eu sei que é mentira, mas não digo nada.

– Você sabe onde Júlia está?

– Eu acho que ela deve estar com o Ítalo.

E, de novo, eu não digo nada. Decido deixar Juliana procurar por Ana sozinha e vou atrás de Júlia, pois vejo o rapaz com outros perto de uma piscina. Depois de muito fuçar o lugar, encontro a morena na parte de trás, completamente sozinha, descansando os pés em uma piscina infantil. Onde ela está é quase impossível ser atrapalhado pelo som alto, então é mais fácil de conversar. Quando ela me vê, arregala os olhos e, em seguida, sorri meio triste.

– E aí?
– Qual é?
– Qual foi? – diz.
– Por que que tá nessa?
– Parece que meu esconderijo foi descoberto.
– Não se preocupe, ele estará bem guardado comigo. Achei que estava animada para a festa. Então, que tristeza é essa?

Sento-me ao seu lado e cruzo as pernas em borboleta ao olhá-la com mais atenção. Júlia, na verdade, não parece ser tão gêmea de Juliana como pareceu logo quando eu cheguei. Juliana tem cabelo liso natural, isso é evidente, mas Júlia, não. Percebo ondulações na sua raiz e isso me faz notar que ela fez alisamento. Além disso, suas feições são muito infantis para uma garota de 17 anos. Júlia, se olhar bem, parece ser, pelo menos, dois ou três anos mais nova. Mas talvez isso tudo seja coisa da minha cabeça.

Desde cedo eu queria falar com ela, então ensaiei tudo o que deveria falar para conseguir sua total confiança. Júlia é uma moça ingênua, delicada e que acredita no melhor das pessoas. Então, se eu provar que sou uma pessoa boa como ela quer acreditar que sou, será fácil conseguir as coisas com ela.

– Não se preocupe comigo, eu estou bem. Mas e você? Estava, por acaso, me procurando?
– Sim. Quero conversar.
– Sobre...?
– Ah, tantas coisas... Eu acho que você não sabe de jeito nenhum porque nunca falei nada sobre isso, mas é que eu nunca tive amigos na vida. Sempre fui na minha, meio solitária, tanto que essa é a primeira festa a que vou. Só que, mesmo

tendo você e o restante do pessoal comigo aqui em Porto Alegre, continuo me sentindo só... Sobre o que eu estava falando mesmo, hein?
– Então... você não tem contato com ninguém?
– Bem, tenho. Eu tenho um amigo de longa data, bem mais velho. Eu o vi quando cheguei aqui, mas depois ele sumiu sem dar notícia de vida.
– Entendi.

Eu suspiro de forma dramática e tento lembrar das minhas falas, interpretando o meu personagem com a mais pura naturalidade.

– De qualquer forma, quando me mandou aquela mensagem mais cedo, eu vi uma oportunidade para realmente fazer uma amiga. Tipo como um recomeço de vida, entende?

Ao dizer isso, Júlia me abraça com força e eu retribuo com simpatia, sorrindo ao ver que estou conseguindo o que quero. Ela me olha ao colocar as duas mãos nos meus ombros.

– Vou estar com você sempre a partir de agora, Renata. Não se preocupe, você pode confiar em mim – diz, e eu agradeço com educação, pensando no quão inocente ela é. Acho que Júlia vive em uma bolha e está sempre tentando ajudar as pessoas. E isso é o total oposto de sua irmã, que, se não fossem a maconha e a bebida, estaria em um canto do clube julgando todo mundo. Se elas cresceram juntas, como podem ser tão diferentes?

– Eu estou curiosa com algo, se me permite dizer.
– Certo – diz.
– Poderia me explicar o que houve entre você e Ítalo?
– Você o conhece?
– Digamos que eu sei que vocês tinham algo.
– Como?
– Posso acessar memórias traumáticas das pessoas – falo de uma vez e Júlia arregala os olhos claros, completamente surpresa, desprevenida e acho que sem acreditar. – Quase

ninguém sabe disso, mas eu tenho certas habilidades, vamos colocar assim, que ninguém consegue explicar.

— Por que quer saber disso?

— Mera curiosidade. Estou interessada em Ítalo, mas não sexualmente, só para deixar claro. É mais para um experimento, e eu quero saber que tipo de relação vocês dois têm ou tiveram. E, como somos amigas, acredito que você pode confiar em mim como eu estou confiando em você — declaro, e Júlia pensa por um momento. É realmente muito simples manipular essa menina.

— Nós estávamos completando dois anos de namoro naquele dia... Me lembro bem de que tínhamos marcado de nos encontrar, mas ele estava atrasado demais, então o procurei e o vi em uma praça dando um presente a uma menina que eu nunca vi antes. Eu achei muito estranho, mas minha ficha caiu quando ela o beijou. Beijou na boca mesmo, sabe? Eu fiquei arrasada e corri, mas ele viu e veio atrás de mim.

— Permite que eu veja?

— Como você vai ver isso? — Ela ri sem humor.

— Apenas olhe para mim e pense nesse dia — aconselho, e Júlia engole em seco e obedece. Não demora para que eu possa acessar sua cabeça e vivenciar com ela o que ocorreu.

— *Júlia, espere!*

— *Não chegue perto de mim.* — *Ele a puxa pelo braço, mas ela tenta se livrar de seu aperto.*

— *Por favor, me dê outra chance ou pelo menos me deixe explicar* — *suplica.*

— *Afaste-se de mim agora!* — *Ela o empurra e se afasta.*

— *Eu amo você.*

— *Não, você não me ama.*

— *Você não entende...*

— *Você estava com outra, Ítalo! Por isso estava tão distante nesses meses. Se não me queria mais, era só ter terminado antes em vez de me iludir como uma idiota. Porra, eu dei tudo a você. Tudo! Eu me doei a você de todas as formas, e é assim que me retribui?*

Pisco e a encaro sem expressão, pensando não sobre a triste memória dramática de Júlia, porque eu estou pouco me importando com isso, mas sobre o experimento que acabei de fazer com ela para testar melhor essa habilidade que eu tenho. Agora que descobri que posso acessar as memórias das pessoas sem, necessariamente, estar em uma daquelas crises, as coisas ficam muito mais interessantes.

– Você viu?

– Sim – respondo e ela me encara sem acreditar. A partir daí, confidencio a Júlia como, a princípio, eu via essas coisas; digo também sobre os gritos que escuto e, principalmente, sobre aquela voz que ouço desde que me entendo por gente. Entretanto, há duas coisas que não digo a ela: minhas atividades e a pessoa que deu origem a elas.

Por um momento, Júlia fica em total silêncio. Eu não sei se ela realmente acredita em mim, mas eu preciso de um aliado para o que quero fazer a partir de agora e eu planejei essa conversa para acontecer exatamente como está acontecendo.

– De qualquer forma, Renata... – ela fala depois de um tempo – por que está me dizendo tudo isso? Eu sei que quer confiar em alguém, mas por que eu? Tem mais alguma coisa que queira me dizer?

– Quero que me ajude com algo. Quero entender a função de um colar que recebi dias atrás e o que ele significa.

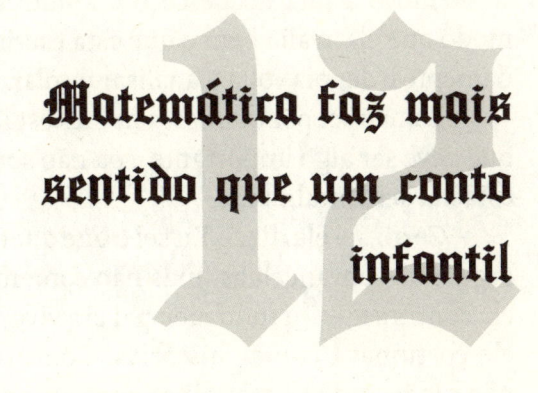

12 Matemática faz mais sentido que um conto infantil

Confusão.

Essa é a palavra que pode definir a expressão de Júlia agora. Ela balança a cabeça para os lados, sem entender, ergue os ombros e pergunta:

— Mas que colar, Renata?

Eu seguro o cordão de ouro que está preso ao meu pescoço e o puxo para fora da roupa que o esconde, deixando Júlia surpresa. Ela se aproxima de mim para avaliar o pingente e arregala os olhos ao ver tamanha beleza. Exatamente minha reação quando o vi pela primeira vez.

— Eu recebi esse colar há alguns dias e não sei quem o enviou. De qualquer forma, não é importante. Não estou preocupada com o significado das pedras também, pois isso eu sei decorado. O que eu quero que você analise e me diga se conhece são os nomes gravados na parte traseira. É algo quase imperceptível, mas, se você olhar bem, consegue ver.

Removo a joia do pescoço e a entrego com cuidado, de modo que ela avalia bem o que está escrito. Ela me olha rapidamente e depois volta a analisar o colar.

– Eu não sei por que esses nomes estão aqui, mas acredito que deve ser algo importante e eu não sou idiota. Sei que não estão aí acidentalmente.

– Certo... – ela diz. – Eu sei o que quer dizer. – Isso me faz erguer as sobrancelhas, mas não comento nada e deixo que ela continue. – Quando meu pai era vivo, e que Deus o tenha, ele costumava contar histórias. Contos infantis, sabe?! Eu não me recordo dos detalhes, mas posso te dizer o que sei.

– OK.

– O que eu sei é que, há muito, muito tempo, em épocas bem remotas mesmo, cinco crianças nasceram. Naya, a mais velha, Sorín e Oxita, que eram gêmeos, Karashi e Ny. Conforme os anos foram se passando, eles ficaram conhecidos como As Cinco Realezas.

"Meu pai costumava dizer que eles nasceram com algum tipo de poder. Esse poder foi aumentando conforme eles cresciam e, com o tempo, eles foram aprendendo a controlar isso. Naya dominava a mente das pessoas; Sorín controlava a água; Oxita, o fogo; Karashi controlava os fenômenos da natureza, e seus poderes eram um misto dos de Sorín e Ny, pois ele conseguia causar terremotos e tempestades. Já Ny, a mais nova e frágil, controlava a terra. Como sabe, fogo e água não são exatamente compatíveis, então os gêmeos acabaram se tornando inimigos. Naya era a mais poderosa e por isso se deixou levar pela ganância e se tornou uma pessoa muito má, que só sabia matar as pessoas para seu bel-prazer.

"Conforme foram gerando seus descendentes, a relação entre eles, que já não era boa, agravou-se, de modo que cada um deu origem a um clã diferente. A separação dos irmãos gerou uma guerra entre os poderes, ou dons, tanto faz, e isso causou um desastre enorme ao povo elementar.

"Vou te explicar sobre os descendentes. Havia dois tipos de descendentes: os puros, que eram aqueles que nasciam com apenas um dom, e os Herdeiros, que nasciam com mais de um dom. Um exemplo básico: vamos supor que um descendente direto de Ny tenha um filho de um descendente direto de Oxita, então há a possibilidade de a criança nascer com um dos dons, sendo descendente puro, ou com os dois dons, se tornando um Herdeiro."

– Ou seja, toda criança que nasce com mais de um poder é um Herdeiro – eu falo, entendendo seu raciocínio. Júlia concorda comigo e continua a história.

– O problema de ser um Herdeiro era que, por algum motivo, eles eram vistos como ameaças entre o povo elementar. Sofriam preconceito, eram mortos apenas por existirem. Muitos fugiam ou escondiam seus dons para poder sobreviver, mas tinha um porém. Os Herdeiros não viviam o suficiente. Mesmo que eles sobrevivessem aos ataques dos descendentes puros, em pouco tempo eles morriam, porque o próprio corpo não comportava esse enorme poder. Dessa forma, acabou sendo extremamente proibido alguém de um clã se relacionar com outro e essa era uma lei irredutível. Só que, assim como toda lei, essa por vezes era ignorada, e isso nunca impediu que Herdeiros continuassem nascendo.

"Segundo a lenda, um descendente puro de Oxita foi meio que corrompido por uma bruxa. Ela era amante dele e não aceitou quando ele a trocou por outra, então o amaldiçoou. Muitos acreditam que esse é o primeiro caso de possível imortalidade da história. Rezam os registros que a maldição consistia no destino fatal de levar à morte seus descendentes, independentemente do quanto amasse a criança.

"O rumor que corria era o de que esse homem se apaixonou por uma mulher especial, que foi perseguida e morta. Dizem que a mulher estava grávida, mas ninguém sabe o destino do bebê."
– Essa criança era um Herdeiro? – pergunto.
– Eu não sei, são apenas boatos.
– Quer dizer que, se existe um Herdeiro atualmente, então os clãs também vagam por aí?
– Acredito que sim. Acho que os genes das Cinco Realezas podem ter sido passados de geração em geração e, quem sabe, hoje ainda existam pessoas com dons.
– Se o povo elementar, hoje em dia, não está mais em guerra, o que eles fazem?
– Eu também não sei, amiga – ela ri. – Mas eu tenho minhas teorias. Acho que parte da população elementar quer proteger o último Herdeiro e outra quer matá-lo, por acreditar que ele representa uma ameaça. Minha teoria é que, se isso acontecesse, uma Segunda Sensô iria acontecer.
– E o que é isso?
– Quer dizer guerra. Uma segunda guerra entre eles, entende?
– E qual foi a primeira?
– Entre os irmãos.
– Entendi. – Bocejo alto e volto a olhar para Júlia. – Achei meio nada a ver isso estar no meu colar, mas OK. Eu agradeço a explicação.
– Certo, então vamos voltar para a festa porque devem estar sentindo nossa falta e eu quero ficar bêbada de novo – diz Júlia.
Seguimos para a multidão de gente que dança no escuro do clube sem se cansar, despendendo energia e suor em um nível caótico, e o volume alto da música "Anna Júlia" me faz sentir uma onda de choque que me deixa sem sentidos por um leve instante. Muita gente já havia pulado na piscina, causando grande baderna.

– Eita, já pularam na piscina. Quanto tempo passamos fora?
– Eu não sei, só sei que eu vou pular também. – Ela sai correndo e faz o que disse. Eu vejo Juliana e, quando ela vê que vou até ela, já vai logo me puxando e me dando bebida.
– Onde estava?
– Com Júlia – respondo ao tomar um gole bem forte. Juliana só concorda e vemos Samuel pular na piscina com Carla nos braços. Ela veste apenas lingerie e ele está sem blusa, ambos completamente embriagados. – Cadê a Ana? – pergunto, ignorando os dois.
– Ela já foi, acabou passando muito, muito mal.
– E agora a novata do terceiro ano vai abrir a próxima cachaça! – Grita um rapaz de um dos locais altos com o microfone na mão. O pessoal começa a me chamar e Juliana me leva até eles, me fazendo subir.

Eu seguro a garrafa um pouco cambaleante e a abro, tomo um gole enorme e sinto o álcool rasgar em minha garganta, me deixando quase sem nenhum sentido. Fecho os olhos para recobrar a consciência e repito "não morra" até que isso se torne uma verdade. Tudo está girando muito, então abro as pálpebras e minha visão é focada no par de olhos roxos que me encaram de algum lugar do clube.

Eu não sei como consigo perceber isso, mas, ao encarar esses olhos, percebo uma frieza tão grande que parece que vou morrer naquele momento. A dona desses olhos é uma mulher cujo rosto não consigo ver direito por causa da tontura, mas ela veste um longo vestido branco. Eu franzo as sobrancelhas e pisco com força, olhando novamente em sua direção. Ela desapareceu.

Todos continuam na festa como se nada tivesse acontecido e eu procuro pela dona daqueles olhos assustadores que me fizeram passar por uma sensação de morte instantânea.

Seja meu prazer.
Seja minha vítima.

Respiro fundo e escuto Juliana perguntar se eu estou bem, mas a única certeza que tenho é de que estou tonta demais para falar e cambaleio até um dos bancos, jogando-me nele e fechando os olhos com força, tentando, de novo, não morrer.

Apoio os cotovelos nos joelhos, abro as pernas e vomito absolutamente tudo que bebi a noite toda. Sinto alguém puxar meus cabelos para trás e alisar minhas costas ao passo que continuo quase colocando minhas tripas para fora.

– E é por esse motivo que eu não bebo. – A voz de Júlio me faz querer levantar e olhar para ele, mas estou mole demais para isso.

Ele se senta ao meu lado e segura meus ombros quando eu tombo para o lado e soluço.

– E é por isso que você é idiota – falo com humor, a voz arrastada. Ele ri de mim.

– Acho que isso foi passar um pouco dos limites, não foi? – diz ao limpar meu queixo com os dedos. Eu gemo e deixo minha cabeça cair em seu ombro.

– Vai embora...
– Tu estás muito exigente para uma pessoa nessas condições. Vem, vamos para outro lugar.
– Vai abusar de mim?
– Sim. – Ele me segura e levanta do banco, me carregando para fora do clube. Primeiramente, ele me senta na calçada, tira meus sapatos e os coloca dentro do carro dele. Depois, ele me levanta e, juntos, atravessamos a rua, entrando no meio da mata e fugindo de todo aquele barulho que estava me deixando ainda pior.
– Por que me trouxe aqui? – digo com um pouco de dificuldade.
– Estar em contato com a natureza, no silêncio, na calma, sentir o vento, é melhor do que ficar naquele ambiente desordenado. E aqui eu posso cuidar melhor de ti, sem os olhos de bêbados curiosos.

Enquanto ele fala, eu me viro para o lado, me apoiando em uma árvore, e vomito de novo.

– Meu Deus, tu estás péssima – Júlio diz com tom de preocupação e me segura de novo, fazendo eu me sentar no chão para descansar. – Fica aqui, eu volto em dois minutos. Vou só buscar água no carro, OK?

Eu concordo com a cabeça, fazendo uma careta. Júlio sai e volta na mesma pisada, não sei. O tempo passa de forma inconstante, é difícil entender o que está acontecendo.

– Toma isso aqui. – Ele coloca um comprimido na minha mão junto com uma garrafa com água e eu faço o que ele pediu. – Não se preocupe, não vou te matar, é para prevenir a ressaca.

– Como se você fosse capaz de fazer um absurdo desses com uma coisinha linda como eu...

– Pelo visto, recobrou a consciência. Ótimo. Vem, levanta. – Júlio me ajuda a levantar e eu respiro fundo para me manter um pouco bem.
– Está tudo bem. Consigo andar sozinha – falo com um pouco de tontura, mas ignoro isso. Júlio não me solta e posso perceber que ele me encara atentamente.
– Faz o "quatro", então.
– Não seja ridículo. Por que está fazendo isso, Júlio?
– Eu disse que queria recomeçar e, além disso, estou preocupado. Que tipo de homem eu seria se te deixasse sozinha nesse estado?

Eu olho diretamente para seus olhos claros e toda aquela obsessão ressurge de uma forma muito intensa. Engulo em seco e ele franze o cenho, parecendo confuso com a forma que eu o olho, como se o contemplasse. Como se precisasse dele.

– Me fode!
– Oi?
– Vamos! Vamos foder. Preciso que você me foda agora – falo sem pudor e isso deixa Júlio ainda mais confuso. Eu tenho certeza de que ele está assim porque pensa que só estou falando essas coisas porque estou bêbada. – Se você não me foder, eu terei de te matar.
– Do que estás falando? – Júlio me solta e se afasta de mim um pouco, dando-me espaço. – Tu não estás bem, eu vou te levar para casa.
– Então você não quer me foder?
– Eu... – ele para de falar e passa a mão na cabeça, nervoso.
– Você quer.
– Acho que devemos conversar melhor...
– Então você não me dá alternativa, meu bem. – Ao dizer isso, posiciono-me em posição de luta e jogo os punhos na direção do rosto de Júlio, mas, devido ao álcool, não consigo me

concentrar direito e ele desvia facilmente das minhas investidas um tanto tortas. Droga. – Se você não pode servir para o que quero, será minha vítima.

– E o que tu queres?

– Que me foda! – grito e acerto um soco no lado direito do seu rosto, próximo à orelha. Ele tomba para o lado, mas se recupera rapidamente e, quando estou prestes a dar mais um soco, ele agarra meus pulsos e me empurra até que minhas costas batam na árvore mais próxima. Solto um grunhido e o olho com uma raiva crescendo dentro de mim. Tento me soltar do seu aperto, mas ele me agarra com mais força e cola seu corpo no meu. Isso me deixa excitada, e não sei se é pela bebida ou pela minha necessidade insaciável de transar com ele.

– Tu não fazes a menor ideia do quanto eu quero rasgar tua roupa agora e meter em ti até tu gritar meu nome para os quatro ventos – ele sussurra. Nossos olhos se encontram a todo momento e meu peito sobe e desce em uma respiração pesada e descompassada. – Só que...

Eu não o deixo terminar de falar.

Apenas movo minha cabeça para frente e com um único movimento beijo sua boca sem qualquer delicadeza. Júlio solta meu pulso e agarra minhas costas, prendendo meu corpo no dele. Nossas línguas estão quentes por causa da saliva ou por causa do álcool e minhas mãos alcançam sua nuca, passando pelos seus cabelos lisos à medida que nós aprofundamos o beijo. Ele me pressiona na árvore e beija meu pescoço, fazendo-me soltar um suspiro alto, quase um gemido, e eu aperto seus ombros com as unhas.

Seguro seu rosto com ambas as mãos e olho para ele por alguns segundos, beijando-o novamente.

– Deixe-me matá-lo – falo, entre os beijos, ao apertar as unhas em sua mandíbula. Júlio solta um gemido baixo e sua mão aperta minha bunda. Isso me deixa ainda mais excitada e a única coisa que eu quero agora é sentir o sangue dele na minha pele.

— Tu és louca — responde Júlio quando chupo sua orelha, causando-lhe arrepios.

— Não se preocupe, meu bem, será rápido — falo entre suspiros quando ele coloca a mão que antes estava na minha bunda na parte da frente.

Ele acaricia por cima do short e eu estou quase desabotoando essa porcaria quando escutamos alguém chamar os nossos nomes. Paramos o que estamos fazendo e nos encaramos com os olhos arregalados, ofegantes.

Neste momento, recobro totalmente minha consciência e o afasto de mim. Coloco a mão na boca e penso no que acabei de fazer, depois olho para ele, incrédula. Júlio continua me olhando quando escutamos nossos nomes mais uma vez.

Samuel e Juliana aparecem com os telefones iluminando o ambiente e nos veem parados, afastados e ofegantes.

— O que aconteceu? — Samuel intercala o olhar entre nós dois.

— Eu...

— A Renata estava passando mal. Vomitou muito e eu cuidei dela. Só isso — Júlio responde rapidamente e se vira para os dois com o rosto sério. — Vamos para casa.

— Renata? — Juliana me chama e eu a olho. — Vamos?

Eu concordo com a cabeça e nós seguimos para o carro.

No caminho, Júlio e eu nos olhamos discretamente. De forma silenciosa, concordamos que isso não vai acontecer de novo. Entretanto, posso prever um relacionamento interessante entre o gaúcho e eu.

Olhos tão profundos quanto o mar

14

— Vocês estavam no meio da mata... — começa Samuel com sarcasmo dentro do carro. Diego não voltou conosco, então Júlia não precisou ir no colo da irmã. Eu e Júlio permanecemos calados enquanto Samuel faz a piada patética dele. — Sozinhos... Ofegantes... E está me dizendo que não aconteceu absolutamente nada? Ah... Isso é história para boi dormir, viu?

— Nem todo mundo é pervertido como tu, Samuel — diz Júlio ao dirigir rumo à casa do amigo.

— Que barbaridade! — Exclama.

— Não seja tão dramático, Sam — Juliana fala baixo por causa de Júlia, que dorme em seu ombro. — Mesmo que tivesse acontecido alguma coisa, não é do seu interesse. Você transou com a Carla pela milésima vez e ninguém está falando nada. Se está com inveja, guarde para si.

Samuel faz um "tsc" com a língua e para com seus comentários, então seguimos o caminho todo em silêncio, cansados, com sono.

Eu tenho certeza de que, quando eu acordar, estarei com uma ressaca do caralho. Quando eu chegar, quero somente esquecer essa noite. Isso não é vida, não é o tipo de "diversão" de que eu gosto, não faz a minha praia.

– Já são quase cinco da manhã – diz Júlio quando Samuel sai do carro ao pararmos em frente ao prédio em que ele mora. – Vê se acorda para ir à aula, seu preguiçoso.

– Claro, claro. Tchau, valeu.

– Renata, estás com sono? – Ele pergunta, mas não olha para mim. Acredito que ele está com vergonha pelo que aconteceu e eu não entendo o porquê disso. Não é como se a gente tivesse cometido um crime. Eu teria cometido se ele não tivesse feito o que fez, claro. Mas, se ele questionar a minha atitude nada pudica, colocarei a culpa na bebida.

– Um pouco. Foi a primeira festa a que eu fui e experimentei coisas bas... – Sinto um chute nas costas e percebo que Juliana acabou de me dar um aviso. Eu não devo comentar sobre a maconha com Júlio.

– Que coisas?

– Diversos tipos de bebida que até então eu não tinha provado. Acho que, apesar de ter 19 anos, não vivi o suficiente.

– Não se preocupe, Renata. A gente te ensina tudo o que precisa saber – Juliana é quem fala e eu posso perceber a má influência que essa mulher será na minha vida. Ela voltou a falar de forma polida, quase como uma pedra, e toda a simpatia que eu conheci na festa evaporou como água no fogo.

Quando Júlio para em frente à minha casa, saio depressa, agradeço e me despeço, batendo a porta e já entrando em casa. Raquel está dormindo no sofá com as pernas encolhidas e as mãos próximas ao pescoço, tremendo levemente. Eu fico observando-a por alguns minutos, percebendo algumas rugas próximas aos olhos.

– O que acontecerá com ela? – Escuto minha mãe falar quando coloco a orelha na porta.
– O que aconteceu foi algo realmente traumático, senhora. A breve conversa com sua filha me fez ver que há algo errado, vamos dizer assim – fala o homem, com hesitação. Eles estão próximos ao meu quarto, mas tenho que me esforçar um pouco mais para entender o que conversam, porque falam baixo.
– O que houve? – Ela pergunta aflita.
– Sua filha me contou algumas histórias antes do acontecimento recente. Pela minha experiência no assunto, eu digo que sua filha já nasceu assim, porém...
– Diga logo, por favor! – implora minha mãe, e eu franzo minhas sobrancelhas. O que está acontecendo?
– Acredito que... a última ocorrência tornou Renata, quero dizer, tornou o transtorno... mais propício. – O silêncio reina na casa e eu abro um pouco a porta sem fazer barulho. As sombras do médico e da mamãe estão formadas na parede amarelada e, pelo que consigo notar, minha mãe cobre o rosto com as mãos. – Sua filha tem alterações comportamentais que podem torná-la... perigosa.

Recordar isso me deixa, eu diria, nostálgica. Afasto-me de Raquel sem fazer barulho e subo silenciosa para o meu quarto. Penso... O que poderia me tornar perigosa? Eles dizem coisas sobre mim, mas não entendem nada do que aconteceu. Só fazem diagnósticos e me passam remédios para controlar um possível "transtorno". Que transtorno? Mal sabem eles que eu sou nada menos que perfeita.

Quando me deito na cama, de roupa e tudo, fecho os olhos e me recordo da primeira vez que falei com ele. A memória ainda é forte, mas agradeço por adormecer no meio dela.

– Eu sou o Felipe. Qual seu nome? – Eu paro de escrever no meu diário e pisco, olhando-o como se ele fosse um inseto insignificante.
– Renata.

– Sou novo aqui. Poderia me mostrar a escola? – Felipe sorri e eu abro a boca, fechando em seguida. Ele é bonito, então dou um sorriso amigável e ajeito o cabelo no rosto. Apesar de realmente achar que ele é insignificante, resolvo manter minha pose.
– Você não é velho demais para vir conversar comigo?
– Qual a sua idade, Renata?
– Eu tenho 12 anos.
– Ah, são apenas dois anos. – Ele ri e eu acompanho, forçando um pouco. Apesar de ele ser bonito, tem os dentes um pouco tortos. Ele olha em meus olhos e dou de ombros, ignorando esse fato, e me levanto do banco em que estou sentada, guardando o diário na mochila.
– Vamos lá! – exclamo com animação ao pegar seu braço. É nesse momento que decido que o terei. Felipe ficará na palma da minha mão, pois eu consigo tudo o que eu quero.

---

5 de novembro de 2008.
Quarta-feira.

Minhas cobertas são puxadas com força, expondo meu corpo encolhido na cama. Solto um resmungo alto e me levanto, colocando as mãos no rosto para tapar o sol que invade as janelas.
– Não faça isso comigo, eu estou morrendo – imploro para ela, mas Raquel apenas me puxa pelo braço e me empurra em direção ao banheiro.
– Vamos, vamos, vamos – diz ao jogar a toalha na minha cara. – Você precisa estudar. Se pensa que vou deixar você vagabundear mais um dia apenas porque está de ressaca, está enganada.
– A culpa não é minha... – digo ao remover as roupas de forma lenta.
– Não precisava ter se descontrolado tanto, Renata.

— Não preciso de sermões. — Entro no chuveiro e bocejo quando a água bate na minha cabeça.

— Está tão impaciente, filha. Tem algo a incomodando?

Eu olho para Raquel e penso por um momento, considerando dizer que não há nada, mas basta eu passar os dedos no colar de forma inconsciente que ela percebe.

— O que foi?

— Conhece algo sobre As Cinco Realezas? — pergunto depois de sair do banho e passar a toalha no corpo. Ela vem com uma escova e penteia os meus cabelos molhados com calma.

— Sim, é um conto antigo. Minha avó já mencionou algumas poucas vezes. Por que está interessada nisso?

— Nada demais, só achei estranho o nome dos clãs estarem gravados no colar. — Quando falo isso, Raquel apenas franze as sobrancelhas por uns instantes, mas não diz absolutamente nada. Ficamos em silêncio até que ela decide interromper isso.

— Quer um conselho?

— Não — respondo e calço os sapatos. — Se conselho fosse bom, não seria dado de graça, e ninguém nunca segue.

***

Depois de me arrumar e chegar ao colégio com muito esforço e mais determinação do que imaginei que teria, percebo que todos ainda falam sobre a festa. Ana é a primeira que fala comigo, comentando apenas sobre os *flashs* de que ela se recorda, e eu digo que ela vomitou a própria dignidade.

Quando Júlio e as gêmeas entram, trocamos olhares rapidamente, mas só isso. Não faço questão de falar com ele sobre qualquer coisa, então apenas resolvo ignorar sua presença e dedico minha atenção para Júlia, já que Juliana voltou a ser uma insuportável.

Eu falo isso porque eu sou extremamente amável com todo mundo, não é meio injusto que ela me trate com tamanho desprezo? Mas, enfim, foda-se.

Os três não comentam nada sobre a festa, mas, quando Samuel espalha para o grupo que me viu na mata com o moreno, sozinhos, Ana me enche de perguntas como uma típica fofoqueira. Eu não sei por que Samuel, de repente, começou a andar com a gente. Mas percebo que meu círculo de "amizades" aumentou bastante desde que cheguei. Até mesmo Diego permanece com a gente, e, apesar de saber que ele e Juliana já namoraram, é notório que ele realmente não se importa com isso. Ou ele é maduro demais ou está ignorando-a de propósito.

– Então você e ele não ficaram? – pergunta Ana ao apoiar as mãos no queixo, sorrindo.

– Por que está tão interessada nisso? – questiono com uma pitada de irritabilidade, mas não deixo isso tão transparente. Samuel se senta na minha frente e passa a mão pelos cabelos loiros.

– Você está incomodada porque eu disse a verdade?

– Só acho que espalhar boatos dessa forma não é certo, principalmente quando você pode acabar se machucando – falo com um sorriso ao olhar para ele. Ele apenas diz "humpf" e vai para seu lugar de origem, ao meu lado direito.

– Ora, ora, veja quem está aqui. – A voz de Diego me faz olhar para ele e, em seguida, para a porta, vendo o rapaz com o sinal no canto da boca entrar despreocupado e com as mãos nos bolsos da calça. Júlia, que está atrás de mim, segura meu ombro com força e posso jurar que ela prende a respiração.

– O que está fazendo aqui? – Juliana pergunta quando ele se aproxima do grupo e Ítalo apenas dá de ombros.

– Aconteceu um problema na minha turma e resolvi mudar. Tem algum problema com isso? Reclame com o pai de Carla.

— Não me meta nisso! — grita ela de onde está. Ítalo a ignora do mesmo modo que faz comigo, e eu me pergunto a razão para ele fazer isso. Será que ele se lembra de mim? Ele percebe que eu estou encarando-o descaradamente e, por fim, vira para mim com uma cara de dúvida.

— E aí? — fala ao estender a mão. — Eu nunca te vi aqui, você é a novata?

— Sim, ela é — responde Júlia em meu lugar, ao levantar da cadeira e ficar entre nós dois.

— Ah, você está aqui também. Eu esqueci que era dessa turma.

— Vá a um psiquiatra para tratar essa sua amnésia, então — ela dispara e eu sinto que vai bater nele, mas não posso permitir que isso atrapalhe os meus planos de me aproximar desse rapaz.

— Tudo bem, Júlia. — Levanto da cadeira e estico a mão para Ítalo. Ele intercala o olhar entre minha mão e minha cara por uns segundos, mas acaba apertando e sorri. — Já não nos vimos antes?

— Acho que devemos ter nos esbarrado na festa. — Ele pensa um pouco e solta a minha mão, colocando a dele no bolso e voltando a ignorar Júlia.

— Só nesse dia?

— Hum... Sim?

— Ah.

Não digo mais nada, apenas me sento e reflito ao me recordar da minha suposta tentativa de suicídio. Como eu posso ter imaginado tudo se Ítalo está bem na minha frente? Eu o observo ainda enquanto conversa com Diego quando a professora entra e todos se sentam.

Enquanto ela faz a chamada, eu a encaro e vejo que tem o mesmo sinal na boca que Ítalo. Ao chamar meu nome, ela tira os olhos do papel e olha diretamente para mim por tempo suficiente para eu deduzir que ela está de "marcação" comigo, por qualquer motivo que seja. Por fim, ela ajeita os óculos de armação vermelha e volta a fazer a chamada.

— Bah! — Samuel diz e eu olho para ele. — Viu como ela te olhou, Renata? — Ele inclina o corpo para o lado, aproximando-se de mim. Encaro seus olhos castanhos enquanto ele fala. — Ela deve ter ficado com inveja dessa sua carinha linda e por isso não conseguiu parar de te encarar... — Ele sorri de lado, mas não desprende o seu olhar do meu.

Tento falar, mas não consigo. Samuel continua sorrindo enquanto olha diretamente para o mais profundo dos meus olhos e eu não consigo me mexer. Sinto-me sem ar, incapaz de falar e de respirar. Aos poucos, meu fôlego vai diminuindo e a única coisa que consigo fazer é colocar a mão no peito como se meus pulmões estivessem sendo esmagados. Seus olhos são tão hipnotizantes que não consigo deixar de olhar.

Cada vez mais depressa, sinto meus pulmões doerem, realmente me impedindo de respirar. Meu desespero começa a ficar nítido quando perco a cor e agarro a cadeira na tentativa de me recuperar, mas parece que eu estou me afogando em um mar sem fundo, caindo nas profundezas obscuras da minha inconsciência.

Finalmente, depois de segundos que se pareceram séculos, Samuel pisca e se afasta. Eu começo a tossir alto, como se tivesse acabado de recuperar o ar, e busco incansavelmente por oxigênio. Volto minha atenção para ele um tanto assustada com o que acabou de acontecer, mas ele apenas encara a professora com um sorriso bobo nos lábios.

Se o teu passado te condena, o meu me revela

— Renata, por que você sempre toma café só no intervalo?

— Hum? — Olho para Ana e depois para o café em minhas mãos. Dou de ombros e solto uma curta risada. — Por que você sempre come pastel de carne?

— Porque eu gosto, ué.

— Acabou de responder sua própria pergunta. — Volto a tomar meu cafezinho amargo, ignorando as pessoas ao redor da mesa. — Aliás, queria saber o motivo para Samuel começar a andar com a gente.

— Eu também — diz Diego, com tom de reprovação e desgosto.

— Você está muito incomodado, cara. E, não sei se sabe, mas existe um ditado que diz "os incomodados que se mudem". — Samuel dirige sua palavra a Diego de forma bem hostil e este revira os olhos, voltando a ignorar o colega e conversar com o restante do pessoal.

Eu estou achando essa reunião um pouco estranha, visto que há poucos dias Samuel sequer olhava na nossa cara e agora todo mundo aceita sua presença conosco como se todos fôssemos bons amigos.

    Ítalo, junto com Júlio, senta-se conosco alguns minutos depois. Ele é bem cara de pau, sabendo que as gêmeas não suportam sua presença, principalmente Júlia. Olho para ela discretamente e presto atenção no que faz, percebendo pela primeira vez que ela usa um solitário no dedo e a pedra é amarela, exatamente como o citrino do meu colar. Eu me questiono se ela sempre usou esse anel, porque eu nunca reparei nisso.

    – Você gosta de joias, Renata? – Diego tira minha atenção de Júlia e eu olho para ele meio confusa, sem entender sua pergunta. – Não sabia que usava um colar tão bonito – continua ao apontar o queixo para o pingente que está a mostra. Eu rapidamente o coloco para dentro da blusa e dou um sorriso para Diego ao perceber que todos da mesa me encaram.

    – É uma herança de família – respondo e troco olhares com Júlia. Ela franze os lábios, mas não diz nada. – Se me dão licença, eu irei ao banheiro.

    – Posso ir com você, se quiser – diz Ana, mas eu nego e me levanto.

    Enquanto vou até o local que almejo, sinto uma queimação no peito que me causa um leve desconforto. Assim que entro no banheiro, verifico se não há ninguém e removo a blusa por cima da cabeça, deixando-a cair no chão quando fico de frente para o espelho e tiro o pingente que encosta em minha pele. Percebo que é dele que vem a queimação, pois a área em que ele tocava está extremamente avermelhada e dolorida. Ligo a torneira e despejo lentamente um pouco de água na queimadura, chiando um pouco com o ardor.

Neste momento, alguém entra no banheiro e eu me viro para ver quem é no mesmo instante que tiro minha blusa do chão. A moça me olha, mas desvia e observa a própria imagem no espelho enquanto fala ao telefone.

– Não seja tão medrosa, OK? Ele disse que iria. Então deixe de drama e faça o que tem de fazer – ela diz para a pessoa que está do outro lado da linha e fica uns segundos em silêncio enquanto ajeita o cabelo tingido. – Use meu quarto, mamãe estará fora, mesmo – continua –, e, por favor, tente não engravidar.

A moça desliga e olha de novo para mim, vendo que eu a observo. Ela tem olhos castanhos e percebo uma tatuagem em seu pescoço, mas não consigo definir o que é o desenho, portanto ignoro.

– Não acha que é meio inadequado se despir no banheiro da escola? – pergunta.

– Não acha que é inadequado falar sobre sexo com sua irmã mais nova? – Eu sorrio, e ela pisca os olhos para mim.

– Eu te conheço?

– Talvez... – respondo ao vestir a blusa e ajeitar os cabelos na frente do rosto. – Como você está, Tainara? Aparentemente bem, visto que agora está dando uma de professora sexual para a Tâmara.

– Ela tem 15 anos, uma hora ou outra isso vai acontecer. – Tainara revira os olhos e caminha até mim, empurrando meu ombro até que eu me encoste na parede. Não demonstro qualquer reação ao seu toque, mas Tainara sorri para mim como uma verdadeira maníaca e posso ter certeza de que ela se diverte com essa situação.

– E você, Renata? Como está? Aparentemente bem, visto que continua cobrindo metade da cara com o cabelo. Você não mudou nada.

– Nunca tive intenção de mudar – comento e bato em sua mão para que ela tire as patas de mim. Entretanto, ela me segura antes que eu possa me afastar e, com a habilidade de sempre, me beija sem me pedir permissão.

A gente tinha essa brincadeira no passado, quando eu ainda morava no Ceará, anos atrás, e vez ou outra trocávamos carícias como "boas amigas".

O beijo dura poucos minutos, mas, quando me afasto, Tainara não para de sorrir.

– Está se divertindo? – pergunto.

– Você realmente não mudou nada... Seu beijo continua uma delícia.

– Eu pelo menos peço permissão para beijar alguém antes de fazer qualquer coisa do tipo – comento com um falso humor.

– Muito engraçado isso, já que normalmente você mata as pessoas antes que isso aconteça. Ou você pede permissão para fazer isso?

Ignoro-a e me ajeito de frente para o espelho, deixando o colar por cima da blusa para não correr o risco de ele me queimar mais uma vez. É um tanto estranha essa reação dele na minha pele, será que tenho algum tipo de alergia? Vou pesquisar depois.

– Como está a estadia em Porto Alegre? Passamos uns quatro anos separadas, não imaginava que iria te encontrar aqui.

– Estava indo muito bem até você aparecer.

– Ah, continua uma egoísta e narcisista do caralho. Já matou muita gente? – Ela ri.

– Não, somente duas – respondo ao lavar as mãos na pia e sem dar muita atenção para ela. Tainara me observa por uns segundos e eu finalmente a olho. – O que foi?

– Eu estava brincando, sua sociopata.

– Desculpe se a ofendi. – Dessa vez, sou eu que dou uma risada divertida. – Mas você iria amar a Jéssica, faz bem o seu tipo.

– O que você fez com ela?
– Nada que você precise saber. Mas, e então, como está Tâmara?
– Ah, vai bem. Virgem ainda, mas você sabe como é, né?! Irmãs mais novas... – Tainara ri com deboche e imediatamente minha ira é acionada; então, com força e velocidade maiores do que ela possa acompanhar, lanço minha mão em seu pescoço fino e magro, empurro-a contra a parede, e isso causa um baque um tanto agressivo. Ela tenta falar, mas eu aperto com mais força, deixando seus olhos arregalados e medrosos encarando o meu olhar penetrante e inexpressivo.

Tainara está completamente sem ar e seu rosto franze de dor com a minha atitude inesperada, entretanto eu apenas dou um sorriso de lado e a solto, fazendo-a deslizar no chão com as mãos no pescoço e procurar por ar desesperadamente.

– Não faça piadas idiotas para mim, *amiga*. Você sabe o que sou capaz de fazer antes mesmo que possa pensar em pedir por clemência. Então, não teste a minha curta paciência.

– Mataria uma amiga?

– Desde quando eu me importo com amigos? – retruco e me vejo mais uma vez no espelho.

– Bem, então eu vou deduzir que você está bem. – Ela se levanta com dificuldade, pigarreando.

– Estava melhor antes de ver você, se quer saber. Só de ver sua cara de fuinha me lembro do seu primo, e o que menos preciso na minha vida agora é recordar daquela pessoa que deve estar debaixo de sete palmos de chão. – Ajeito meu cabelo na frente do rosto e solto um risinho de divertimento, quando ela diz:

– Ele está vivo, Renata.

– O que diabos você disse? – pergunto com mais seriedade que o necessário.

— Felipe está vivo. Ele sobreviveu ao acidente, apesar de ter ficado com algumas sequelas.

— Aquilo *não* foi um acidente — é só o que digo antes de sair do banheiro de supetão, deixando-a lá.

Sento-me em minha cadeira e mordo uma das unhas enquanto minha perna treme devido a uma possível ansiedade ou raiva, não sei dizer. Tudo o que fiz naquele tempo foi milimetricamente calculado, não houve brechas, erros, qualquer coisa. Então, como Felipe pode ter sobrevivido depois de tudo? Como?

— Está bem, Renata? — pergunta Samuel ao tocar em meu ombro.

— Estou bem, sim. Apenas pensando em algumas coisas irrelevantes. E você, por que não está com seus novos amigos? Júlio e Ítalo.

— Acho que seu namorado está com ciúmes porque tenho estado muito próximo de você. Talvez esteja com inveja porque eu sou mais bonito que ele.

— Desde quando Júlio é meu namorado e desde quando nós somos próximos? E, até onde eu sei, você é o invejoso da turma.

— Dizem as más línguas que eu sou invejoso, mesmo. Não sei, talvez esse seja meu pecado. Entretanto, gosto de dizer que sou como a água. Límpido, porém mortal.

— Isso soou um pouco ameaçador vindo de alguém tão pacífico quanto você.

Samuel sorri para mim, mas eu não retribuo porque vejo um cordão em seu pescoço que até então estava escondido pela blusa. Franzo os olhos e me aproximo dele o suficiente para perceber que é um colar.

— Você usa um colar? — indago.

— Isso? — Ele remove o cordão de dentro da camisa e vejo um quartzo-azul amarrado, como um castroado. — Eu comprei em uma daquelas lojinhas de praia, baratas, em uma das praias que visitei. É falso, claro, porque sou um pobre coitado, mas achei massa.

Estou prestes a questionar algo quando a conversa é interrompida por Júlio, que chega absolutamente do nada.

– A conversa está boa? – Ele pergunta olhando diretamente para o amigo. Samuel apenas dá de ombros e se vira para mim de novo.

– Vou comprar algo para comer, vai querer?

– Não, pode ir – digo com simpatia e ele sai da sala, deixando Júlio me encarando como se quisesse falar algo para mim. – O que você quer me olhando?

– Eu só estava pensando no que aconteceu na festa.

– Acontece. Eu estava fora de mim, não sabia o que estava fazendo.

– Bem, tu me pediste permissão para me matar.

– E você quer que eu faça isso sem ela?

– Eu não preciso ter medo de ti.

– Deveria. Se me provocar demais, não sabe o que sou capaz de fazer. Além disso, eu estou de péssimo humor.

– O que te incomoda?

– Bem, se não posso me livrar do lixo, vou me livrar da sujeira. – Toco em seu ombro e sorrio, mas Júlio não compreende. Neste momento, não quero envolver Júlio em minhas atividades, pois tenho outros planos para ele. Até porque a próxima atividade levará um pouco mais de tempo para ser finalizada e precisarei de espaço. E se, por acaso, Júlio souber de algo, ele não sobreviverá por muito tempo e ainda é útil.

Júlia chega perto de nós já achando que somos um casal, colocando as duas mãos no rosto como uma adolescente que lê revistas *Capricho*. Reparo mais uma vez no anel em seu dedo e o citrino realmente chama minha atenção.

– Vocês combinam tanto...

— Eu acho que você bebeu demais esses dias — respondo ao me afastar de Júlio. Juliana se aproxima com uma expressão séria e desafiadora para a irmã, e isso a faz encolher os ombros e ficar quieta.

Dirijo meu olhar para seus olhos verdes, mas algo me impede totalmente de invadir suas memórias assim que ela me encara, e isso me causa uma dor de cabeça absurda, quase como se tivesse levado uma paulada. Como se estivesse tendo uma labirintite, perco levemente o equilíbrio e seguro em uma das cadeiras para não cair. Quando volto a olhar para Juliana, ela está saindo da sala e a dor para como se não tivesse nunca surgido.

O "não" dentro da minha cabeça é a única coisa que escuto depois disso.

Clã Oxita

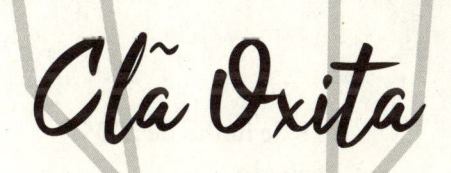

Assim como Oxita, o jaspe-vermelho está relacionado com a força física, sendo usado como uma pedra de poder. Ela é uma pedra poderosa que simboliza a força e a vitalidade, trazendo apoio nos momentos difíceis.

Receba bem seus inimigos. Dê um tiro!

18 de junho de 2005.
Sábado.
Terreno baldio.

O lugar está escuro. Nenhuma luz, nenhum som, exceto o choro baixo da garota que está com os olhos tapados com um tecido.

— Por favor, me deixe ir embora! — suplica mais uma vez, tentando entrar em contato comigo, me sentir de algum modo. — O que eu te fiz? — grita. — Eu não tenho dinheiro, não tenho nada! Pelo amor de Deus, me deixe ir embora.

Tive sorte em encontrar esse lugar abandonado perto da casa da menina. Que tolice dos pais achar que ela ficaria bem por dois dias inteiros sozinha naquela casa enorme enquanto eles faziam uma suposta viagem.

— Por que está me sequestrando? — pergunta mais uma vez. Sem resposta.

– Diga-me... – Começo a falar depois de alguns minutos e ela procura minha voz, virando a cabeça para todos os lados possíveis – você acha bom debochar das pessoas, não é?

– Do que está falando? – Sua voz treme quando percebe que eu estou atrás dela. Suas mãos roçam na corda que a prende na cadeira.

– Achou divertido rir de mim na loja, não foi? – Questiono ao me aproximar do seu ouvido. – Agora sou eu que me divirto.

Retiro a pequena faca do bolso e seguro seu queixo, tampando sua boca com minha mão no momento que passo a lâmina por sua orelha, descendo devagar, aprofundando o corte.

– Se eu fosse você, não me mexeria tanto – aconselho ao vê-la se contorcendo por causa da dor. – Vai que eu corto, sei lá, seu olho por acidente. – A menina para instantaneamente e chora com mais força ao perceber que parte do lóbulo de sua orelha está cortado. O cheiro metálico do sangue me invade as narinas e isso me faz sorrir.

– Desculpa, desculpa, desculpa, desculpa... – ela repete diversas vezes com a voz falha e eu reviro meus olhos, acertando um golpe com a faca na sua bochecha. Ela grita e sua cabeça tomba para o lado.

– Você acha que isso serve de alguma coisa? – Falo com paciência ao contornar a cadeira em que ela está.

– Eu nem sei quem é você – murmura para si e eu corto sua bochecha mais uma vez, agora com agressividade.

– Cuidado com o que fala! Está escuro e não sei o local em que miro – advirto com um sorriso. Pego o isqueiro que guardei no bolso de trás da minha calça e o acendo, iluminando o rosto da garota com a chama. Seus olhos ainda estão cobertos pelo pano molhado por lágrimas e sua bochecha possui dois profundos cortes feitos por minha faca. Os pés estão amarrados por cordas e sua cabeça permanece baixa enquanto ela funga algumas vezes.

– O que quer de mim? – pergunta de maneira inocente, o que me faz rir um pouco.

– De você? Querida, você não é importante. – Passo meu dedo indicador em sua ferida lentamente e ela chia com a dor. – Espero que não *infeccione – comento com humor. – Perguntarei mais uma vez... – Respiro fundo antes de continuar. – Achou bom zombar do meu rosto no shopping? – Espero um pouco e, como não obtenho resposta, apenas lágrimas inúteis, continuo com meu interrogatório. – Quer olhá-lo mais uma vez? – Sem esperar pelo que iria dizer, arranco o pano que cobre seus olhos e seguro seu queixo com força, erguendo sua cabeça para que fique de frente para meu olho. – Olhe para mim! – grito para ela ao iluminar nossos rostos com o isqueiro. – Olhe! – falo com mais intensidade e a garota estremece, encarando-me com os olhos arregalados e trêmulos. – Cadê sua risada agora? Ria! Vamos! – Provoco em meio a um riso.*

É então que uma ideia brilhante me surge e meu olhar encontra o dela, apavorando-a.

– Aposto que vai adorar isso... – Sussurro e ela pisca seus olhos amedrontados. Eu me sento em seu colo, apertado pelas cordas, e puxo seu cabelo para baixo, trazendo a cabeça e deixando todo o rosto exposto para mim. Ergo o isqueiro e, sem pressa, deixo que a chama se encoste em seu olho direito, queimando a pele vagarosamente. A menina começa a gritar, então interrompo minha atividade para retirar minha blusa e enfiar dentro da sua boca. Ela urra e chora desesperadamente enquanto eu refaço meu ato de crueldade, divertindo-me enquanto vejo sua pele borbulhar com o calor, derretendo e fazendo o sangue chiar em contato com a chama enquanto ela se contorce de dor.

Já cansada desse jogo e com a metade do rosto da garota queimado e sangrando, coço a cabeça ao pensar por um momento e me lembro de que devo seguir meu plano e terminar isso antes que eu deixe rastros. Então, busco minha arma principal pelo terreno para que eu possa terminar logo e ir para casa tirar um breve cochilo.

Quando finalmente a encontro, volto calmamente para o lugar onde minha vítima está e analiso seu estado. Incapacitada de falar e enxergando com apenas um dos olhos, ela permanece parada, chorando e sangrando, tremendo dos pés à cabeça. Respiro fundo e acendo o isqueiro, jogando-o em uma parte qualquer e iniciando uma queimada no mato. Logo ele vai se espalhar e nos alcançar, então finalizarei.

– Espero que tenha gostado da festa, moça – falo em tom baixo ao segurar a picareta acima da cabeça. Ela tenta levantar a cabeça e encara minha arma com medo. – Essa será sua última lembrança. – Vejo que o fogo se alastra um pouco mais rapidamente, então olho para ela e intercalo minha atenção com a queimada que se aproxima. Ajo depressa e golpeio seu tórax com a arma, um pouco abaixo dos seus seios, e perfuro seu diafragma em um único movimento, rompendo todas as membranas que separam o pulmão do resto. Ela geme de dor com seu último fôlego enquanto sente a arma sair.

Tenta, desesperadamente, respirar, conseguindo com isso apenas que seus órgãos abdominais adentrem o tórax. A percepção de que estava condenada a sufocar comprimida por suas vísceras começa a aparecer no rosto mutilado. Fica arfando e chapinhando tal qual peixe fora d'água. Quanto mais tentava, mais os intestinos entravam em sua caixa torácica e mais sua barriga escavava, até ficar funda como a de um anoréxico. Ela agoniza lentamente sob o peso de tudo de repugnante em seu corpo e... morre.

5 de novembro de 2008.
Quarta-feira.
Na floresta.

– Por que estou aqui? – indaga o rapaz amarrado na árvore. Ele está extremamente ofegante, seu peito está nu e ele balança a cabeça para os lados, tentando entender como parou em um lugar como aquele. Em um dos lados de sua cabeça, há sangue devido ao ferimento que fiz quando o acertei com o martelo.

– Porque vou matar você – respondo sem qualquer rodeio.

Estou sentada no chão da mata observando atentamente seu corpo despido, batendo o cabo de uma kukri em uma das mãos cobertas por luvas. Seus olhos estão assustados ao encontrar os meus e isso me diverte.

Com a mentira de que iria fazer compras e que minha mãe estava em outra cidade trabalhando, pude pegar o carro de Júlio emprestado. Claro que tive de mostrar minha carteira de habilitação para provar que eu não traria problemas para ele, mas isso é só um pequeno detalhe. Depois disso, achar Hugo nas ruas e, com um sorriso amigável, convencê-lo a entrar no veículo foi mais fácil que tirar doce de criança. O martelo que eu guardava ao lado do freio de mão – coberto por um pano – acertou em cheio sua cabeça enquanto nos beijávamos. Sua consciência se foi imediatamente. Claro que tive de fazer alguns desvios para comprar minhas armas, as luvas e as cordas que estou usando para prendê-lo na árvore. Apesar da minha força, carregar um homem pela mata é um trabalho complicado.

– Por quê? – Ele franze o cenho e tenta mover a cabeça, mas eu prendi sua testa com a corda e o único movimento que consegue realizar é o dos olhos. Eu também a deixei um pouco arqueada para que eu possa ter uma boa visão da sua garganta.

– Hum... – Penso por um momento ao coçar o nariz. – Acho que conhece a história do sapo e do escorpião, certo? – pergunto ao apoiar meu queixo na mão. Como ele não responde, decido não perder tempo explicando. – Bem, se conhece, vai entender minha resposta: porque é a minha natureza. Eu sou o escorpião e, no momento, você é o sapo.

Ele funga baixo, tentando mostrar sua masculinidade para mim. Eu me levanto com a kukri na mão, que consegui em uma loja de cutelaria, e me aproximo do rapaz. Minha blusa está no chão e meus seios estão vestidos apenas pelo sutiã, o que faz seu olhar inclinar para baixo algumas vezes, tremendo. Lambo os lábios e passo os dedos por sua garganta esticada no momento que ele engole em seco com o nervosismo.

– Alguém que deveria estar morto anda perambulando pelas ruas do Brasil, Hugo – sussurro em seu ouvido, e ele fecha os olhos com força. – Ele não deveria viver depois do que fez comigo, sabia? Eu estou zangada... – Sorrio fracamente para ele e observo seu peito suado. Inclino a cabeça para o lado ao descer a lâmina da kukri por seu mamilo, cortando-o com profundidade. – Vamos brincar um pouco, tudo bem? – Meu sorriso se abre à medida que me concentro no sangue que escorre por sua barriga. – Qual sua idade, Hugo?

– Vin-te... e... um... – diz engasgando e com os olhos lacrimejados. Ele solta o ar quando acha que já está em condições de respirar, acostumando-se com a dor.

– Uma ótima idade – cogito e passo a kukri devagar pelo outro mamilo, perfurando ainda mais. Ele abre a boca e contorce o rosto, impedindo que um grito saia por sua garganta. – Você faz faculdade?

– Con-tá-beis... – sussurra e eu pondero, afastando a arma do seu corpo.

Seus olhos estão fechados enquanto examino seus fluidos se esvaírem por sua pele pálida. Ele tenta mover os pulsos, porém as cordas ásperas os machucam toda vez que ele puxa, deixando-os irritados e inchados. A circulação de sangue já foi interrompida em seus pés e mãos por causa do aperto acochado, e isso deixou os membros arroxeados e dormentes.

– Agora, vou precisar tampar sua boca, meu bem – falo com um semblante inocente. – Vou descer um pouco, OK?! Espero que não se importe.

Hugo franze as sobrancelhas e vê quando aponto a kukri para suas pernas. Imediatamente, balança a cabeça o máximo que consegue, mas é inútil.
— Não! Não, por favor, não, não! — suplica estupidamente, prestes a gritar. Pego minha blusa do chão a tempo e a enfio em sua boca, impedindo que faça barulhos desnecessários.
— Por favor! Se continuar tentando se mexer, posso cortar no lugar errado e acho que não vai querer isso. — Mordo os lábios ao ver que lágrimas escorrem por seus olhos mesmo quando ele tenta impedir isso. O medo é fascinante! De joelhos e avaliando seu pênis, olho para cima mais uma vez e estimulo sua ereção com a mão. Impressionante como, mesmo à beira da morte, Hugo ainda consegue ficar excitado.
— Será rápido, meu bem — digo com voz mansa ao vê-lo ereto. O pensamento me faz rir e Hugo já chora um pouco mais alto e tenta, sem êxito, gritar. Sem paciência ou delicadeza, penetro a kukri na lateral da sua coxa esquerda, perfurando-a e prendendo a arma lá. E é então que Hugo realmente urra e treme as pernas com a dor intensa que a arma causa. — Minha nossa, como você é exagerado! Eu nem comecei...

Solto outra risada curta quando seguro o corpo do seu pênis com uma mão, e com a mão que segura a kukri passo a ponta da lâmina em sua glande, cortando-a de ponta a ponta. Hugo se retorce por completo e posso ouvir seus berros enlouquecedores na mesma proporção em que lágrimas descontroladas saltam dos seus olhos. O sangue concentrado em seu pênis ensopa o órgão e suja a minha mão, que o segura. Seus gritos abafados pelo tecido não cessam e muito menos as lágrimas desenfreadas. Eu até sentiria pena caso eu fosse capaz disso. Porém, meu divertimento e excitação só aumentam.

Passo a unha por sua glande e aperto a ponta devagar, rindo com o sofrimento e desespero de Hugo.

– Não se preocupe... – Levanto-me do chão e aliso seus cabelos com carinho, com a mão limpa. – Logo vai acabar e então eu poderei respirar com tranquilidade sabendo que aquele verme ainda se mexe. – Hugo continua chorando, alheio às minhas palavras, e eu olho para seu membro ensanguentado. Dou de ombros e decido terminar logo. – Tenha uma boa morte!

Com força e sem hesitação, adentro a kukri em toda a sua garganta, cortando-a na horizontal. A quantidade de sangue é absurda. Apesar disso, vejo o orifício sobre o qual li em livros e artigos da internet. A famosa "gravata colombiana".

Agora eu entendo perfeitamente o que significa esse nome tão peculiar. Os olhos de Hugo giram pelas órbitas várias vezes quando introduzo minha mão dentro da abertura e encontro sua língua. Mais sangue esguicha e eu arregalo meus olhos ao abrir um pouco a boca, em total excitação e admiração por vê-la sair através do canal que abri para o exterior do seu corpo.

Ao terminar o serviço, caminho para trás no intuito de verificar minha arte. Garganta aberta com a língua para fora enquanto sangue pinga no chão, genital cortada e mamilos mutilados. Hugo, 21 anos e universitário. Sem vida.

Estou deitada na cama admirando o teto do quarto quando escuto meu telefone tocar pela sétima vez em apenas dois minutos, e isso já está perturbando meu juízo. Reviro os olhos e atendo, bufando e sem paciência.

– Alô! – falo com arrogância ao me levantar da cama.

Depois de deixar o corpo de Hugo exposto na floresta, volto para casa e tomo um banho enquanto queimo as evidências e escaldeio a kukri para livrá-la de todo o sangue e a sujeira.

Depois, vou para a casa de Júlio entregar o carro e pedir uma carona, alegando que minha mãe não havia chegado a casa.

Ele me observa sair e sorri para mim quando diz:

— Vamos jantar hoje. — Eu o encaro e penso nas possibilidades.

— Pretende abusar de mim? — questiono com humor e olho em volta.

— Ah, com certeza. — Ele ri e eu me despeço com um aceno. — Te pego umas dez, pode ser?

— Atrase um minuto e eu faço você ir embora — falo antes de entrar pelo portão.

A voz do outro lado da linha me faz voltar à realidade e eu reviro os olhos ao ouvir um "oláááá".

— Como conseguiu meu número? — questiono sem humor.

— Não é difícil, desde que tenha algumas fontes confiáveis — Tainara fala com animação e eu permaneço calada. — Fala aí, o que fez a tarde toda?

— Estudei — minto e ela bufa, dizendo que sou antiquada e antissocial. — Você tem um conceito de "antissocial" bem diferente do meu — corrijo. — Eu não sou antissocial por não sair de casa. Sou antissocial por, segundo o dicionário on-line, ser contra as regras de convívio em sociedade.

— Você é antissocial de qualquer forma, sua doente — comenta com escárnio. — Se não fosse, não sairia matando pessoas apenas porque é segunda-feira.

— Hoje é quarta — eu a corto rapidamente e vou ao banheiro para tomar banho. Escuto Tainara gritar sobre eu ter tirado a vida de mais alguém e exigir detalhes da morte enquanto tiro a roupa, ignorando sua voz. — Tainara, desculpa atrapalhar seu discurso, mas eu tenho um compromisso hoje e preciso tomar um banho, porque está ficando tarde. Faça um favor para nós duas e não me ligue mais. Tchau. — Desligo o celular e boto no modo avião, impedindo que as chamadas sejam realizadas.

Andar com a Tainara só fará com que meu humor seja abalado com mais facilidade e eu não estou interessada nesse tipo de relação. Ela não tem nenhuma utilidade para mim, além da péssima notícia que recebi ao saber que o primo dela ainda vive, e isso é motivo suficiente para me deixar de mau humor.
    Decido deixar essa situação de lado e coloco uma música em um volume alto para despistar meus pensamentos. Dentro do box do banheiro, danço conforme o ritmo da música que toca no quarto e deixo a água esfriar minha pele. Contudo, a música é interrompida e a luz se apaga, ficando apenas um único som, que é o da água caindo no chão. Fecho o chuveiro depressa, visto a lingerie que trouxe para dentro e me cubro com o roupão. Olho rapidamente para a pia e tento localizar um vaso de vidro que está no canto, então o agarro e respiro fundo. Poderia ser apenas queda de energia, mas eu sinto a presença de alguém e meus instintos dizem que devo ter cuidado. Caminho para o quarto, cruzando a porta do banheiro e encarando o lugar escuro. Quem quer que esteja na minha casa teve a certeza de desligar tudo para que eu não percebesse sua entrada. Meus dedos pressionam o vaso e o silêncio é arrebatador.
    – O que você quer? – pergunto para a pessoa que está no quarto, escondida entre as sombras.
    – Você não acha que escuta essas músicas muito alto? – indaga a voz rouca de um homem estranho. Ele sai e a única luz que vem de fora e entra pela janela ilumina seu rosto. Ele tem uma estatura grande e sua careca branca reflete a luz dos postes. Seu rosto é repleto de cicatrizes e deformidades, e as mãos são grandes demais se comparadas ao tamanho de sua cabeça redonda.
    – O que você quer? – repito com determinação ao olhá-lo. – Como entrou aqui?

– Não estou aqui para responder a um interrogatório.
– Você invadiu minha casa, cretino – digo com grosseria. A água do cabelo pinga no chão, deixando-o escorregadio, por isso tenho de tomar cuidado com onde piso para não cair ou me desequilibrar. – Responda.
– Entrei pela porta da frente. Estava aberta e o som ajudou no processo. Obrigado. – Ele me oferece um sorriso malicioso e me olha de cima a baixo com os pequenos e estreitos olhos castanhos.
– Como se chama?
– Chamo-me Maju, senhorita – diz com formalidade ao dar um passo para a frente. Ranjo os dentes e permaneço no lugar. Olho para seus olhos e vejo, um tanto confusa, que suas escleras brancas estão ficando escuras.

Franzo meu rosto por causa da estranheza que é esse nome e Maju dá mais um passo para a frente.

– Por que vocês têm nomes tão... estranhos?
– Pergunte aos nossos pais. Eles estão mortos – responde com um sorriso.
– Não posso! Estamos em mundos diferentes – digo com simplicidade e seguro o vaso com mais confiança. Maju abre o sorriso e se aproxima um pouco mais, deixando-me em posição de investida.
– Oh! Não se preocupe com isso, minha querida. Logo, logo poderá perguntar a eles pessoalmente.

Maju faz menção de ataque e eu arremesso o vaso em sua cabeça lisa, acertando em cheio, e o vidro estraçalha em diversos cacos. Maju se curva para baixo e põe as mãos na cabeça machucada, então corro para fora do quarto antes que ele recupere as forças e o equilíbrio. Escuto um tiro quando estou no meio da escada, então apresso o passo para chegar à sala de estar.

Quando alcanço a pequena gaveta no móvel que está no canto da parede, pego o revólver Taurus de calibre 38 com as duas mãos e olho para cima a fim de verificar se aquele louco está perto. Sei que ele está com as seis munições no tambor, pois Raquel não o usa e eu carreguei faz alguns dias. Com velocidade e habilidade, estico o cotovelo em uma linha reta e seguro a arma que cabe na mão direita, apontando-a para o topo da escada. Quando percebo que Maju está próximo, puxo o cão da arma para baixo com o polegar e pressiono o gatilho com o indicador no mesmo momento que ela é destravada, fazendo o projétil voar em direção ao ombro do invasor, atingindo-o com intensidade.

Maju grita e agarra o ombro perfurado, dando-me tempo de correr em direção à parede que separa a cozinha e a sala. Porém, mesmo ferido, ele consegue atirar próximo à minha localização, mas o projétil não me alcança. Eu me encosto na parede e seguro o revólver com ambas as mãos, inclinando o corpo para o lado para dar outro tiro. Maju está no meio das escadas e me vê inclinada, dando um terceiro tiro e fazendo-me voltar a me apoiar na parede. Solto um xingamento baixo e tento me inclinar mais uma vez.

O homem está agora na base da escada e seu quarto tiro lesiona de raspão o meu braço no mesmo instante em que o meu segundo atinge a parede atrás dele. Solto um grunhido irritado e coloco a arma no bolso enquanto puxo a cadeira mais próxima com o pé, segurando-a no alto da cabeça com as duas mãos. Eu a levanto do chão e rapidamente a jogo na direção de Maju. Ele protege o rosto com os braços quando a madeira quebra em seu corpo, e eu aproveito essa chance para fugir.

Alcançando a porta, corro para fora e não paro. Posso ouvir mais um tiro, mas consigo desviar por pouco. Meu braço está sangrando e a ira me consome enquanto tento me manter consciente, passando por áreas menos movimentadas para não chamar atenção.

Por um curto momento, me questiono sobre o paradeiro de Nicolas, e isso me deixa ainda mais irritada. Aquele filho da puta iria pagar por seu sumiço!

Quando vejo que estou em uma área segura, paro e me apoio nos joelhos, respirando com dificuldade. Meu braço lateja e chio levemente ao retirar a mão do ferimento, que vejo que está banhado de sangue. Para um simples arranhão, aquela bala fez um estrago considerável. Pego a Taurus do bolso do roupão e aperto seu cabo com mais força quando soco a primeira árvore que vejo, o que faz meu braço tremer.

– O que estás fazendo aqui? – Uma mão toca meu ombro, e eu me viro em sua direção, soco seu rosto com uma mão e em seguida destravo a arma e aponto o cano para sua testa.

Júlio tomba para trás e segura o nariz machucado, olhando-me com expressão de dor e terror. Produzo um "tsc" com a língua e abaixo o revólver, relaxando os ombros tensionados. Júlio alterna o olhar entre meu ferimento e a ferramenta metálica, tentando entender o que havia acontecido. Rolo os olhos pelas órbitas e viro para o lado, vomitando.

Sou pega de surpresa quando sinto o sangue escorrer pelo meu nariz e pela boca enquanto eu despejo comida fora. O que está acontecendo agora? Eu tento parar, controlar meu corpo, mas, quanto mais eu tento, mais eu vomito e isso me faz sentir uma fraqueza corporal intensa.

Pisco algumas vezes para manter a visão focada e tento me apoiar na árvore que soquei anteriormente. Entretanto, sinto minhas pernas bombearem quando me movo e, assim, perco a estabilidade antes que eu possa me segurar a alguma coisa.

— Ei! — Ouço sua voz quando ele segura meus braços. Minha visão está turva e minha consciência se esvai aos poucos. — Eu te peguei!

⁂

— Toma! — Júlio me entrega um daqueles vasos que contêm o chá de ervas e eu franzo o nariz imediatamente. — Deixa de besteira, guria. Chimarrão sempre melhora tudo! — Reviro os olhos e pego o vaso de madeira com água quente.

— Obrigada! — Sussurro ao observar ele se sentar ao meu lado, pegando delicadamente meu braço ferido. Olho seu rosto de soslaio e o vejo cortar gaze e enrolar ao redor da lesão, com o semblante sério e determinado. Termino de tomar o tal chimarrão e respiro fundo. Júlio levanta o rosto e seus olhos se encontram com os meus, então lhe ofereço um sorriso aparentemente amigável.

— O que houve mais cedo? — pergunta. Eu franzo o cenho e analiso seu curativo improvisado.

— Cadê minha arma? — digo em vez de responder ao seu questionamento. Júlio aponta para a cozinha, então deduzo que é lá que ela está. — Ótimo — falo aliviada por saber que ela não ficou perdida pelas ruas de Porto Alegre quando desmaiei. Conseguir aquela belezinha foi difícil e eu não poderia me dar ao luxo de perdê-la. — Um cara invadiu minha casa e tivemos uma curta troca de tiros, só isso — respondo, por fim.

— Só? — Ele arregala os olhos e ri baixo. — Tu és mesmo uma baita de uma encrenqueira.

— Foi legítima defesa, garoto — reclamo e ele ri mais uma vez. Júlio me pergunta se eu ainda estou disposta a sair e eu concordo, dizendo que isso não afeta meus planos.

– Tudo bem. Veste uma roupa qualquer das minhas irmãs, eu vou te esperar aqui. – Ele aponta para uma porta de cor marfim e eu concordo, levantando-me do sofá e me dirigindo para lá. Olho para trás a tempo de ver Júlio passar as mãos pelo rosto, suspirando.

Dentro do banheiro das meninas, analiso minha situação no espelho. Estou suada e com o cabelo bagunçado. O colar brilha em minha pele e, quando o retiro, vejo a região em que encosta queimada e inchada, exibindo a carne avermelhada. Solto um palavrão e deixo-o em cima da pia para não correr o risco de me ferir mais ainda. O dia de hoje está sendo bem agitado!

Dentro do espelho, depois do banho, encontro um compartimento que guarda curativos e suspiro alto. Coloco um por cima da queimadura para protegê-la de possíveis infecções e procuro uma roupa boa o suficiente para cobrir meus novos machucados.

Tendo terminado de me arrumar, usando uma leve maquiagem para meus olhos – base e pó compacto – e ajeitando meus cabelos como de costume, vou ao encontro de Júlio.

Ele também está com novas roupas e se levanta com um sorriso ao me ver chegando. Meu olhar repara em algo no seu pescoço que até então eu não tinha visto. Um colar feito de linha grossa preta amarra em várias voltas uma pedra verde e brilhante que eu reconheceria em qualquer lugar: uma aventurina. Ele nota que analiso seu pingente e pigarreia, colocando-o para dentro da camisa.

– Nunca reparei que vocês gostavam de joias e pedras.

– Vocês? – questiona ao erguer a sobrancelha.

– Samuel usa um colar desses com um quartzo-azul, Júlia usa um solitário com a pedra citrino e já notei que Juliana também usa esse mesmo anel com uma ametista – reflito em voz alta e franzo o cenho. – E agora você aparece escondendo um colar castroado com aventurina. Eu me interesso por esse tipo de coisa, então não me pergunte como sei disso.

— São heranças. — Ele diz sério, após alguns segundos em silêncio. — Meu pai usava esse colar na adolescência. Minha avó ganhou o solitário de citrino de noivado e minha mãe ganhou o de ametista. Resolveram passar para as gêmeas no dia em que fizeram 15 anos. Eu o pus dentro da camisa porque fiquei envergonhado, mas posso deixar à mostra, se isso te chama a atenção. — Júlio dá de ombros e pisca para mim, mas eu apenas sorrio de lado e ignoro seu sentimentalismo. — Quanto ao Sam... Vai ver ele achou o dele em alguma praia, ele costumava viajar para o litoral, então talvez tenha sido isso. É só o que tem pelo Brasil.

Anuo levemente e desvio o olhar, cruzando os braços no peito e trocando o peso de uma perna para a outra. Algo me diz que não devo confiar em suas palavras, então mudo de assunto para que ele não perceba.

— Tem razão, desculpe-me — falo rapidamente para descontrair. — Eu não quis parecer grosseira com um assunto tão... delicado. — Mesmo que eu não me importe com isso, decido ser educada.

— Relaxa, guria — ele diz com um sorriso ao passar o braço por trás do meu ombro, conduzindo-me para a porta. — Esquece isso e vamos nos divertir, OK? Conheço um bar ótimo que vai te fazer descer até o chão.

— Bah! Não pode ser tão ruim assim. — Júlio ri alto quando saímos de dentro do carro estacionado ao lado do meio-fio. O cheiro de álcool que sai de sua boca preenche o ambiente, o que me deixa surpresa.

Na festa ele havia dito que não bebe, mas hoje pareceu ser bastante resistente a drinques com teor alcoólico relativamente alto. Será que ele tentou me impressionar? É bem típico. De qualquer forma, passamos a noite falando sobre bobagens, sobre pessoas do sexo oposto e a falta de sexo em nossas tristes vidas. Júlio também disse saber quem eu sou de verdade, o que me deixou bem curiosa para perguntar o que ele sabia. Não que isso afete nosso início de relacionamento, eu estou mais do que pronta para qualquer resposta que ele der. É mais para deixar essa relação mais interessante.

Ficamos algum tempo em sua casa esperando o efeito do álcool passar, e então ele vai me deixar em casa. Passam de duas da manhã quando entro pela porta e noto que está tudo escuro e bagunçado. Enrugo minhas sobrancelhas ao perceber que Raquel não se encontra e movo os olhos rapidamente ao redor, para me certificar de que estou sozinha.

A sala ainda contém os restos da cadeira que joguei em Maju, e as paredes têm buracos causados pelos tiros que disparei e que, infelizmente, não acertaram meu alvo. Um barulho vem da porta e eu me viro imediatamente em posição de ataque, dando de cara com Júlio.

– O que está fazendo aqui? Já devia ter ido embora – argumento ao relaxar os ombros. Ele coloca a mão na cintura e respira fundo, concentrando-se em mim. Encaro seus olhos verdes cintilantes, que me lembram a aventurina que carrega no pescoço, e subitamente dou um passo para trás com o susto. Pisco e percebo que o azul-esverdeado está de volta.

Engulo em seco.

– Tu não fechaste a porta ao entrar. Imaginei que algo tivesse acontecido – ele responde e sorri de lado.

Franzo os lábios para baixo e volto minha atenção para a sua boca, que me excita a ponto de querer agarrá-lo ali e levá-lo para o quarto, rasgar aquelas roupas e terminar o que comecei poucos dias atrás. Mas sei que, se fizer isso agora, poderei tomar uma atitude da qual não há volta e não quero que isso aconteça neste momento. Matar Júlio não é minha prioridade, eu quero desfrutá-lo mais um pouco. Ele me diverte e parece gostar disso.

– Por que você parece tenso? – Dou uma risada falsa, mas ele não retribui. Na verdade, seu olhar percorre a casa com desconfiança enquanto suas mãos se fecham em seus punhos e isso me deixa incomodada. Estaria escondendo algo? – Ei!

– Onde fica teu quarto? – Júlio me olha com seriedade e pisco algumas vezes antes de responder.

– Algum problema?

– Sinto que algo está errado – ele responde de imediato e volta a observar o local em silêncio.

Aponto para o segundo andar e ele sobe os degraus quase correndo, invadindo a primeira porta que encontra e adentrando meu quarto. Sigo atrás dele, mas, quando estou prestes a apertar o interruptor, ele me alerta com um tom mais grave.

– Não acenda! Fique quieta. – No mesmo momento, afasto a mão e o olho com atenção, observando cada passo seu, cada revirar de gaveta e prateleira. – Tem algo errado aqui – diz em voz baixa. Percebo que comenta para si, ignorando minha presença.

– Algum problema? – repito a pergunta e toco em seu braço com os dedos. Ele está suando e seus olhos procuram algo com desespero e intensidade. Isso está me deixando ainda mais intrigada que antes, o que ele tanto procura aqui?

– Tem algo no teu quarto – sussurra sem me olhar e umedece os lábios com a língua. Enrugo a testa e expiro o ar frio pela boca. – O que é isso? – pergunta ao me mostrar um pequeno porquinho rosa com olhos de vidro.

– Um cofre que eu usava quando criança – comento sem entender. – Não me recordo de ter trazido para cá.

– Tenho certeza de que não. – Júlio solta um riso nervoso e vai até o porquinho. – São mesmo inteligentes... – escuto seu sussurro.

Júlio me empurra para o lado e balança o porco perto da orelha ao mesmo tempo que abre a janela e o arremessa para fora. O encaro sem entender o que está acontecendo, esperando respostas, mas entendo o que ele quis dizer com "algo errado" quando escuto a explosão. A luminosidade que preenche o céu escuro me faz concluir que aquilo era uma armadilha.

– Alguém quer me matar? – pergunto em voz alta. Júlio vira o corpo para mim e encara o sangue que está no chão, depois volta a me dar atenção sem fazer perguntas. Quando o olho, minha respiração trava. Seus olhos estão da cor da aventurina novamente e a intensidade esverdeada que me encara me deixa sufocada, hipnotizada. Júlio dá um passo para a frente e eu permaneço parada, aguardando seus movimentos. Perto o suficiente para me tocar, ele pisca e seus olhos voltam ao normal.

– Ninguém vai morrer hoje, Renata – sussurra. Engulo em seco e nós ouvimos outra explosão, que faz tudo tremer. Ele me segura e tensiona a mandíbula com força. – Não se mova! – Júlio vai para o parapeito da janela e salta para fora.

Arregalo meus olhos e vou até lá, tentando ver a situação em que ficou seu corpo esmagado no chão após pular de uma casa com dois andares. Lá embaixo, entretanto, vejo as silhuetas de pessoas que parecem se enfrentar, e ruídos altos de metais batendo alcançam meus ouvidos. O grito fino de uma garota soa dentro da rua quase abandonada e escura; o seu eco se repete no céu. Está acontecendo! O que vi na hora da aula está acontecendo.

Cerro os olhos ao tentar enxergar, mas sinto uma mão segurar os meus cabelos e bater a lateral da minha cabeça contra a parede com força, causando-me uma dor intensa e lancinante. Meus olhos giram para todos os lados quando perco as forças e caio.

17
Não instigue a ira do fogo

– Eu não vou machucá-la – diz o médico de cabelos grisalhos. Eu estou sentada no canto do quarto e abraço minhas pernas trêmulas e consideravelmente curtas. Ele estende a mão flácida para mim, e eu franzo os olhos para ele, desconfiada e analisando suas intenções. – Está tudo bem, Renata. – Sua voz é baixa e seu olhar é sereno. O que ele quer comigo?

– Eu não confio em você – respondo com hesitação. Eu não sei o que está acontecendo, é a primeira vez que vejo alguém desde o que aconteceu. Quanto tempo se passou desde aquele dia? O que ele faz aqui?

– Você está com medo? – Não respondo à sua pergunta, apenas mordo meu lábio e respiro fundo.

– Por que estaria? – Desta vez, o encaro. Ele assente e me avalia em silêncio. – Eu não sei o que você está querendo fazer, mas eu não me importo.

– Você se arrepende de ter se envolvido com aquela pessoa? – Seu olhar se torna duro. Algo me diz que ele está formulando alguma coisa sobre mim, mas eu ignoro e observo seus olhos com um sorriso de lado.

– Por que me arrependeria? Eu não sinto nada parecido com isso.
– Nem mesmo ódio? – Eu fico em silêncio mais uma vez. Eu deveria dizer o que pretendo fazer? Não. Se eu disser, ele pode tentar me impedir, e isso é algo que não quero.
– Eles foram responsáveis por isso.
– O que quer fazer?
– Não sei – falo com simplicidade e respiro fundo mais uma vez.

O médico cruza os braços e franze a testa. Definitivamente, ele está me analisando, talvez julgando, dando um diagnóstico, me classificando, não sei ao certo. Ficamos em silêncio por alguns minutos e meu rosto permanece sem qualquer expressão. Ele pigarreia, e sei que voltará a fazer perguntas.

O médico passa os olhos pela cama cheia de sangue e, como um bisturi, pergunta:

– Você quer se machucar?
– Não, quero fazer com que ele sinta o que eu estou sentindo, nada demais.
– Você pretende machucar alguém? Vingança? – Imediatamente, solto uma risada curta e rolo os olhos. Cruzo os braços no peito e me movo para a frente, ficando mais próxima dele. Olho para seus olhos com intensidade e sorrio mais abertamente.
– Vingança? Claro que não, meu bem. É apenas um acerto de contas.

O som que o tapa produz ao entrar em contato com a minha pele é mais alto do que imagino. O estalo faz minha bochecha arder e eu franzo as sobrancelhas. Meus olhos estão vendados e, quando tento mover minhas mãos, percebo que estão amarradas.

Solto um gemido baixo e um momento depois a venda é retirada, irritando minhas pupilas no instante em que encontram uma luz. A lateral da minha cabeça lateja, e tento respirar fundo para manter a calma e entender o que está acontecendo. Tento olhar para cima e visualizo com a visão turva um ponto de luz alaranjada que logo depois percebo ser uma lâmpada incandescente acima da minha cabeça. Olho ao redor e finalmente consigo entender o que está ocorrendo.

Ao que parece, estou em um lugar vazio e grande. O cheiro de metal é forte, e meus pulsos e tornozelos estão amarrados em uma cadeira de ferro por uma corda, que aperta minha pele com tanta força que sinto meus membros ficarem dormentes.

Umedeço os lábios secos e ranjo os dentes para permanecer calma. Já estive em situações assim, e tudo o que a vítima não deve fazer é escândalo ou se desesperar, porque isso apenas diverte o agressor. Sei disso porque eu sempre era ele.

As vozes de dois homens chegam aos meus ouvidos, e giro os olhos para todos os lados na tentativa de encontrá-los. Está escuro e frio, minha pele exposta se arrepia e meu queixo treme levemente. Não gosto dessa sensação de vulnerabilidade, mas permaneço em silêncio para entender o que conversam.

– Tu não tinhas o direito de capturá-la – fala um deles. Sua voz é rouca e educada, extremamente formal e respeitosa.

– Como não? Essa imbecil me deu um tiro! Deveriam ter me avisado que a filha da puta era habilidosa. Então quem é você para me dizer o que fazer? – Pergunta o outro, e vejo pela sua silhueta que empurra os ombros do companheiro assim que termina sua pergunta. Diferentemente daquele, este é grosso e arrogante, acha-se superior. É fácil ler as características deles apenas pela forma como conversam.

Sinto meu corpo se excitar com o perigo em que me encontro e tento formar um sorriso, mas minha boca está tampada com uma fita e a cola impede que eu a mova. Reviro os olhos e volto a me concentrar nas silhuetas dos dois homens.

– Depois que eu tiver a chave, eu a mato e todos nós poderemos viver em paz.

– Do que está falando, seu monstro?

– Ela que é o monstro. Uma aberração! – Exclama o meu suposto e futuro assassino. – Esse plano é fantástico! Serei transferido para as linhas de frente de Hushín e você poderá conseguir uma companheira da sua raça. – O homem solta uma gargalhada e o outro fica em silêncio. As vozes finalmente me são familiares e franzo o olho em uma pequena fresta.

– Não pode matá-la! – Chayun, a pessoa que me deu o colar, tenta convencer o companheiro com a voz calma. – Não é certo e você não tem a certeza.

– Não seja ridículo! Você não teria entregado a chave se não fosse ela! – Fala Maju, o desgraçado que invadiu minha casa horas atrás. Minha raiva retorna e eu faço um barulho para chamar atenção dos dois idiotas. – Oh, vejo que acordou! Pensei que eu teria de lhe dar outro tapa – Maju ri da minha situação, mas volto a ficar em silêncio. Ele se agacha e me força a olhar seus olhos. O que vejo me faz ter leves arrepios e acreditar que o inferno realmente existe.

Ele sorri para mim e arranca a fita da minha boca com força, irritando minha pele. Solto um grunhido de dor e raiva, fazendo que ele sorria mais ainda. Maju aperta meu queixo com seus dedos grossos e seus olhos de demônio debocham de mim.

– Sua pontaria é boa, garota. Mas não o suficiente para me matar – ele murmura e eu tenciono a mandíbula, encarando seus olhos infernais sem qualquer reação. – Não me lembro de ter cortado sua língua – comenta.

– O que você quer?

– Você gosta dessa perguntinha, não é mesmo? – Maju me solta e me levanta. Seus olhos me engolem enquanto analisa meu corpo. Mexo os pés e percebo que estou descalça. Mordo o lábio e penso em uma forma de me livrar dessa situação. – Quero o colar – responde à minha pergunta com doçura ao estender a mão para mim. – Me dê o colar e você não se machuca.

– Estou sem ele – respondo com rispidez.
– Mentirosa! – Imediatamente, sua mão voa contra meu rosto e minha cabeça é jogada para o lado. Permaneço em silêncio, acalmando minha respiração e procurando mais uma vez um meio de sair dali. Mas, com minhas mãos e meus pés amarrados, será quase impossível fazer algo contra ele, principalmente se Chayun for um aliado. Posso saber lutar, mas lidar com dois brutamontes não vai ser uma tarefa fácil.
– Maju, não há necessidade disso – diz Chayun ao segurar seu braço. A escuridão do local não me permite ver detalhes dos seus movimentos, porém seus olhos estão diferentes. Eu sinto isso.
– Cale-se! – Urra Maju ao empurrar Chayun para o lado. – Atrapalhe o plano e eu corto sua garganta como se fosse um cordeiro. Acredite, não terei dificuldade em fazer isso. Garota, me escute... – Ele volta sua atenção para mim e eu levanto a cabeça mais uma vez. – Se me der o colar, eu a solto. Você poderá viver sua vida miserável em paz e nem se lembrará mais de nós.
– Eu já disse que...
– Sua puta! – Bate em meu rosto mais uma vez, mas o que me atinge não é sua mão, e, sim, a coronha de uma arma. O impacto causa dor em meus dentes e eu preciso fechar meus olhos com força para não me entregar a ela. Cuspo no chão e sai uma pequena quantidade de sangue junto com a saliva. – Se mentir mais uma vez, eu enfio uma faca nesse seu coração antes mesmo que pense em rezar. – Fico imóvel, recusando-me a falar qualquer coisa ou demonstrar alguma emoção. Ele suspira e pressiona o torso do nariz, procurando um pouco de paciência. – Aquele cara com cabelo de menina lhe disse algo, não disse? – pergunta ao encarar meus olhos. Engulo em seco mais uma vez.

Como aquilo pode ser possível? Eu mesma posso não ser a normalidade em pessoa, mas aqueles olhos passam do nível de bizarrice e realidade. Todas as vezes que encaro esses olhos, sinto um calor tão intenso preencher meu corpo que poderia explodir a qualquer momento.

– Garota, o que quer que aquele cara com cabelo de menina tenha lhe dito, é mentira. – Maju retoma sua fala, e eu pisco. – Estão todos mentindo para você; todos mentiram. Acha que está aqui por acaso, não é mesmo? Acredite, você é apenas um brinquedo; uma nova experiência.

– Está querendo me afetar com essas palavras sentimentais? – Solto uma risada nervosa e balanço a cabeça. – Eu não estou nem aí para eles.

– Nem mesmo para sua mamãe? – pergunta e meu sorriso se desfaz.

– O que tem ela? – Minha voz sai grossa, e Maju nota que acabo de cair em sua armadilha.

Lanço meu olhar para Chayun, e ele me encara com atenção. Minha respiração trava nos pulmões quando percebo que as cores de sua íris estão em um tom amarelado e brilhante, quase não consigo focar seus olhos devido à intensidade da cor. Balanço a cabeça e arregalo as pálpebras, incapaz de acreditar no que estou vendo. A luz alaranjada acima da minha cabeça balança e confunde a minha visão, mas aqueles olhos brilhantes e incandescentes não são coisa da minha mente.

– O colar! – grita Maju, e isso me desperta do transe que foi encarar Chayun. Pisco e volto minha atenção para ele.

– Por que quer o colar? – pergunto, com paciência, ao encarar seus olhos demoníacos.

Sua íris vermelha se destaca no preto que são suas escleras. Olhar para Maju é mais difícil do que parece, porque essa sensação de combustão me deixa bastante desconfortável.

– O colar é interessante. Vou estudá-lo. Coisas assim, para fins científicos. – Maju sorri e mostra seus dentes tortos. Resisto à tentação de revirar os olhos, mas, em vez disso, permaneço com o olhar fixo nele.

– Pensa que me assusta? – Solto uma risada curta. – Acha que me arrastar até aqui, me bater e ameaçar fará com que eu chore e peça misericórdia? – Olho-o de cima a baixo e continuo minha fala com deboche. – Precisará de muito mais treino se quiser se livrar de mim e ir para a tal linha de frente.

Isso enfurece Maju e ele esmurra minha barriga, então eu me impulsiono para a frente com forte dor na região abdominal. Xingo e permaneço com a cabeça baixa quando escuto ele puxar o cão da arma para trás, destravando.

– Vamos ver se tem essa marra toda agora, desgraçada.

Um barulho do outro lado do lugar tange nossos ouvidos, e vejo Chayun tirar uma arma do bolso, apontando para a escuridão na intenção de se proteger do que quer que esteja vindo até nós. A velocidade é rápida, então não demora para chegarem.

– Solte ela, seu ximango! – A voz de Júlio grita no momento que seu punho alcança o rosto de Maju. Ele cai para o lado e Júlio agarra sua camisa, esmurrando seu rosto várias vezes e sem intervalos.

Chayun aponta sua arma na direção deles, mas suas mãos tremem e ele não consegue se concentrar e definir quem é o inimigo. Seus olhos voltam a ficar escuros e eu me pergunto o que pode ser isso.

Enquanto controlo minha respiração para não sentir a dor no estômago, percebo que fico livre das cordas que me amarram e imediatamente direciono o olhar para trás, encontrando os olhos verdes de Juliana. Ela continua seu trabalho, ignorando o cano da arma que Chayun aponta para ela.

– Não mexa nela, criança – diz com a voz falha. Juliana para de me desamarrar e respira fundo.

– Criança? – questiona ela com um místico humor. Seus lábios levantam um sorriso quando ela fica de pé e vira devagar para o adversário. – Acha que está em alguma posição de me chamar assim? Eu acho que não.

Estando cara a cara com Chayun, um silêncio entre os dois antecede o momento em que ele começa a gritar e pôr as duas mãos na cabeça, largando a arma no chão. Caindo de joelhos, Chayun continua a berrar enquanto Juliana apenas o encara sem qualquer expressão facial. Eu só observo a cena com atenção e curiosidade, vendo a baba escorrer da boca dele e as lágrimas pingarem dos seus olhos escuros.

Decido tomar uma atitude e me remexo na cadeira até conseguir me livrar totalmente das cordas. Acaricio meus pulsos machucados quando me levanto e toco no ombro de Juliana, fazendo que ela desvincule o olhar de Chayun.

– Vou querer uma explicação – demando com a voz baixa. Ela cerra os olhos e retira minha mão do seu ombro sem muita delicadeza.

– Tenho certeza de que tem capacidade de responder às suas perguntas, Renata – responde e volta a olhar Chayun. Juliana chuta sua barriga e ele cai para o lado.

Então, um tremor ocorre no local e tudo balança com força, fazendo-nos perder o equilíbrio e tombar para os lados. Juliana grita um nome que não ouço porque tiros pipocam por toda parte. A única luz que há aqui cede aos tremores e se solta dos fios, estraçalhando no chão e deixando tudo em um completo breu.

Minha respiração trava nos pulmões de novo, e eu tento me situar, olhando para todos os lados, em vão. Escuto ruídos e tintilar de metais batendo, gritos e mais tiros. Alguém chama por mim, mas não consigo identificar quem é, então

me viro para a direção em que ouvi o chamado, recebendo um soco no queixo em resposta.
    Grunho alto e caio para trás, tropeçando em meus pés descalços. Minhas pernas tremem e eu não enxergo nada, o que facilita o trabalho do meu agressor. Seu pé pisa em minha perna e eu solto um grito de dor, procurando seu corpo no meio da escuridão. A pessoa pisa no meu tórax e sinto minha respiração ser cortada, deixando-me sem ar.
    Começo a tossir sem forças para me levantar e percebo uma luz distante aparecer, alastrando o ambiente com muito calor. Não demoro para entender que a luz é, na verdade, fogo, e todo o terreno está sendo incendiado por chamas altas, dando-me visão do que está acontecendo ao redor. Júlio e Maju trocam tiros, Juliana e Chayun lutam corpo a corpo com uma velocidade surpreendente; as paredes, o teto e os ferros enferrujados estão sendo engolidos pelo fogo, e na minha frente está o meu agressor: um rapaz encapuzado e com olhos completamente negros.
    Arregalo minha órbita e me levanto depressa, ignorando o tremor em meu corpo. Isso é excitante! Minha perna cede por causa da dor, mas eu resisto e permaneço de pé, encarando quem está na minha frente. Estou em posição de ataque, mas ele é mais rápido e seu pé novamente atinge meu tórax em um chute, empurrando-me para trás. Com velocidade, ele alcança minhas costas e dá uma cotovelada na lateral do meu corpo, atingindo minhas costelas. Em um impulso, jogo meu braço para trás, porém ele agarra meu punho com sua mão e me puxa, o que me faz perder novamente a postura. Rosno de raiva e vejo Chayun arremessar Juliana contra uma parede. Ela bate a cabeça e desmaia.
    O calor imensurável me deixa tonta e meus olhos ardem. Está cada vez mais difícil respirar, e o rapaz de olhos negros me agarra e me joga para o outro lado. Minhas costas batem no chão de cimento e minha visão fica turva. O fogo se

espalha com mais rapidez, e consigo ver o rapaz caminhar até mim com os punhos cerrados. Mordo o lábio e me levanto com dificuldade, segurando a lateral do corpo com força.

Contudo, o rapaz não avança em mim como pensei que faria. Ele interrompe sua caminhada no meio do percurso e, com o olhar negro e vazio, cai para a frente. Pisco ao ver uma faca encravada em sua nuca, espalhando o sangue pelo chão. Quando levanto meu olhar, avisto Diego um pouco afastado olhando fixamente para o corpo. Ele me encara por alguns segundos e adentra o fogo, deixando-me sozinha com o incêndio que começa a destruir o lugar. Parte do teto despenca e uma crise de tosse me atinge por causa da fumaça. Olho para cima e vejo um pedaço de madeira ruir acima da minha cabeça. Meus olhos se arregalam quando suor escorre por minha testa e uma lembrança vem à tona.

– *Fique atrás de mim!* – *grito para Rafaela.*

– *Estou com medo, Rê.* – *Ela me abraça e nós nos encolhemos mais no canto da parede enquanto o fogo destrói a casa.*

– *Eu vou te proteger, Rafaela* – *falo com a voz infantil, porém firme.* – *Eu sempre vou te proteger.* – *Engulo em seco ao sentir o incêndio se aproximar.* – *Porque você é minha* – *sussurro e encaro com raiva o fogo.*

– *Rê, o teto!* – *grita. Quando a viga começa a cair, empurro Rafaela para longe e a madeira despenca no meu rosto. Ouço seu grito ao mesmo tempo que sinto minha pele queimar.*

Salto para trás quando percebo que o teto vai cair e viro o rosto para o lado, protegendo-o com os braços e impedindo que ele me atinja. Respiro com dificuldade e devagar, tentando manter a calma. A ira começa a tomar conta de mim quando vejo a poucos metros a arma que Chayun deixou cair quando Juliana o enfrentou.

Antes de correr até ela, caminho devagar até o local em que o corpo do rapaz que me agrediu deveria estar. Surpreendo-me ao ver que ele desapareceu, deixando apenas a faca e uma pequena quantidade de sangue. Sem tempo para pensar nisso, guardo a faca ensanguentada e vou imediatamente até a arma, agarrando seu cabo quente. A sensação de poder me preenche e lanço meu olhar em direção àquele que causou essa bagunça. Maju luta contra Diego e Júlio quando decido participar. Vou em direção a eles sem me importar com quem poderá sair morto e puxo o cão; depois, aperto o gatilho e acerto em cheio o ombro de Maju. Os três param de lutar e se viram para mim, quando aperto mais uma vez o gatilho e lanço outra bala, acertando sua coxa. Ele urra e cai de joelhos.

Admito: é uma arma curiosa, para dizer o mínimo. Uma pequena Walter, calibre 22, com corpo cromado. Uma arma elegante, quase feminina na sua forma esbelta. Uma arma meritória, afinal, foi ela que matou Hitler.

Aperto de novo o gatilho, notando como o pequeno furo feito pela bala abre e desabrocha em flor sangrenta na face e no crânio de Maju. Provavelmente uma das pragas abasteceu esse pequeno brinquedo com balas ocas ou explosivas. Aperto de novo a daminha e sinto seu suave coice, dessa vez é o olho esquerdo que explode lentamente em uma glória de muco e sangue vivo. O que sobrou da cabeça dele esboça um grito de agonia.

– Renata! – chama Júlio com a voz grave e preocupada.

Ignoro sua presença quando estou próxima, e Diego segura meu braço.

– O que pensa que está fazendo? – pergunta ele, assustado.

– O que você não consegue. – Solto as palavras e me desvinculo do seu aperto. O teto oscila com mais força, está prestes a desabar e eu preciso me apressar e fazer minha arte.

– Cuidado com o que diz, garota – diz o loiro com tom de ameaça. – A ira do fogo pode destruir seu corpo.

Eu o encaro e abaixo a arma, dando alguns passos para ficar na sua frente. Seus olhos azuis me prendem e eu me aproximo mais, ficando a poucos centímetros de distância do seu nariz.

— Cuidado com o diz, rapaz — rebato com a voz baixa. — A ira de uma assassina pode destruir o seu espírito.

Eu e Diego permanecemos conectados quando estico o braço e... mais um disparo.

O cano sobe como o pênis de um amante, refletindo todo o inferno de chamas ao nosso redor. É o último olho que desabrocha em flor. O que um dia foi Maju grita em atroz agonia. Paro um segundo e penso...

Então, disparo os últimos três tiros do pente direto em sua região frontal, transformando sua cabeça em pasta e dando fim à sua agonia. Quem disse que Renata Gomes não é uma deusa misericordiosa?

Diego arregala os olhos e percebo que seu corpo treme, então ergo um sorriso e fixo o olhar em Maju. Júlio observa a cena sem reagir, e Diego permanece paralisado. Solto a arma e tapo o nariz com a mão no intuito de não inalar mais fumaça. Minha visão está turva novamente e sinto minhas pernas bambearem, perdendo as forças. Júlio age depressa e me segura pelos braços, não permitindo que eu sucumba. Olho para seu rosto ferido e ele sorri levemente, anuindo em positivo como se dissesse "bom trabalho".

— Tire-a daqui! — Ouço-o dizer para Diego.

— Ela está louca. Viu o que ela fez com aquele cara? — rebate ele, dando um passo para trás. Minha cabeça gira e eu estou tossindo novamente.

— Tire-a daqui! — repete Júlio sem paciência e com autoridade. — Lembre-se de que você é o responsável por isso. — Franzo as sobrancelhas ao ouvir o que ele acaba de dizer, mas me sinto tão fraca e impotente que não questiono. — Se algo acontecer, você será o culpado.

— Não precisa me dizer o que fazer — diz Diego ao trincar os dentes.

Sou levantada e posta nos braços de Diego, que começa a correr para fora do lugar em que estamos sem se preocupar com o fogo que ameaça destruir cada um dos presentes ali.
— *Renata! — Escuto a voz de um homem. Quando vejo sua silhueta, percebo meu pai tentando vir até nós. Ele corre e nos segura em seus braços. — Renata, precisa sair daqui!*
— *O que faz aqui? — pergunto com autoridade.*
— *Eu vou levar Rafaela nos meus braços. Desça as escadas depressa, tente não se machucar. — Ele pega no meu rosto e beija minha cabeça. Eu não digo nada, apenas saio correndo.*
— Renata? — Ouço a voz preocupada de Diego. Abro os olhos devagar e me deparo com a imensidão escura do céu estrelado. Consigo respirar fundo o ar puro e, com calma, olho para os lados até encontrar a presença do loiro. — Você está bem?
— O quê...? — Ponho a mão na têmpora e franzo o cenho com força.
— Já saímos do galpão — diz ele. — Foi para lá que te levaram. O que eles queriam? — pergunta, curioso.
— O meu colar — respondo com a voz baixa e tento me levantar do chão em que estou deitada. Ele oferece o braço para servir de apoio, e eu aceito. — Diziam que ele era uma chave para algo.
— E não estão errados.
— O que quer dizer com isso? — pergunto ao ficar de pé e pisco algumas vezes. Assim como os meus, os lábios de Diego estão cortados devido à briga que teve. — Diga-me o que está acontecendo.
— Você tem capacidade suficiente para responder à sua própria pergunta, Renata.

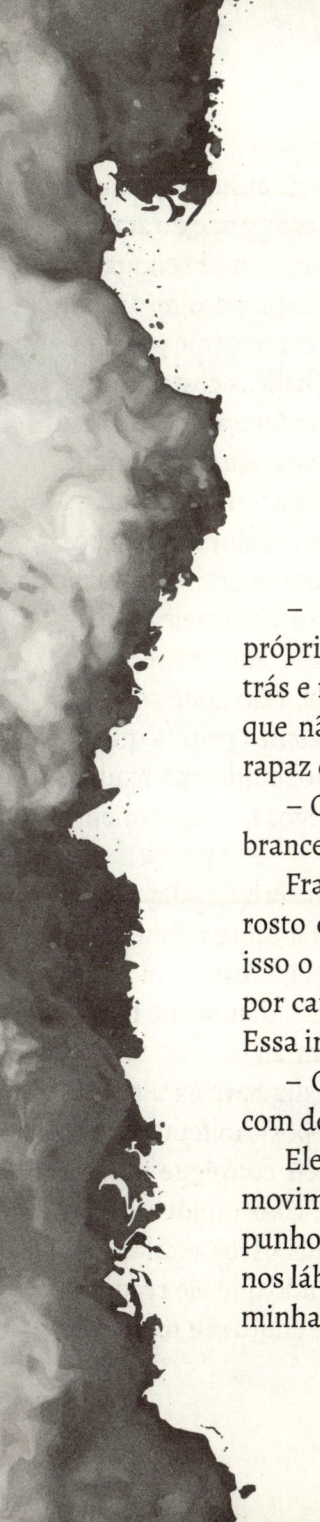

18 Eu sou o escorpião e meu veneno é a destruição

— Capacidade para responder à minha própria pergunta? – Indago ao dar passos para trás e me afastar dele. Algo dentro de mim diz que não devo acreditar em nada do que esse rapaz diz e eu seguirei esse instinto.

— O que está fazendo? – Diego cerra as sobrancelhas e se aproxima de mim.

Franzo meus olhos e respiro fundo. Seu rosto contém gotículas do sangue de Maju e isso o deixa muito engraçado, principalmente por causa da sua reação ao ver que atirei nele. Essa inocência chega a ser divertida.

— O que quer de mim, Diego? – pergunto com desconfiança.

Ele me observa, atento a todos os meus movimentos lentos e firmes. Diego está com os punhos cerrados, e eu carrego um leve sorriso nos lábios. Será que ele sabe o que se passa em minha cabeça agora? Eu duvido muito.

Sem pensar duas vezes, me impulsiono para a frente e lanço meu braço contra seu rosto com a intenção de atingi-lo com um soco. Porém, ele desvia para o lado oposto, escapando do ataque.
— Qual o seu problema? — fala com a voz alterada enquanto desvia incontáveis vezes dos meus socos disparados no ar. Em um desses ataques, Diego segura meu antebraço e me puxa, jogando-me no chão e fazendo com que eu bata as costas contra o asfalto áspero. Aproveitando que estou indefesa, ele se senta em meu abdômen e põe meus braços finos acima da minha cabeça, prendendo-me. — Fique calma! Estou tentando ajudar.

Solto um grito para ele e cerro os dentes, mordendo a bochecha sem querer. Diego respira fundo e aperta com mais força os meus braços. Reparo então na pedra vermelha amarrada por um cordão no seu pescoço, o que me faz recordar do mesmo colar usado por Júlio e Samuel. Não pode ser uma coincidência. Claro que não é. São as mesmas pedras que há no meu colar: a aventurina verde de Júlio, o quartzo-azul de Samuel e agora o jaspe-vermelho de Diego. É simplesmente impossível ignorar isso.

— Eu vou matar você! — exclamo com raiva. — Eu vou te matar! — grito mais uma vez e ergo minha cabeça, batendo a testa contra a sua e deixando-o tonto. Diego rosna e me solta rapidamente para tocar sua testa dolorida, dando-me tempo de empurrá-lo de cima de mim e me levantar.

Posiciono-me na sua frente e chuto sua barriga algumas vezes, fazendo com que Diego fique em posição fetal para se defender. Após alguns gemidos de dor, ele consegue agarrar meu tornozelo e me puxa para a frente com rapidez, o que me faz cair de costas de novo. Sinto meus ossos estalarem e mordo os lábios para despistar a dor. Vendo que ele recupera seu equilíbrio, eu me livro de seu aperto e chuto seu rosto. Seu nariz está sangrando quando nos levantamos, e ele respira com dificuldade.

– Não há necessidade de fazer isso, Renata – ele fala balançando a cabeça para os lados.

Ofereço um sorriso quando retiro a faca de dentro da roupa. Ele olha para a cena com certo medo, dando alguns passos quando me vê com a lâmina suja de sangue. Mostro o utensílio para ele com um sorriso mais largo e ele petrifica onde está, atento à arma.

– Reconhece? – pergunto ao brincar com o cabo e alternar o olhar entre a faca e seu rosto. – Como deve ser morrer pela arma que usou para salvar uma garotinha indefesa? – questiono com divertimento ao inclinar a cabeça para o lado e olho seus olhos azuis, que brilham com intensidade. – Será que está excitado? Eu adoraria ver o que esconde aí embaixo. – Abaixo meu olhar para suas calças e volto para seu rosto, para vê-lo engolir em seco.

– Você é uma louca! – fala Diego, com a voz rouca. Sorrio abertamente e solto uma risada sem humor.

– Talvez eu seja, o que acha de descobrir? – E, no silêncio que surge, arremesso a faca em sua direção.

15 de outubro de 2006.
Domingo.
Praça do Bosque.

– *Nossa, como você é gostosa!* – *exclama o rapaz de 15 anos que beija meu pescoço incansavelmente. Reviro os olhos sem que ele perceba e finjo prazer ao arranhar suas costas por debaixo da blusa suada. Estamos encostados em uma árvore grossa enquanto agimos de forma selvagem, ansiosos para ter dez minutos de satisfação,* distribuindo beijos agressivos e com as mãos apertando cada porção dos corpos excitados.

– Eu sei – sussurro antes de beijá-lo de novo. Eu estou pronta para gozar agora.

Paro de beijá-lo e olho em seus olhos escuros por poucos segundos enquanto minha mão trabalha no zíper da sua calça. Sorrindo, fico de joelhos e faço os meneios ao mesmo tempo que olho para cima e presencio a expressão do jovem rapaz, completamente em êxtase, suspirando ofegante. Continuo com rapidez e me concentro em pegar uma longa faca que deixei encravada na árvore, escondendo-a do garoto que está quase chegando ao ápice do prazer com meus movimentos.

Interrompo o ato e me levanto para beijá-lo mais uma vez. Ele apalpa meus seios com força, mas isso não me incomoda neste momento, pois cravo a ponta da faca em sua nuca, perfurando seus músculos contraídos. O jovem arregala os olhos e tenta se afastar de mim, mas eu agarro seu pescoço e faço com que ela penetre mais a área e, depois, retiro-a de uma vez. Ele tenta cobrir o ferimento com as mãos, mas eu o ataco novamente, desta vez perfurando a lateral da sua barriga, no lado direito.

O rapaz, assustado, abre a boca para gritar, porém eu a tampo com a minha, agarro seu pescoço com meu braço, prendendo-o a mim, e finalizo minha arte furando mais ainda sua barriga, atingindo possivelmente seu baço.

Limpo o sangue que sujou meu braço e olho para seu corpo quando ele cai no chão. Estou prestes a pegá-lo para me livrar de possíveis evidências quando meu olhar cruza com o de uma criança que me encara com os dois pequenos olhos arregalados. A menina veste um lindo vestido amarelo com bolinhas azuis. Ela abraça com força a sua boneca quando percebe que estou a encarando. Sorrio abertamente para a pequena e ajeito minha postura, apontando a faca ensanguentada em sua direção.

Ela arregala os olhos e se afasta ao perceber que algo de ruim poderia acontecer se continuasse ali parada. Balanço a cabeça para os lados e caminho até ela com calma e delicadeza no intuito de não a assustar. Vejo que ela engole em seco quando estou em sua frente e eu sorrio novamente.

Ora, eu não posso deixar que alguém veja minhas atividades. Mesmo uma criança inocente.

⚜

Ainda no dia 5 de novembro de 2008.
Quarta-feira.
Ruas de Porto Alegre.

Droga!

Meus olhos ardem e minha cabeça gira tanto que sinto que desmaiarei a qualquer momento. O que está acontecendo agora? Por que está acontecendo? Eu preciso pensar, raciocinar e entender o que está me fazendo perder o controle. Respiro fundo e aperto as têmporas com força na intenção de entender alguma coisa.

Vejo o hematoma roxo e com marcas de sangue em meu braço por causa da mordida que dei no colégio e decido fazer de novo, abocanhando a pele com força e sentindo o sangue mais uma vez em minha língua. Meus olhos se fecham quando sinto a dor percorrer meus nervos e respiro fundo mais uma vez.

As ruas estão vazias, o silêncio da noite é reconfortante e isso me acalma. Os sons das pessoas e dos carros durante o dia me deixam sufocada, então nada melhor do que uma noite calma para me fazer colocar os pensamentos no lugar. E, sim, eu consigo pensar melhor em um momento de dor. Principalmente se for causada por mim. A dor me faz ver sentido em viver e o sangue dá sentido à vida. Por isso é tão excitante vê-lo escorrer de um corpo vivo.

Isso me faz lembrar *dele*.

Enquanto aproveito meu momento de euforia, consigo sentir sua presença aqui na cidade, e isso deixa meu controle cada vez mais instável e minha possessividade mais aparente. Saber que ele está perto de mim me faz querer possui-lo de uma forma quase doentia. A presença de Nicolas é tão vívida e forte que começo a correr descalça pelas ruas sem me importar com os ferimentos nos meus pés, apenas sigo a minha intuição.

Paro em frente a um prédio não muito alto tingido com a cor branca e com grandes janelas de vidro. Minha respiração está irregular e pesada quando empurro a porta transparente e caminho até a recepção, dando de cara com uma senhora que digita rapidamente no teclado de um computador.

– Com licença – digo, e ela se assusta assim que põe os olhos em mim.

– Como entrou aqui? Quem é você? – Questiona com autoridade ao se levantar da cadeira. É então que reparo que minha aparência não é das melhores, pois estou com os cabelos altos e sujos, com a pele suja de cinzas por causa do incêndio e com as roupas manchadas de sangue. – Meu Santo Agostinho! O que aconteceu com você? Está cheia de sangue. Você está bem?

– Não é meu – respondo enquanto observo o lugar atentamente. – Qual a sala de Nicolas?

– O sr. Nicolas está em reunião, senhorita. Você tem hora marcada? Aliás, está muito tarde. Não é hora de uma garota ficar na rua.

Reviro os olhos e respiro fundo, impaciente.

– Em qual sala ele está? – pergunto ignorando seus comentários, e ela franze as sobrancelhas, desconfiada da minha atitude. – Tudo bem, então. Descubro sozinha.

Passo por ela e pego um vaso de porcelana que enfeita o balcão da recepcionista sem sua permissão. Escuto a senhora dizer que vai chamar o segurança, mas continuo ignorando sua presença e sigo firme. Saio entrando em cada sala de cada andar e vejo que algumas estão trancadas, outras vazias, outras com gente trabalhando e outra com duas pessoas transando.

Já no quinto andar do prédio, encontro uma ampla porta e respiro fundo ao escancará-la e dar de cara com uma enorme mesa em que estão sentados, pelo menos, doze empresários. Nicolas está na cabeceira do outro lado e, quando me vê, ele se levanta devagar, hesitante, do seu assento.

– Renata... – murmura para mim ao se levantar e esticar os braços para a frente. Ele sabe o que estou prestes a fazer. Ele sabe o que fiz. Minha situação me entrega e isso faz com que ele fique incerto.

Vê-lo naquele terno me faz ranger os dentes. Seguro o vaso em minha mão com mais força e continuo a ignorar os presentes murmurando entre si devido à interrupção da reunião, mas Nicolas sabe que eu não estou nem aí para o que dizem ou o que fazem, e finalmente repara no vaso em minha mão.

– Senhores, peço licença por alguns minutos para conversar com minha enteada. Ela está passando por alguns problemas, como podem notar. – Ele então sorri amigavelmente para os colegas e eu solto uma risada frouxa ao ouvir a palavra "enteada". Sem pensar duas vezes, jogo o vaso em sua direção.

Os homens se apavoram com a agressão repentina, soltando palavrões e saltando de suas poltronas; no entanto, Nicolas não se exalta, apenas desvia para o lado esquerdo e o vaso se estraçalha na parede. Sua calma não me surpreende, já que está acostumado com meus ataques de fúria.

Ele respira fundo e caminha com passos lentos e confiantes até mim, segura meu pulso com delicadeza e arrasta-me para fora da sala. Andamos por alguns minutos em silêncio até que ele abre uma porta de uma sala vazia e inclina a cabeça para que eu entre. Relutante, obedeço à sua ordem silenciosa e cruzo os braços ao vê-lo parado em minha frente, depois que tranca a porta do pequeno escritório. Ele não acende a luz, então tenho de forçar minha visão para enxergá-lo.

– Achei que não ficaria aqui por muito tempo – falo sem alterar meu tom de voz, e ele suspira.

– Eu sei o que vai dizer – afirma e se aproxima de mim com cuidado. Seus olhos azuis me oferecem consolo e eu reluto um pouco.

– Não pense que isso vai funcionar. – Nossos olhos se conectam por alguns segundos, e ele sorri de lado. Reviro os olhos e desisto. Eu sei que não adianta lutar contra Nicolas, ele desvenda todos os meus pensamentos com a mesma facilidade com que manipulo as pessoas.

– Eu deveria ter dito que ficaria aqui por algum tempo – confessa.

– Você sabe que jamais conseguirá escapar de mim. Se estiver por perto, eu o encontrarei. Pode usar qualquer disfarce, eu o encontrarei – murmuro quando sinto suas mãos segurarem meus ombros. Levanto a cabeça com um semblante sério e o encaro. – Eu sempre rastrearei você, sempre o acharei. Você pertence a mim e a mais ninguém.

Seu rosto sem expressão me devora e ele me analisa com o olhar baixo, sem inclinar a cabeça em minha direção. Nicolas engole em seco e anui levemente.

– Eu sei, me desculpe. Eu deveria saber que não deveria brincar com seus sentimentos. – Fala com provocação, e eu sorrio, pendendo a cabeça para o lado. – Seus sentimentos de posse. – Não respondo a isso, apenas agarro sua nuca com a mão e o puxo para baixo, forçando seus lábios a se encontrarem com os meus.

Nicolas não fica surpreso por ser beijado à força. Pelo contrário, ele corresponde segurando minha cintura e aproximando seu corpo do meu. Faz algum tempo que eu não tenho uma relação sexual e, desde que conheci Nicolas, ele se tornou a única pessoa capaz de me saciar e continuar vivo. Nós temos uma relação complicada que pode ser resumida em: ameaças de morte, sexo e planos de fuga.

Não demora muito para que minha roupa seja retirada e jogada no chão, então sou virada de costas e empurrada na parede, sentindo a respiração dele em meu ouvido e seu corpo suado pregando no meu enquanto nos movimentamos durante o sexo. Após terminarmos, limpo o canto da minha boca, que está um pouco sujo de sêmen, e o observo vestir seu terno branco com a mesma facilidade com que tirou.

– Vão perceber que você demorou demais depois de sair com uma garota que disse ser sua enteada – comento e ele ri baixo depois de abotoar seus botões e arrumar os cabelos.

– O que você quer aqui? – pergunta ao se sentar em uma poltrona que está atrás da mesa de vidro e analisa meu corpo nu.

– Acho que estou louca.

– Você... *acha?* – questiona com certa dúvida.

– Não estou brincando. – Prendo meus cabelos em um nó e procuro com os olhos minha calcinha. Quando percebo, Nicolas está com a mão estendida no ar e em seus dedos está a peça íntima. Reviro os olhos e a pego com agressividade, vestindo-a em sua frente sem a menor vergonha. – Estão acontecendo umas coisas estranhas, e já fui perseguida acho que milhões de vezes.

– Ser perseguida nunca foi problema para você – comenta.

– Desde que eu saiba quem está fazendo isso, não é. – Ele concorda e eu visto o restante das minhas roupas. – O pior não é isso, Nicolas. – Vou até ele e fico ao seu lado. Ele gira a poltrona para que possa ter uma visão melhor de mim e apoia a mão no queixo ao mesmo tempo que cruza as pernas. Eu percebo seu silêncio e continuo. – Estou ouvindo os gritos de novo. Minha cabeça parece que não me obedece e é como se *aquela voz* estivesse tomando conta de mim.

– Então a voz voltou... Mesmo quando está matando? – Pergunta com o cenho franzido.

– *Principalmente* quando estou matando!

– Isso é... ruim. Eu acho – conclui, e eu pisco algumas vezes, tentando arranjar paciência.

– Eu não ligo para a voz, eu só não quero que ela me atrapalhe. Minhas atividades não devem ficar mais conhecidas do que já estão. Estou deixando rastros!

– Eu percebi – diz e muda de posição na poltrona, colocando a perna esquerda sob a direita. – Saiu no jornal o misterioso caso de um rapaz de 21 anos que fora encontrado completamente mutilado na floresta.

– Eu não consegui me livrar da droga do corpo – defendo-me e Nicolas respira fundo. – Não sei o que fazer.

– Que tal... – ele pondera e eu aguardo sua sugestão. Nicolas sorri e se levanta, aproxima o rosto do meu, segura meu queixo com os dedos e me beija lentamente – matar novamente? – sussurra em meu ouvido.

Fico quieta enquanto ele morde o lóbulo da minha orelha e me provoca com uma das mãos. Eu sei o que ele está fazendo, está testando meus sentidos e desejos, me instigando a querer sentir prazer da forma mais fácil. Nicolas quer que eu mate para que eu possa me satisfazer e assim poder comandar novamente minha cabeça. Ele realmente acredita que matar vai me fazer extinguir os gritos das vítimas em minha mente e a voz insuportável que escuto há anos. Ele, mais do que ninguém, sabe do que preciso.

– Por que faria isso? – sussurro de volta e solto um suspiro baixo quando ele beija meu pescoço. Ele solta uma curta risada e responde ao olhar meus olhos:
– Porque é a sua natureza!

Minhas primeiras vítimas se chamavam Bruno, Gabriel e Thales. Cada um sofreu de um modo diferente, colhendo aquilo que cativaram em mim. A morte de Felipe, minha quarta vítima, foi programada por mais meses do que eu poderia imaginar; tudo detalhadamente organizado e pronto para ser feito com esplendor. Exceto por um único e mísero erro: ele continua vivo!

Meu plano era perfeito. Iria matar Felipe, mas ele permaneceria vivo apenas para desejar estar morto. Um vegetal, uma ameba, um ser inútil. Depois de tanto trabalhar para que Felipe apenas pudesse mover os olhos, sem sequer conseguir dizer o que havia acontecido com ele naquela noite, eu descubro que ele está vivo, andando ou falando, não sei. "Com sequelas", disse Tainara. Sequelas não são o suficiente. Para mim, nunca é suficiente.

Ele foi o que despertou minha verdadeira identidade, que até então eu não conhecia. A identidade que durante a infância foi reprimida por causa de Rafaela e da posse que eu tinha por ela, essa identidade era limitada à "maldade de criança", algo realmente inofensivo, pois tudo sempre girou em torno da minha irmã mais nova. Depois da sua morte e da aparição de Felipe, nada mais me prendia. Eu pude ser eu mesma e, graças a ele, eu tenho uma lista interminável de pessoas que gritam dentro da minha cabeça e... adivinhe? Eu não me importo com elas. A dor que minhas vítimas sentiram não é relevante ou importante. Na verdade, a dor delas sempre me dá prazer.

O único sentimento real que tenho é a raiva. Uma raiva tão intensa que só é saciada quando alguém morre em minhas mãos. Não sinto amor, não sinto medo, tristeza ou ansiedade. Qualquer emoção é ilógica para mim, exceto a raiva. O pecado do ódio, da ira, de como queiram chamar, me domina desde criança e a única maneira de me acalmar é por meio das minhas atividades.

Atividades muito bem escondidas. Até agora. Nunca deixei rastros. Nunca fui pega. Nunca apareci nos jornais e agora, olhe só, eu sou procurada. Nicolas está certo... Eu devo matar novamente. Devo mostrar que estou no comando, que eu controlo e sempre controlarei qualquer situação. Eu traço os meus planos e é através da minha máscara de simpatia, da maquiagem que uso ao sorrir, que consigo o que quero. Eu que manipulo, eu que escondo segredos, e não o contrário; eu não sou enganada, porque sou eu que faço as leis do jogo e eu sou o fogo que incendeia tudo o que vier pela frente.

Eu sou o escorpião de veneno mortal e minha natureza é a destruição.

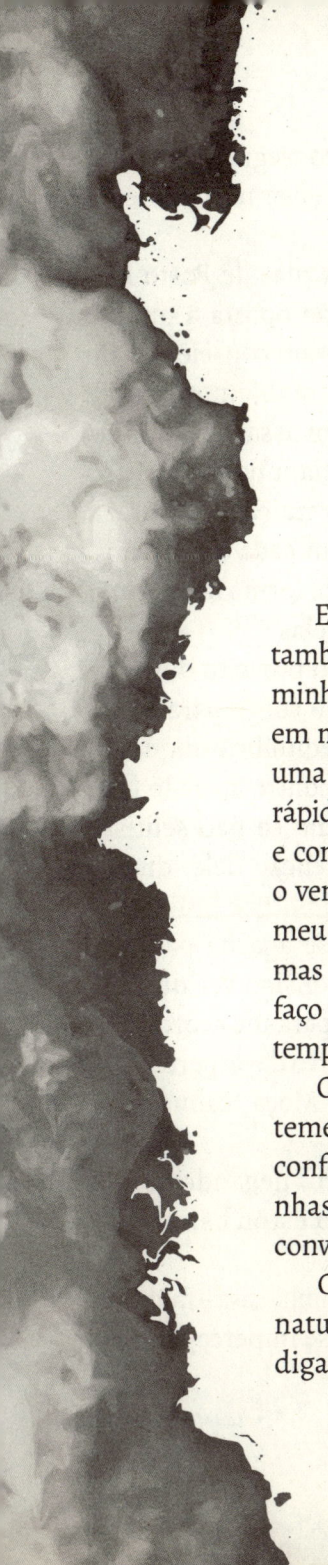

..., Mas dois sonhos é demais

Eu não sei que horas podem ser agora, mas, também, não me importa. Eu acabo de avistar minha vítima de hoje e articulo tudo em detalhes em minha mente para não cometer falhas mais uma vez. Dentro do escritório de Nicolas, fiz rápidas pesquisas sobre um lago popular daqui e como eu poderia chegar lá. É tarde da noite e o vento permanece gélido, mas o horário está a meu favor. O frio me incomoda, eu fungo algumas vezes para que meu nariz não resseque e faço questão de ignorar essa droga durante o tempo em que arquiteto meu plano.

Ouço ruídos em meus ouvidos constantemente, porém sei que é a voz querendo me confundir, me deixar indecisa quanto às minhas ações. Tentando, por alguma razão, me convencer de que não devo matar.

Contudo, é como Nicolas disse: é minha natureza. Não importa o que façam ou o que digam, eu sempre voltarei a matar. Eu quero e vou fazer isso porque, se não, eu não conseguirei respirar direito. Faz parte de mim, e eu só poderei viver normalmente depois que o fizer.

Neste momento, estou andando pelas ruas de Porto Alegre quando encontro um jovem na direção oposta à minha. Ele, baixo, sorri para mim, de passagem, sem consciência do que está prestes a acontecer. A vida é tão frágil, imprevisível: nunca sabemos se estamos em frente a um assassino, um *serial killer*, um estuprador. As pessoas confiam nas outras tão cegamente a ponto de não notarem que a traição é natural a cada um. A manipulação está presente em cada um de nós, porém uns conseguem usá-la a seu favor de forma tão natural que nem se preocupam com as consequências.

Respiro fundo, mordo meu lábio e faço proveito dos ferimentos e das queimaduras que tenho pelo corpo para fingir um desmaio. Deixo as pernas perderem o equilíbrio enquanto ando e sinto meu corpo ceder, indo de encontro ao chão frio. Minha cabeça bate no cimento e ajo como se não sentisse o impacto, encenando para chamar a atenção dele, que se aproxima.

Imediatamente, ele corre até mim e se agacha para me socorrer. Com a visão um pouco turva, consigo ver que ele, magro, bate devagar em minha bochecha para me acordar.

– Moça, moça! – ele me chama, com certo desespero. Suas mãos sacodem meus ombros devagar. – Moça, calma! Vou levá-la para um hospital.

– Não... – sussurro para ele e suspiro, negando com a cabeça. – Não me leve para o hospital. Eu estou bem.

– Garota, tu tá toda ferida.

– Não se preocupe. Eu só preciso ir para a minha casa – falo com delicadeza e ofereço um fraco sorriso, quase imperceptível.

Sei que estou um caco, que meu estado não é um dos melhores e que tem sangue até no meu cabelo. Provavelmente, isso é algo que o está deixando ainda mais preocupado.

– Eu lhe dou uma carona.
– Não! – falo, quase gritando.
– Não se preocupe. Eu pego o carro e a ajudo a chegar até sua casa, onde quer que seja. Afinal, tenho de pegar algumas ferramentas fora da cidade, de todo modo. Me chamo Eduardo, por sinal.
– Sou Isabela.

O moço fica em silêncio e franzo os lábios em tédio sem que ele perceba. Começo a tossir mais uma vez e deixo meu corpo ceder. Ele me olha no mesmo instante e noto, em seus olhos castanhos, a decisão tomada. Ele acabou de se entregar completamente às minhas mãos. Tolo!

– Ei, vai ficar tudo bem agora – diz ao passar a mão pelos meus cabelos. Concordo devagar e percebo que ele me levanta, pondo-me em seus braços.

– Estou com frio – sussurro alguns minutos depois de ser colocada no banco do passageiro de um carro. Ele está colocando meu cinto, mas para de se mexer e posso sentir sua respiração pesada perto da minha bochecha. Abro os olhos devagar e me deparo com ele me analisando atentamente.

– Vou ligar o aquecedor para você – responde ao fechar a porta e contornar o carro, sentando-se ao meu lado e girando a chave na ignição, ligando os faróis e consequentemente o aquecedor do ar-condicionado. Sinto-me melhor mesmo notando que ele ofega com o calor dentro do automóvel. – Para onde vamos?

Respiro fundo e paro de fingir mal-estar quando ele começa a dirigir. Sua insegurança o deixa nervoso, porque eu tenho um par de peitos que chama atenção e um cabelo bom de puxar na hora do sexo.

– Você pode ir em direção ao Lago Guaíba – falo com confiança, mesmo não sabendo nada a respeito desse lugar. Eduardo me olha com curiosidade e nos encaramos por alguns segundos, até que dou um sorriso sugestivo e ele pigarreia, voltando sua atenção para o semáforo que acabara de abrir. – Na verdade, fica nas extremidades da cidade, na Zona Sul.

– Estamos um pouco distante – comenta e solta um riso frouxo. – Mas não tem problema, eu levo você até a porta da sua casa.

Agradeço e acaricio meus braços machucados como prova de que não estou totalmente recuperada.

– Eduardo... – chamo baixo com um tom envergonhado, e ele me olha mais uma vez. Olho para ele e ofereço um sorriso amigável, mostrando o quanto estou agradecida por sua compreensão.

Arregalo os olhos com uma falsa gratidão e abro mais o sorriso. Ele começa a comentar sobre o lugar onde vai passar para pegar suas ferramentas; aparentemente, ele trabalha com algum tipo de marcenaria. Não presto atenção à conversa fiada dele e só noto quando ele menciona que vai pegar uma machadinha, correntes para prender lenha e luvas.

– Eu conheço uma loja de ferramentas que fica aberta a noite inteira – fala, e espero no carro enquanto ele, rapidamente, recebe o pacote com as ferragens e paga com um maço de dinheiro já pronto.

Em pouco tempo, saímos da cidade e começamos a transitar por uma área com mata cerrada, que circundava a rodovia. Por "acidente", minha mão cai em sua coxa e observo o jovem prender momentaneamente a respiração, antes de enveredar por outro assunto aleatório, tentando, sem sucesso, esconder o desconforto.

Fazendo-me de sonsa, continuo a acariciar o lado interno de sua coxa, brevemente interrompida apenas pela passagem das marchas, e vou esgueirando minha mão, lentamente, em direção à sua virilidade. A respiração dele se torna cada vez mais irregular e noto, apesar do escuro, que suas bochechas ganham um apetitoso tom avermelhado.

– Você não quer parar para tomar um pouco de ar? – Falo, com voz inocente.

Sem responder, Eduardo desacelera o veículo e adentra uma pequena estrada de terra mal iluminada que brotou na lateral da rodovia. Os pneus do carro fazem um ruído de trituração quando ele estaciona em uma pequena clareira, distante apenas alguns metros da orla das árvores.

Eu o arrasto em direção aos troncos enquanto digo:

– Venha, isso será divertido. Divertido e rebelde. Eu já estou acostumada com infração das leis – comento ao soltar uma gargalhada, sendo acompanhada por ele.

Eu o empurro contra a árvore e começo a devorar aquele par de lábios com uma ferocidade de quem beija pela última vez na vida. Na vida dele, no caso. O amasso desajeitado, pois ele teme me machucar mais, dura alguns momentos. Pergunto:

– Você tem camisinha?

O rapaz, desorientado, demora alguns segundos para entender a pergunta.

– No porta-luvas...

Vou até o carro, aproveitando-me do lusco-fusco de uma noite de Lua cheia, pego os preservativos no local indicado e, discretamente, prendo a machadinha na parte de trás do short. Corro, dando pulinhos, de volta até ele e, sem brechas, lacro seus lábios em um beijo hermético enquanto levo suas mãos para o calor entre as minhas pernas.

– O que você está fazendo? – Ele pergunta em um sussurro quase sofrido.

– O que você acha? – sussurro de volta e desço as mãos pelo seu rosto suado até seu peito, arranhando devagar seu pescoço com uma unha.

Mesmo na escuridão intensa, Eduardo consegue tatear desajeitadamente minha calcinha e começa, em movimentos tímidos e inseguros, a acariciar minha boceta. A despeito da absoluta falta de habilidade do rapaz, rapidamente fico ensopada. Não por sua maestria sexual, mas pela sensação iminente daquele sangue quente e vermelho imediatamente por baixo da sua pele. O pensamento de me embeber em seus fluídos enquanto a última centelha de vida foge de seus vibrados olhos me deixa à beira de um orgasmo. Imagino-me como a Afrodite Negra, banhada, do topo de meus cabelos loiros até a ponta do dedão do pé, em sangue quente, com seu delicioso cheiro de metal e a carícia dos coágulos grudando, lânguidos, em minha pele.

Ele interpreta a falha na minha respiração como encorajamento. Não nos enxergamos, mas sei que estamos de olhos bem abertos e perto o suficiente para ter um contato físico maior.

Eduardo traja apenas sua calça desabotoada quando me deito no chão sujo. Faço sinal para ele se juntar a mim, enquanto, discretamente, escondo a machadinha entre o tapete de folhas secas. Ele beija meus lábios, minha clavícula, meu pescoço e, por causa do breu, ele tem de tatear meu corpo vez ou outra para saber onde exatamente está pegando. Quando sua boca abocanha meu seio esquerdo, eu solto um gemido e arranho suas costas com uma das mãos enquanto caço a arma, que está em algum lugar por aqui, com a outra.

Nossos beijos são ferozes e sua pegada é forte, chegando quase a machucar. Agarro seu cabelo com agressividade e empurro sua cabeça para baixo, dando a entender que estou tão excitada e fogosa que desejo sua boca entre as minhas pernas.

Eduardo não hesita ao deslizar suas mãos por minhas coxas e abaixar os tecidos que cobrem minha pele, deixando-me totalmente exposta ao frio. Com as pernas abertas, deixo-o agir com sua língua e gemo baixo quando o sinto tocar um ponto sensível.

Focado no ato, ele não nota meu movimento ao agarrar o cabo da machadinha e segurá-la com força em uma das mãos, já que a outra está ocupada acariciando os cabelos dele. Abro os olhos e encaro o céu estrelado por alguns segundos enquanto meu corpo treme com os movimentos do rapaz. Suspiro alto quando ergo a arma e, com força, desço-a em direção à cabeça exposta dele, perfurando-a com o corpo da lâmina, como se racha lenha.

Eduardo engasga e tenta se levantar, mas contorno minhas pernas em seu pescoço e o prendo com minhas panturrilhas. Ele tenta gritar, mas sua boca está presa em minha genitália. Noto o cheiro de sangue e mais uma vez desço com velocidade a machadinha e o golpeio, prendendo a lâmina afiada em seu crânio quase aberto. Sinto o sangue quente melar minhas coxas e solto um chiado alto de prazer durante o tempo em que lanço a machadinha novamente em sua cabeça, abrindo a fissura ainda mais. Minhas pernas tremem e eu preciso me empenhar para segurá-lo em mim, então mordo o lábio e desço a arma pela quarta vez, ignorando a escuridão sufocante que está no ambiente.

Meu corpo inteiro grita de prazer e eu rolo meus olhos pelas órbitas ao abaixar a quinta vez, massacrando minha vítima como um porco. Com um pouco de impulso e esforço, levanto-me do chão e procuro o celular dele, que está em algum lugar. Após achá-lo e ligar a sua lanterna, ilumino o corpo de Eduardo e imediatamente solto um silvo intenso de alívio. Ali está a minha mais nova obra-prima. Só de ver a cena já começo a salivar, a tremer meus joelhos sujos de vermelho que querem ceder e ir de encontro ao chão.

Estou ofegante. Minha mão está trêmula por causa do esforço que fiz e minha cabeça dói. Seria a voz querendo tomar o controle novamente? Não! O que fiz agora prova que eu estou no comando de novo. O sangue o banha e pinga devagar na grama quase em sincronia com o gozo tórrido que escorre por entre minhas coxas frias. A ventania forte da noite me faz ficar com as pernas bambas enquanto observo com admiração o corpo dilacerado do rapaz jogado aos meus pés.

Sorrio com a imagem em minha frente. Eu não posso e não vou deixar rastros.

Eu nunca deixo rastros!

Está perto das cinco da manhã quando visto minhas roupas por cima de todo aquele sangue, tentando de alguma forma limpá-lo do meu corpo com o tecido, e enrolo o cadáver nas correntes que compramos. Já está amanhecendo, então é fácil encontrar as chaves do carro no bolso de Eduardo e arrastá-lo até a parte traseira do automóvel, que não está longe. Começo a dirigir um pouco acima da velocidade, visto que ainda não há ninguém nas ruas, e vou a caminho do Lago Guaíba, seguindo as placas de direção no percurso.

Minhas mãos grudam no volante enquanto eu observo a ausência de pessoas e automóveis nas ruas. Quando o sinal do semáforo está vermelho, procuro algo dentro do carro que possa ser útil e acho uma conta de luz no nome de Igor Ferreira de Vasconcelos, possivelmente algum companheiro de Eduardo. Levando em consideração as informações que obtive até agora, pondero que eles morem juntos.

Sigo a sinalização e vou a caminho da usina, próximo ao lago. Posiciono o carro em uma distância boa o suficiente para que eu possa acelerar. Abro a porta do motorista e piso no acelerador, guiando o veículo diretamente para as águas fundas. Deixo que ele afunde comigo e com o corpo acorrentado de Eduardo. Assim, minha pele será lavada e o cheiro de sangue sumirá. Como a porta está aberta, não tenho dificuldade em sair e subir para a superfície em busca de ar.

Respiro fundo e balanço a cabeça para os lados com força para tirar o cabelo da cara, então nado de volta para a margem e observo enquanto o automóvel desaparece completamente de vista, levando embora todo o rastro da minha diversão.

Fecho os olhos e deixo que o vento da manhã me refresque. Passo os dedos pelo rosto para tirar as gotículas de água e respiro fundo uma última vez. Agora, eu só preciso ir ao endereço que decorei e me certificar de que Igor não acorde para o enterro do namorado.

"*Desculpe!*", *diz a voz em minha mente. É suave, delicada, gentil, e eu a conheço. Não sei exatamente de onde, mas eu já a ouvi em algum lugar.*

Estou de pé em um campo de flores repleto de névoa densa, e uma mulher jovem está na minha frente com uma expressão sofrida no rosto. Eu também a conheço. Ela já esteve em meus sonhos antes. Quem é ela?

Seus cabelos longos e loiros, sua pele juvenil e olhos inocentes me encaram com pesar e certo arrependimento. Engulo em seco e abro a boca, mas sou incapaz de falar. Ela apenas sorri para mim e eu franzo o cenho.

– Quem é você? – Pergunto quando minha voz finalmente surge.

No momento em que digo isso, raios surgem no céu e pessoas desconhecidas começam a aparecer do nada, trajando elmos nas cabeças, armaduras e espadas, lanças e arcos. Os olhos de alguns são completamente negros, enquanto outros são completamente brancos, ambos sem pupila e íris. Apenas um vão nos olhares que miram diretamente a mulher.

Eu sou invisível no momento, eles não me veem ou apenas me ignoram. Focam-na como se suas vidas dependessem disso. Ela está assustada e também me ignora, fica de costas para mim e começa a correr na direção oposta, sendo perseguida por todas aquelas pessoas. Eles gritam e jogam maldições contra a jovem, disparam flechas afiadas e lanças, até que uma das armas raspa em seu braço e a lâmina faz um corte. Pela forma que a mulher grita e cai no chão, deduzo que a ponta está maculada com algo que causa muita dor.

– Bruxa! Matem a bruxa! – Gritam.

A mulher, desesperada, tenta se levantar e correr novamente, mas a alcançam e seguram seu braço ferido com força, fazendo-a derramar lágrimas de dor e medo. Seus olhos encontram os meus por poucos segundos, e entendo que ela não quer que eu me aproxime.

Quando ela tenta fugir novamente, eles brandem suas espadas e as encostam em seu pescoço, ameaçando matá-la caso faça algum movimento. A moça fica paralisada, cabisbaixa, mas suas lágrimas se tornam mais fortes.

O ar, antes frio, fica aquecido e extremamente sufocante. As pessoas retiram suas armas do pescoço da desconhecida, mas ela permanece de cabeça baixa na tentativa de esconder o choro sofrido. Ela não luta, sabe o que vai acontecer e não faz nada para impedir.

Outro raio corta o céu, e um homem alto aparece. Todos, exceto as duas pessoas que seguram a mulher, largam as armas e vão ao chão, fazendo uma reverência para a pessoa que parece ser o líder. Como Maju, seus olhos também são horripilantes, assustadores. A cor dos seus cabelos é negra e os fios estão bem alinhados. Ele usa uma máscara no rosto, mas posso perceber que é tão jovem quanto a mulher que ele analisa com um olhar malicioso.

Seu corpo é largo e seus passos são confiantes. Sua vestimenta é antiga, algo como couro e tecidos marrons e vermelhos. As mãos estão protegidas por luvas pretas e uma corrente de ouro brilha em seu pescoço.

Eu sou uma mera espectadora, assistindo de camarote ao homem caminhar até sua prisioneira, sem pressa, com divertimento. Quando ele chega até ela, as duas pessoas a soltam e ela permanece parada, aceitando a derrota. O homem suaviza o olhar e sua mão acaricia levemente o rosto dela. Por um momento muito breve, posso ver que ele contempla a beleza da jovem.

Ela levanta o rosto e o olhar dos dois se encontram. Eles ficam em silêncio, se comunicam apenas com a conexão que se forma assim que se olham. Eles já se conhecem, têm uma história, e eu vejo que ela não tem medo dele.

– Sua tola. – Ele sussurra com a voz rouca. As flores ao redor do homem murcham e carbonizam lentamente, deixando o chão marcado. A mulher não diz nada, apenas continua encarando-o. Suas lágrimas descem com mais força, mas ele ignora. – Eu pensei que conseguiria se esconder melhor. Nunca imaginei que eu a encontraria com tanta facilidade.

– Eu não pretendo fugir de você. – Ela sussurra.

– Então me diga onde escondeu. – Ele exige com a voz grave. O homem cerra os olhos vermelhos, e a mulher abaixa a cabeça com uma expressão de dor. Quando ela volta a encará-lo, noto que parte do seu rosto está queimado.

– Eu não sei o que aconteceu. Está morto! – Ela responde com a voz falha por causa do choro. – Por favor, não faça isso.

– Você nunca soube mentir, Vanessa – ele ri.

– Hushín, por favor, não faça isso. Eu sei que você ainda é o mesmo, mesmo que pouco. – Vanessa balança a cabeça para os lados e se aproxima do homem, tocando em seus ombros com as mãos trêmulas.

– Diga-me o que fez e onde está. – Hushín despreza seu toque, e ela grita novamente, caindo de joelhos. A pele dos seus braços queima tanto que a carne se torna visível. – Você é mais tola do que pensei.

Acha que tenho qualquer sentimento por você ou por isso que está escondendo?

— Então por que... — A jovem moça tenta falar com dificuldade, mas as lágrimas e a dor não deixam que ela termine sua frase. Ela engole em seco e se levanta com as pernas tremendo. Vanessa olha seus olhos mais uma vez. — Então por que usa o colar?

Hushín não diz nada, apenas a encara por alguns segundos. Depois disso tudo, o que eu vejo é sangue e um cheiro forte de queimado. Vanessa grita tão alto que meus ouvidos doem, sua pele descola do corpo, sua carne queima e ela morre completamente carbonizada. Hushín não pisca até que o corpo dela vire cinzas.

Vejo o homem segurar o colar que esconde e o largar no chão com raiva. Noto que se assemelha muito com o que eu ganhei e por alguns segundos me sinto confusa. Hushín olha para o colar com nojo e se afasta, até que uma mulher usando um manto branco surge e pega a joia com os dedos finos. Não vejo seu rosto direito por causa da névoa, mas consigo enxergar seus olhos roxos e intensos encarando Hushín.

— O que você quer? — Ele pergunta de costas para ela.

— Isso trará consequências irreversíveis, Hushín. — Ela responde ao guardar o colar. Ele vira a cabeça para ela, mas nada acontece. — Não adianta, eu sou imune aos seus ataques.

— Não por muito tempo! — Ele gira o corpo e aponta uma espada para a mulher, fazendo com que a ponta encoste em seu queixo. Percebo que ela não se abala e permanece inerte. — Não se meta, Naraíh.

— Eu estarei o observando no dia em que se arrepender disso e glorificarei de pé sua derrota. — Após dizer tais palavras, a mulher desaparece, deixando apenas o manto branco para trás.

O cheiro ardente ainda irrita meu nariz e meus olhos. Ele então se vira para mim e eu me assusto com a mudança repentina de cenário. Seus seguidores levantam e apontam as armas medievais para mim. Eu e Hushín nos encaramos.

– Cena comovente, você não acha? – Ele dá um passo para a frente e caminha em minha direção. – Ou será que você é tão doente que não se comove ao ver algo assim? – Ele se aproxima com outro passo, e eu recuo para trás, esperando que ele faça algo. Meu rosto permanece sem expressão, então ele inclina a cabeça para o lado. Olho ao redor e vejo que seus seguidores estão prestes a me atacar.

Mordo o lábio e começo a correr, tento fugir deles enquanto jogam lanças e flechas contra mim. Uma flecha atinge meu braço e eu o sinto formigar tanto que não consigo movê-lo. Paro de correr e caio no chão para estancar o sangue que escorre do ferimento.

Respiro com dificuldade quando um círculo de fogo me cerca e me impede de fugir novamente. Tampo o nariz com a palma da mão para evitar inalar o cheiro horrível que se instala no local e ouço a voz de Hushín se aproximar de mim.

– Não vai conseguir fugir por muito tempo. – Quando olho para trás, uma bola de fogo vem em minha direção em uma velocidade estupenda. – Você não estará salva por muito tempo. – Sua voz distante é o único som que ouço antes de ser engolida pelas chamas.

"Desculpe!"

Acordo com um sobressalto ao ouvir o telefone tocando. Coço os olhos e passo a mão na testa para tirar o suor que escorre. Olho no relógio e vejo que são 8h45. Pisco rapidamente e vejo o nome de Júlio reluzindo na tela do celular, que não para de vibrar. Respiro fundo, estalo as costas e atendo a ligação.

– Alô – falo com a voz embargada e cansada.
– Podes atender a porta?
– Está cedo, Júlio. Vá para casa – digo sem ânimo.
– Eu a acordei?

– Não – respondo e encerro a ligação sem o seu consentimento. Levanto-me da cama e vou ao banheiro escovar os dentes e lavar o rosto. Toco meu olho devagar e sinto a espessura das cicatrizes por alguns segundos.

Não me lembro de como cheguei em casa depois de matar Igor, só me recordo de ter encontrado minha mãe na cozinha com uma cara de poucos amigos. Ela me olhou dos pés à cabeça por um tempo e abaixou o rosto, recusando-se a falar sobre meu sumiço ou sobre o que fiz. Ignorei sua reação e subi para meu quarto, sendo acordada com o telefone tocando.

A essa hora, ela já deve ter saído de casa, então eu estou só. Depois de ajeitar meus cabelos emaranhados e calçar um par de chinelas, desço sem pressa para atender a porta. O portão emite um rangido baixo ao ser aberto, e Júlio se vira para me olhar com os olhos brilhantes ao me ver vestindo um pijama curto que não valoriza em nada meu corpo.

– O que você quer? – questiono cruzando os braços e impedindo sua passagem para dentro de casa.

– Achei que precisasse conversar – diz dando de ombros.

– Não com você! – Disparo com desconfiança e dou um sorriso um tanto falso.

– O que houve? – Ele pergunta arregalando os olhos surpresos. Ergo uma das sobrancelhas em descrença.

Suspiro e entro na casa, deixando a porta aberta o suficiente para sua passagem. Ele me segue até o quarto em silêncio e o espero sentada na cama.

Ele entra e me encara ao lado da porta, ficando lá, parado, me olhando com seus olhos claros e tensos. Seus cabelos lisos acima dos ombros estão presos por uma liga fina e isso deixa seu rosto mais à mostra e sério. Ele também me analisa, passando os olhos por todo o meu corpo, então pego o travesseiro e coloco no meu colo para tapar sua visão.

– Por que estás desse jeito comigo? – Ele pergunta, tentando conversar de novo.

– Você ainda pergunta? – digo depois de um tempo. Tenho de tirar alguns minutos para ter uma discussão interna comigo mesma, assim poderei enfatizar as palavras que direi. – Você simplesmente explode um cofre em frente à minha casa e some. Depois eu sou sequestrada e levada para um galpão que nunca vi na minha vida e nem sei onde fica, quase sou morta por dois loucos e Diego foge comigo e tenta me agredir. O que acontece depois? Eu literalmente corro até aqui e quase tenho um ataque do coração ao chegar em casa, e você vem me perguntar, com a maior cara de pau de todo o Universo, o que diabos aconteceu para eu agir assim? – Em meio ao discurso exagerado, levanto e dou várias voltas pelo quarto sem olhar para ele, pois sei que, se o fizer, quebrarei sua cabeça no trinco da porta. Paro de supetão e decido me virar para Júlio no intuito de realmente convencê-lo que estou desesperada.

– Ah! – Ele solta. Eu pisco meus olhos algumas vezes. O que pode ter dado errado? Ele deveria ter agido de outra forma. Não satisfeita, tento mais uma vez agir com desespero.

– "Ah"?! – falo, incrédula. Minha voz está rouca e eu quase grito. – Só isso que tem a dizer?

– O que queres que eu diga? – fala, franzindo os lábios.

– O que acha de explicações convincentes? – indago e volto a me sentar na cama.

– Não é assim tão simples. – Ele balança a cabeça para os lados e se senta ao meu lado, suspirando. Tenho vontade de comemorar a derrota emocional dele, mas me contenho e faço uma expressão triste, preocupada.

– Eu não quero conviver com pessoas que escondam coisas de mim – minto. – Isso inclui você... – Abaixo o tom da minha voz e isso faz com que Júlio agarre meu pulso.

– Tu és idiota – ele diz e nós nos encaramos. Ficamos assim por alguns segundos. Seus olhos brilham, e eu me pergunto o que se passa dentro da sua cabeça.

– O que há de tão extraordinário que não posso saber, afinal? – questiono sem verdadeiro interesse. – Eu quase fui morta, só para o informar – digo com falso humor.

– Tu matas pessoas e elas não podem te matar? – Ele ri, e eu o ignoro.

O silêncio repentino entre nós faz meu sono voltar, meus olhos começam a pesar e minha cabeça dói. Respiro fundo e tento obter informações realmente úteis.

– O que era aquilo em Maju? – pergunto com um tom de voz meio infantil, demonstrando uma inocência inexistente.

– Como assim?

– Eu vi os seus olhos no galpão. Aqueles olhos de escleras negras e íris vermelhas como sangue. Era verdadeiramente demoníaco. – Desta vez, eu não exagero. De fato, Maju me intriga e faz com que eu me questione sobre todas as verdades do mundo.

Júlio fica em silêncio, e eu espero uma resposta sincera ou, pelo menos, uma mentira boa o suficiente para não me irritar.

– Quem é esse cara? – pergunta, por fim.

– O que matei a tiros – respondo com naturalidade.

– Aquele cara doente tinha olhos castanhos, Renata – fala com hesitação.

– Não tinha, não. – Franzo o rosto. – Não é coisa da minha cabeça.

– Como se fosse a primeira vez que isso acontece... – ele debocha e me encara. Ao ver minha expressão séria, pigarreia. – Desculpa, eu não...

– Sem problemas. – Interrompo-o.

Penso rapidamente em algo que faça Júlio confiar em mim, algo que o faça acreditar que sou uma vítima, que faço coisas ruins para me defender apenas porque sofri demais. Então... Por que não falar a verdade?

Talvez, se ele conhecer a pequena e fina ponta do iceberg, possa me ver como uma garota frustrada, assustada e sozinha. Sim, farei isso!

— Estou cansada — revelo e abaixo a cabeça.

— Hum? De quê?

— Tenho tentado viver normalmente aqui, tentado esquecer tudo, mas... — Corto minha fala e toco meu olho direito, lembrando do dia e da dor que foi sentir o teto desabando sobre meu rosto, o fogo me consumindo.

Por tempos fiquei em um hospital pediátrico, diversos médicos me examinaram e fizeram de tudo para recuperar o dano, mas as deformidades foram quase irreversíveis. E, mesmo com as dezenas de operações que Raquel mandou fazer no rosto daquela criança de 7 anos, meu olho continuou destruído, queimado e ulcerado, de modo que os médicos tiveram de fechar minha pálpebra... costurando-a. De tal modo que sou cega do lado direito. A pele ao redor é flácida e repuxada pelas cicatrizes grosseiras cor de cera, semitranslúcidas e com pequenas veias marcando sua superfície.

Quando completei 11 anos, Raquel quis implantar um olho de vidro no lugar do original, mas recusei qualquer coisa para completar meu rosto, esforço que eu já sabia ser fútil.

Respiro fundo e tiro essas lembranças da minha cabeça. Pensar nelas só me causa náuseas. Franzo o olho e tento retomar minha fala de efeito.

— Fica difícil esconder um sofrimento quando há tantas pessoas que insistem em mostrá-lo. Isso faz você ver o que é de verdade — digo, por fim. — É cansativo!

Ele concorda e sorrio docemente. Júlio deve pensar que é um sorriso de agradecimento, mas, na verdade, é apenas um sorriso de manipulação para poder fazê-lo colar a boca entre as minhas pernas.

– Tu sentes culpa por algo? – Sua pergunta me faz piscar e ficar séria.

– Culpa? – pergunto. Reflito um pouco e junto as sobrancelhas. Eu realmente não sei responder a isso, porque não é algo que eu entenda. Para não deixar óbvio que aquela palavra me deixa intrigada, inverto a situação. – O que você sabe sobre culpa? A única coisa que eu sei é que os matei, digo, meu pai e minha irmã. Porque eu causei o incêndio e, como consequência, tenho isso no meu rosto.

– Então tu te arrependes de algo? Ou de ter feito isso, de ter começado o incêndio que tirou a vida deles? – indaga Júlio sem entender aonde quero chegar com meus argumentos aparentemente sem sentido.

– Arrependimento? Eu era uma criança – zombo. – Eles estão mortos, não posso fazer nada a respeito disso. Mas, com certeza, poderia ter evitado isso aqui. – Então tiro o cabelo do meu rosto e revelo minha face deformada junto com mais uma das diversas cicatrizes que carrego pelo corpo.

Júlio arregala os olhos ao enxergar com detalhes o que escondo com o cabelo, abre a boca para dizer algo, mas se contém. Estou prestes a cobrir meu rosto de novo, mas ele segura minha mão e me impede.

– Não precisa ter vergonha disso, eu não vou te julgar. Não te culpes por isso, guria. Tu eras uma criança, não tinhas consciência dos teus atos.

– Por que está me dando conselho quando não pedi por um? – Cerro o olho e tiro sua mão da minha, voltando a cobrir o meu rosto com os cabelos loiros. – Minha família está morta. Não há nada que eu possa fazer. Eu tinha 7 anos quando isso aconteceu, não há motivos para eu sofrer agora. Já aceitei e hoje apenas vivo normalmente com as consequências.

– Falando assim tu pareces uma... – Ele hesita por um momento.

– O quê? Uma pessoa fria? Psicopata? Talvez sem noção? Louca? – Solto uma risada. Desta vez é sincera. – Já me chamaram disso várias vezes, mas, acredite... Eu não sou nada disso.

– Levando em consideração que tu mataste um cara a tiros... é um pouco difícil de acreditar.

Eu o olho em silêncio, avaliando o que direi.

– Ele me atacou, fui vítima. Foi legítima defesa. – Balanço as mãos em frente ao corpo, mostrando um falso nervosismo repentino. – Acha que estou bem por ter matado Maju? Era uma vida, uma pessoa que poderia ter uma família. – Coloco as mãos no rosto e balanço a cabeça.

Júlio suspira e volta a segurar minha mão. Ele diz que entende, e eu contenho a vontade de revirar o olho. Se eu ganhasse uma cédula de um real toda vez que tenho vontade de fazer isso, estaria rica.

– Eu sei que isso é estranho, e eu não deveria falar sobre isso, mas...

– Então não fale. – Dou de ombros.

– Mas isso está me afetando desde o dia em que ficamos na festa. – Ele franze os lábios e cruza os braços.

– O que é? – pergunto com curiosidade. Algo me diz que uma coisa boa vai acontecer hoje.

– Por que tens prazer em matar as pessoas? O que aconteceu para despertar essa necessidade?

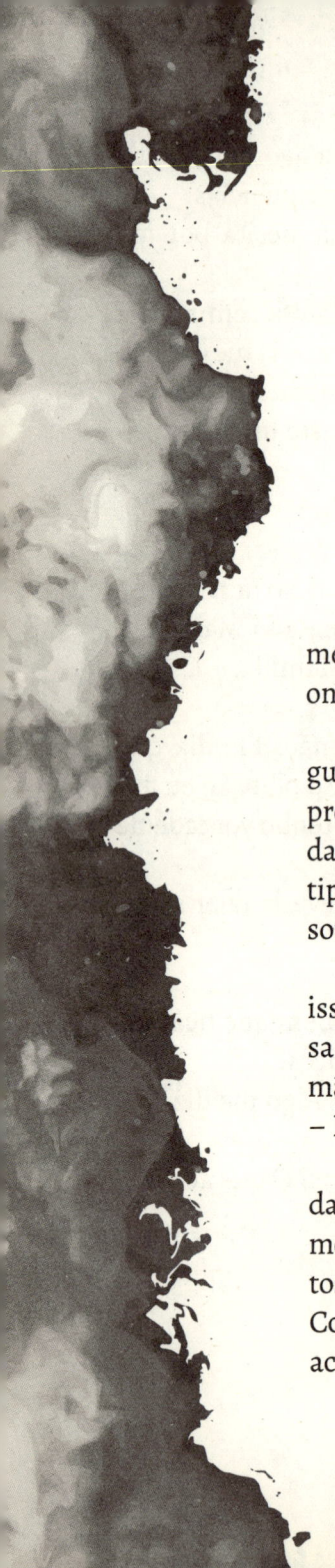

20
Domine meu corpo para que eu domine sua mente

— Prazer em matar? — Solto uma risada e me levanto da cama para me espreguiçar. — De onde tirou isso?

— Não me faça de idiota, Renata — ele argumenta e me segue com os olhos enquanto procuro uma roupa qualquer dentro do guarda-roupa. — Eu notei que tu tens prazer nesse tipo de coisa. Eu não vou te julgar, relaxa. Não sou desse tipo.

— Quem disse que estou preocupada com isso, meu bem? — Solto mais uma risada, dessa vez baixa, e seguro um sutiã em uma das mãos, balançando-o para a frente e para trás. — Por que está tão curioso quanto a isso?

— Hum... — Ele pensa um pouco e sai de cima da cama, caminhando até mim e prendendo meu olhar ao dele. Seus olhos parecem famintos e misteriosos, e isso o deixa hipnotizante. Confesso que, como mulher, meus hormônios acordam neste momento. — Talvez seja porque eu gosto de receber esse tipo de atenção peculiar... – Ele sussurra ao se aproximar de mim e segura o meu queixo, levantando minha cabeça para que nossos olhos se encarem. Sorrio com malícia. – Tenho curiosidade em tudo que envolve uma possível aventura sexual.

Engulo em seco e mordo meus lábios, provocando-o. Se Júlio quer brincar assim, nós brincaremos. Não sei o que ele quer dizer com essa afirmação, mas eu gosto dela. De qualquer forma, vejo que ele é a pessoa perfeita para me deixar saciada no momento. É de manhã, ninguém está aqui, e eu nunca estou preocupada com os vizinhos. Quem não gosta de um sexo matinal gostoso?

– Isso é porque você não me conheceu antes – sussurro de volta e, sem esperar resposta, puxo seu pescoço e o beijo com força, sendo correspondida na mesma intensidade.

Ele segura meus quadris e me puxa para ele, juntando nossos corpos e me fazendo sentir sua ereção dentro das calças. O beijo é quente e faz com que nossa respiração fique pesada, sem fôlego. Eu seguro seus cabelos com os dedos e puxo levemente, o que faz com que ele aperte minha cintura com suas mãos fortes e me puxe mais para si. Conforme nossas cabeças se movimentam para os lados e nossas línguas lutam entre si, eu o guio até a cama com os olhos fechados, ainda saboreando o lance.

Eu me sento e deixo que Júlio me domine por um tempo. Quero sentir todos os prazeres possíveis, quero que ele me use agora e faça do meu corpo seu. Eu o quero e farei com que eu o tenha sempre que eu quiser. Aqui, na palma da minha mão.

Ele sustenta seu corpo em cima do meu pelos braços, que estão ao lado da minha cabeça, e junta nossos corpos de novo. Minhas pernas estão abertas, mostrando que estou disposta a recebê-lo agora. Eu mordo seu lábio inferior e o puxo devagar, fazendo a pele rasgar um pouco. Júlio chia com prazer e geme com a voz rouca, impulsionando seus quadris para frente e me deixando sentir ainda mais seu tesão por mim. As pequenas gotas de sangue começam a sair do interior de seu lábio e sentir o gosto metálico me deixa mais excitada.

Cruzo minhas pernas em suas costas e o prendo a mim, chupando seu lábio junto com o sangue e gemendo para ele. Júlio finalmente percebe o efeito que esse pigmento causa em mim e agarra meus cabelos enquanto eu o chupo com firmeza, deixando o canto do seu beiço arroxeado. Nosso beijo fica ainda mais feroz, até que ele começa a beijar meu pescoço, tirando sua mão do meu cabelo e descendo-a até meu peito, que está coberto pelo tecido fino da roupa de dormir. Ele o aperta e eu fecho meus olhos, deixando meu corpo sentir todo aquele prazer que apenas Nicolas era capaz de me dar.

Retiro sua blusa por cima da cabeça rapidamente e logo sua mão desce até entrar no meu short, alcançando o ponto sensível do meu corpo e o estimulando-o com os dedos. Agarro seus cabelos, abrindo a boca e soltando um forte suspiro.

Mas preciso de mais.

Preciso sentir mais um pouco disso.

Abro os olhos e retiro sua mão de mim, jogando-o para o lado e subindo em seu colo, estimulando sua ereção com movimentos sutis. Jogo os cabelos para o lado sem me importar de mostrar minhas cicatrizes no rosto e arranho seus braços e peito nu enquanto chupo seu pescoço com destreza, deixando marcas em lugares visíveis.

– Agora você pertence a mim! – Sussurro em seu ouvido e mordo sua orelha. Seu corpo estremece e ele sobe minha blusa, despindo-me. Júlio não pensa duas vezes e coloca sua boca em meu seio, provocando a área com a língua e com mordidas leves. Eu gemo e mordisco mais sua orelha, passando minhas unhas por seus braços com mais força. Ele levanta e se senta na cama comigo ainda em seu colo, usando suas mãos para descer a parte de baixo da minha roupa, deixando-me completamente exposta.

Eu me levanto um pouco para dar-lhe espaço e retirar seu short, mas não espero muito para me sentar em cima dele, introduzindo em mim aquilo que desejo desde o dia que o vi e não dei a devida atenção. Ambos gememos quando começo a me mover e eu o deito na cama mais uma vez, segurando seu pescoço com as mãos e apertando os dedos ao redor. Ele olha para mim com os olhos quase fechados, sentindo prazer duplo, e eu volto a beijá-lo e chupar seu beiço ao mesmo tempo em que cavalgo em cima dele e o enforco. Nossos gemidos ficam mais altos e a minha velocidade aumenta. Minhas unhas penetram sua carne e ele engasga, porém continuo a lhe beijar sem nenhuma pausa.

Quando finalmente nos cansamos, e eu noto que seu corpo está marcado demais por causa das minhas unhas e dentes, decido me levantar e procurar por uma roupa de novo. Aquilo deve ter sido demais para ele e definitivamente foi um avanço muito grande para mim. Eu preciso de um breve descanso, então aquilo serve como um aperitivo para nós dois. Júlio permanece deitado, respirando com dificuldade, e concluo que deve estar com dores no pescoço. Sei disso pela maneira que move os músculos da garganta e junta as sobrancelhas.

— Sua boca está dormente? — Pergunto enquanto visto uma calcinha limpa. Ele vira a cabeça para mim e me observa subir a peça íntima.

— Um pouco — responde com dificuldade, com a voz falha. Viro para ele e vejo que começa a se vestir também. Seu peito está com um rastro de marcas finas e seu pescoço está marcado com alguns chupões. Quando gira sua cabeça para mim, noto que sua boca está um pouco inchada. Isso me faz sorrir. – O que foi?

Sem dizer nada, vou até ele e o deito na cama de novo, passando o dedo pelo seu rosto e lambendo seu lábio bem devagar. Júlio abre a boca e eu o beijo lentamente, aprofundando mais a carícia quando nossas bocas se juntam. Dessa vez, não há agressividade. Há apenas desejo, necessidade. Ele segura minha cintura e eu o seu pescoço, beijando-o com intensidade e com uma vontade nunca sentida antes, pois minha excitação sempre é saciada após matar meus parceiros sexuais. Seria isso apenas impulso? Vontade de finalizar uma transa? Acredito que sim.

Me afasto e olho para seus olhos claros com certa curiosidade. Júlio é um homem interessante. Assim como Nicolas, eu me envolvi com Júlio no interesse de ter minha vontade suprida e mais uma atividade concluída; tê-los na minha lista de vítimas era apenas mais uma rotina. Contudo, o sexo é algo que me prende a eles dois e, admito, não estou achando ruim essa experiência.

– O nome dele é Felipe – falo enquanto o deixo abotoar meu sutiã. Eu estava lutando contra o maldito fecho quando ele aparece atrás de mim, coloca meus cabelos por cima do meu ombro e completa o trabalho sem dificuldade. Por isso é bom transar com alguém. A pessoa te poupa do sofrimento de vestir essa coisa, principalmente quando tem peito grande. Amo meus peitos, mas às vezes eles me incomodam demais.

Agora Júlio está acariciando meu braço e beijando minha clavícula. Estamos de frente para o espelho olhando nossos reflexos. Júlio ainda não vestiu sua blusa, o que me faz olhar o tempo todo para seu peito marcado. Já ele é mais discreto e tenta não olhar para as cicatrizes que existem nas minhas coxas, mas eu o entendo. As cicatrizes são amedrontadoras, elas chamam atenção, deixam qualquer pessoa curiosa e até nervosa apenas por vê-las.

Suas mãos tocam a barra da minha calcinha e ele levanta os olhos para o espelho, me encarando. Respiro fundo e continuo o relato.

– Era um rapaz novinho, e eu era uma idiota. Sabe como é... Garota se engana fácil e acha que sabe tudo sobre os homens. Eu era muito nova e achava que conseguiria tê-lo, mas da forma errada. – Solto uma risada e deixo que sua mão passeie pela minha barriga enquanto continua me beijando. – Na época, eu acreditava que aquilo era paixão de adolescência, mas hoje sei que tudo que eu senti foi apenas um desejo de me saciar, vontade de ter uma aventura nova. Acabei sendo prejudicada por causa da minha inocência.

– Então foi tudo culpa dele? – Ele pergunta e desce sua mão, deixando meu corpo arrepiado.

Paraliso e sinto seus dedos roçarem minha pele, tocando levemente as cicatrizes. Imediatamente, viro o corpo para ele e o empurro para longe de mim.

Deixo minha ira repentina agir junto com o impulso de me defender e, sem esperar sua reação, agarro o pescoço ferido e o aperto com as duas mãos, pressionando seu pomo de adão até cortar parte de sua respiração. Júlio fica sem saber o que fazer por um momento, mas seus olhos verdes-esmeralda piscam para mim com um misto de raiva e sua mão segura meu pulso, tentando me afastar.

Ainda o encarando, vejo-o piscar e a cor azul-esverdeada retorna, deixando-o com a aparência mais calma.

– Renata... – ele me chama com a voz fraca e afrouxa seu aperto no meu pulso.

– Não pense que pode fazer o que quiser apenas porque deixei você me comer – cuspo as palavras e aperto mais seu pescoço. Seus olhos viram nas órbitas e por um momento vejo o rastro do verde brilhar de novo. – Você me pertence, e não o contrário. Não me toque de novo! Não me toque *lá* de novo!

Dito isso, eu o largo, e seu corpo tomba para trás, esbarrando na cama. Júlio tosse um pouco e coloca a mão na garganta.

Recomponho-me e passo a mão na testa, voltando a me vestir sem dar atenção para ele. Ninguém, nem mesmo Raquel, pode tocar em minhas coxas.

Respiro muito fundo para voltar a ter calma e olho para as minhas cicatrizes. Júlio conseguiu me tocar, mesmo que por poucos segundos, e eu preciso fazer algo para que ele perceba que ele agora é meu. Ele tomou algo de mim e será necessário que eu tome algo dele.

Quando olho para o local em que ele se encontrava, vejo que está vazio, então cerro os olhos e calço meus sapatos. Esse cara sabe o que está por vir, e isso não me surpreende. Dou de ombros, abro uma das gavetas e tiro de lá minha boa amiga. Removo a bainha e vejo que está um pouco velha, mas servirá para cumprir seu propósito hoje. Encaro-a com atenção e admiração. Raquel não sabe que a trouxe escondida quando nos mudamos, pois, se soubesse, já teria se livrado dela. Eu vejo que minha amiga está um pouco suja na ponta, mas tenho certeza de que ainda é tão afiada quanto antes.

Com um sorriso, guardo-a na bainha novamente e coloco no bolso. Olho no espelho e, com o olhar vazio de expressão ou sentimento, passo um gloss – pela primeira vez – nos lábios bem devagar, sem pressa. Tudo está sob o meu controle, e eu sei exatamente o que fazer.

21 Respeito aos mais velhos ou ao mais forte?

6 de novembro de 2008.
Quinta-feira.

Chego tarde no colégio, um pouco antes do intervalo, e aproveito isso para entrar na sala de aula sem chamar muita atenção, claro. Diego está sentado em uma cadeira com os braços cruzados e um deles está enfaixado. Ele parece tranquilo, mas, quando me vê, seus olhos são arregalados rapidamente, talvez por ter ficado surpreso ou assustado, não sei ao certo.

Não me preocupo com ele ou com o quê ele está pensando em relação à minha amável pessoa, mas talvez eu esteja um pouco arrependida por não ter acertado a faca no lugar certo e tê-lo matado.

Eu me sento em uma cadeira vazia, longe dele, e fico um pouco perdida em meus pensamentos, sem nem perceber que alguém se senta ao meu lado, arrastando a cadeira para ficar próximo o suficiente de mim, quase grudado.

Não me surpreendo ao olhar para o lado e ver o loiro me encarando como se fosse a primeira vez que nos víamos.

– O que você quer, rapaz? – pergunto, um pouco aborrecida.

– Podemos conversar?

– Fique à vontade para falar.

– Ah, pode ser em um lugar mais reservado? – Diego fala em um tom baixo, um pouco tímido, então apenas dou de ombros e coço o olho devido ao sono que está começando a pegar em mim. Bocejo ao vê-lo se levantar e, em seguida, acompanho-o.

Enquanto o sigo, passo a mão no bolso apenas para verificar se minha amiga está lá, sã e salva, e, ao ver que sim, me sinto confortável. Acho que ela é minha única e verdadeira amiga e companheira.

Diego para debaixo das escadas, onde há pouca luz, e me espera encostado na parede. Após chegar ao local, olho-o de cima a baixo e sustento seu olhar por alguns segundos, perguntando silenciosamente o que ele deseja de mim agora.

– Por que fez aquilo? – pergunta.

– Aquilo... o quê? – Ergo a sobrancelha, meio duvidosa do que ele quer dizer com "aquilo".

– Não se lembra do que fez? – Diego solta uma risada sarcástica, mas percebo que é completamente sem humor. – Você tentou me matar.

– Tentei?

– Está brincando com a minha cara? – Diego fala com a voz um pouco alterada, e deduzo que ele está ficando com raiva. Isso me diverte, mas decido me fazer de sonsa para melhor passar.

– Eu não faço ideia do que você está falando, porque eu não me lembro de absolutamente nada.

Diego respira fundo, muito fundo, e caminha em minha direção, apoiando uma das mãos em meu ombro e olhando fixamente para meus olhos.

— Não se recorda do que aconteceu?

— Hum... A única coisa de que eu me lembro foi de ter desmaiado lá em casa e depois acordei na minha cama – falo com a voz mais inocente possível e coloco uma expressão suave no rosto, diria até amedrontada. — Mas o que aconteceu? Disse que eu tentei matar você, mas não me lembro de nada. O que aconteceu comigo? — Dou um passo para trás, afastando Diego de mim. Ele parece se sentir confuso, pois alterna o olhar entre o chão e eu.

— Você está bem? — Ele pergunta, por fim, mudando de assunto. O que quer que ele esteja escondendo, não vai conseguir esconder por muito tempo.

— Estou assustada, não sei o que pensar. Conversei com Júlio, mas achei ele meio estranho...

— O que tem conversado com ele?

— Por que a pergunta? Somos amigos, conversamos sobre muitas coisas... — Coloco a mão em seu peito ao me aproximar um pouco, com um semblante inocente, e sorrio. — Você sabe de algo que eu deveria saber, Diego?

Ele permanece calado por alguns instantes. Eu sei que ele quer me dizer algo, mas alguma coisa o impede. Seus olhos azuis aparentam estar assustados, temerosos, não sei ao certo, e ele parece estar confuso, sem saber o que fazer nesse momento. A forma como me encara, como estuda meu comportamento, deixa evidente que ele esconde alguma coisa. De qualquer forma, eu não tenho nenhum interesse em saber o que realmente se passa na cabeça dele, apesar que ver essa confusão na cara dele me diverte um pouco.

Percebo que ele me olha com mais interesse do que o necessário, e eu sei que ele quer ter esse momento há algum tempo; não preciso ler mentes para entender isso. Então, se

Diego quer usar minha suposta amnésia para se aproveitar de mim, entrarei no seu jogo.

O beijo entre nós é totalmente diferente de como foi com o colega dele. É lento e não é tão excitante como o anterior. Entretanto, Diego parece empolgado, pois me encosta na parede e segura minha cintura com firmeza.

– O que está escondendo de mim? – Pergunto ao interromper o que estamos fazendo e ajeito o cabelo na frente do rosto.

– Eu apenas quero ter um momento com você, isso é errado?

– Tudo bem ter segredos, Diego. Mas você pode confiar em mim e me dizer a verdade – digo ao acariciar seu rosto com delicadeza.

– Você realmente não se lembra de nada? – questiona, provavelmente para ter certeza do que está acontecendo. Porém, eu apenas ofereço um sorriso mais uma vez e o puxo para baixo, beijando-o novamente. Quando quiser fugir de um assunto, tente as seguintes opções: mude-o, beije a pessoa ou a mate. A terceira opção é a mais divertida, mas as outras também são viáveis.

Conforme o beijo é aprofundado, Diego se empolga mais, coloca a mão dentro da minha blusa e aperta meu seio por cima do sutiã, na medida certa. Bom saber que existem caras que pelo menos sabem apertar um peito e não o tratam como uma massinha de modelar. Meus seios são grandes, enchem a mão de Diego, e isso parece agradá-lo.

Afasto-me dele depois de alguns instantes e suspiro. Isso não é suficiente para me excitar, então apenas dou um fim nisso logo, já que ele parece mais resistente do que pensei em desembuchar alguma coisa relevante.

– Algum problema? – pergunta.

– Não vejo motivos para continuar com isso, então irei para a sala.

– Fiz algo errado?

– Sim. Não me disse o que eu quero saber, e eu sei que está escondendo algo de mim. Não que eu me importe realmente, mas espero que isso não me prejudique. – Suspiro de forma dramática e agarro seu ombro machucado, fazendo-o soltar um curto grunhido de dor. Após fincar as unhas ali com uma das mãos, pego a adaga do meu bolso com a outra e a removo da bainha com destreza, colocando a ponta afiada em seu pescoço e apertando com força suficiente para cortar apenas um pouco a sua pele. A adaga tem um rosto angelical na ponta da empunhadura, exceto pelos dois pares de chifres que se erguem do topo da cabeça; é uma lembrança de uma pessoa desconhecida que me deu de presente quando eu ainda morava no Ceará. – Se isso me prejudicar, não hesitarei em matá-lo. Meu conselho é que você tenha um pouco mais de cuidado, pois essa sua estupidez pode acabar com você.

Sorrio novamente e o largo. Diego passa a mão pelo pescoço, encarando-me com os olhos assustados. Sem me incomodar com sua reação, pego a bainha que caiu no chão e guardo a adaga no bolso novamente, então dou-lhe as costas e saio de lá como se nada tivesse acontecido.

Eu me considero baixa. Minha altura me deixa com um aspecto um tanto infantil se comparada com as dos gaúchos dessa sala. A garota mais alta é Juliana, o que me deixa curiosa. Soube que é comum a diferença de tamanho entre gêmeos, mas Júlia e Juliana têm alturas muito diferentes. Enquanto Juliana é alta, Júlia é ainda mais baixa que eu, e isso a deixa com uma aparência mais jovial do que já tem. É como se ela realmente não tivesse a idade que diz ter.

Meu olho corre pela sala e observa todos os alunos. A maioria nunca dirigiu a palavra a mim desde o dia em que cheguei, e eu não me dei ao trabalho de perguntar os seus nomes. Afinal, não é do meu interesse.

– Oi, minha linda – diz a voz de Ítalo nos meus ouvidos. Solto uma risada frouxa e reviro os olhos – de novo. Seus dedos seguram meus ombros e fazem uma massagem, mas eu bato em suas mãos de leve e ele para.

– O que quer? – pergunto ao virar minha cabeça para ele.

– Não posso mais vir falar com você? Parece estressada, gata. – Ele pisca para mim e sorri. – Tá faltando sexo na sua vida.

– Por que acha que minha vida sexual está com problemas? – Indago e solto uma risada.

– Quem transa não é tão irritado – Ítalo comenta com humor e se aproxima mais de mim, analisando minha expressão neutra. – Ou será que estou enganado?

– Minhas diversões não são da sua conta – rebato e o empurro para longe. Algo nele me deixa desconfortável, e eu não sei explicar o que é. Pelo menos não ainda.

– Hum... Quer ser misteriosa? – Ele ergue as sobrancelhas. – Foi alguém dessa sala, não foi? – Solto uma gargalhada rápida e nego com a cabeça sorrindo. Ítalo me bate levemente e começa a olhar os rapazes que estão presentes. Ele fala o nome de alguns que nunca vi e a única coisa que eu consigo fazer é rir para descontrair. – Será que foi o Júlio? Nosso menino de ouro?

Eu paro de rir e o encaro com curiosidade.

– Por que ele é chamado disso?

– Ah, não sabia? Júlio é quase um monge, não se interessa por ninguém. – Ele ri descontroladamente, mas eu não acompanho. Parece que os amigos do "menino de ouro" não o conhecem tão bem. – O que fez para seduzi-lo, afinal?

– Não sei do que está falando. – Dou de ombros e vejo que Carla, o "menino de ouro" e as gêmeas se aproximam.

– Sobre o que estão falando? – Ela pergunta.

– Ela transou com Júlio, sabia? – Ele responde à pergunta da colega, e eles alternam o olhar entre mim e o moreno de forma curiosa.

– Eu nunca disse isso.

– Mas ele não mentiu – Júlio fala com um tom de reprovação e eu, mais uma vez, dou de ombros.

– Não se preocupe, não foi tão especial assim para eu ter de ficar comentando.

– Tu parecias muito à vontade em cima de mim hoje de manhã.

– E desde quando isso o torna especial? – Ergo a sobrancelha, e ele revira os olhos claros.

– Por que você fez isso, Júlio? – pergunta Júlia um tanto preocupada.

– Eu preciso de motivos para transar com alguém? Por que alguém transa com outra pessoa? Tu não és uma criança para não saber a resposta, Júlia – rebate e, mais uma vez, revira os olhos. Ele parece impaciente.

– Juliana, o que tem a dizer sobre isso?

– Me poupe! – Ele diz antes que Juliana fale.

– Você é problema seu, não ocupe os outros com algo que não os interessa – é o que ela diz como resposta.

No segundo seguinte, o punho de alguém acerta em cheio o rosto de Júlio e este cai para o lado, tendo de se apoiar nas cadeiras para não ir de encontro ao chão.

– Seu filho da puta, miserável, cretino! – Diego fala tão alto que chama atenção de todo mundo e assusta algumas pessoas com sua atitude violenta repentina. Ele agarra a gola de Júlio e o balança para frente e para trás repetidas vezes enquanto o outro não esboça nada. – O que pensa que está fazendo? Acha que tem permissão para fazer isso?

– E desde quando eu preciso de alguma permissão para fazer o que eu quero?

– Deixa só aquela pessoa descobrir o que está fazendo, e aí eu farei questão de matar você com minhas próprias mãos.

Enquanto os alunos se reúnem para ver a confusão, os que estão presentes na roda da conversa permanecem quietos, como se não quisessem se meter na briga entre os dois. Júlio respira fundo, sem paciência, agarra o punho de Diego e o torce, fazendo com que ele o solte imediatamente.

– Eu estou pouco me lixando para o que aquela pessoa pensa ou faz.

– Respeite-a! – Diego grita e tenta socar Júlio mais uma vez, mas este desvia para o lado facilmente.

– Achas que pode lutar contra mim? – Júlio solta uma risada debochada e chuta o colega com a sola do pé, fazendo-o cair.

– Eu sou mais velho, mais forte – responde.

– Oh, o jovem aprendiz acha que pode me vencer só por causa disso. Pois bem, tente. – Diz Júlio para provocar Diego. O loiro se vira para ele de punhos cerrados e acerta sua barriga com um soco. Os olhos verdes cintilantes de Júlio brilham em ódio quando ele retribui o ataque com um pouco mais de força, fazendo Diego se curvar sobre si. Júlio repete o movimento e Diego cambaleia um pouco, tentando se equilibrar ao piscar os olhos azuis rapidamente.

Enquanto os dois brigam, os demais alunos fazem apostas para saber quem vai ganhar até que alguém passa por nós em uma velocidade que não consigo acompanhar e só depois percebo que é Samuel. Ele agarra a blusa de Diego e o trás para si na mesma agilidade com que chuta seu estômago. Diego cai para trás e bate a cabeça no chão, segurando a barriga com os braços enquanto solta um gemido de dor. É só neste momento que noto que a faixa no seu braço não está mais presente e ele o move como se não estivesse machucado. Samuel se vira para Júlio e noto que seus olhos estão mais claros, bem, bem mais claros. Diria que estão quase azuis.

Júlio o encara por um momento e recua um passo sem tirar os olhos dos seus. O rosto de Samuel está sem qualquer expressão, e ele não pisca enquanto mantém a conexão visual com o colega. Percebo então que Júlio continua recuando e, por fim, abaixa a cabeça.

– Eu sou mais velho! – fala Samuel com uma voz baixa. – Coloque-se no seu lugar e pare de querer ser o que não é apenas para impressionar uma garota.

Meu olhar muda para Diego quando finalmente vejo que ele se levanta do chão. Seu rosto carrega uma expressão de dor e suas costas estão um pouco curvadas para o lado, mas isso não o impede de tentar algo contra Samuel. Porém, ele nota que Diego está indo até ele, então apenas caminha em sua direção com superioridade. Samuel agarra seu pescoço e o prende na parede, apertando os dedos na região com força.

Os olhos azuis de Diego se arregalam ao encontrarem os de Samuel, e ele começa a tremer quando sente que tem sua respiração cortada. O aperto se torna mais forte à medida que Samuel e Diego se encaram. Diego não move os braços para tentar se livrar do aperto, apenas continua encarando os olhos sérios do homem na sua frente com uma expressão assustada. Todos assistem à cena completamente estáticos, sem saber como reagir ou o que fazer. Mesmo eu estou com a boca aberta ao ver o rosto de Diego perder a cor conforme suas mãos tremem com maior intensidade.

Um celular é empurrado contra meu peito, me fazendo sair do transe, e vejo que Juliana joga seu telefone para que eu segure. Sem falar nada, pego-o de suas mãos e apenas a observo se preparar e ir para o meio dos dois.

Eu achei que ela iria derrubar ambos com um único soco, mas a única coisa que Juliana faz é segurar o ombro de Samuel. Imediatamente, ele tira seus olhos de Diego e abaixa o olhar para o anel que está no dedo da pessoa que o toca. Ele fica assim por alguns segundos, e eu desconfio que, por meio do anel, ele já sabe quem está ali. Enquanto observa a pedra roxa no dedo da garota, começa a afrouxar o aperto do pescoço de Diego. Juliana então retira sua mão do ombro de Samuel e ele levanta o olhar para ela, largando o corpo mole de Diego no chão.

– *Eu* sou a mais velha. Nunca se esqueça disso! – Ela diz a ele com autoridade, dá a volta e sai da sala sem dizer mais nada, deixando claro que a briga entre eles chegou ao fim. Eles têm algum tipo de acordo, é isso? Respeito à decisão do mais velho? Que estranho.

Isso me deixa curiosa porque me lembro de que Júlio é mais velho que as gêmeas e Samuel tem idade próxima à dele. Então... como isso pode ser possível? Como ela pode ser considerada mais velha que os dois e eles aceitam isso de um jeito tão submisso que até abaixam o olhar? Balanço a cabeça para esse pensamento, então minha visão se encontra rapidamente com a de Samuel e posso ver um leve tom azulado sair de sua íris antes de ele piscar. Franzo a sobrancelha e tento olhar novamente, mas o loiro sai da sala, seguindo Juliana.

Depois disso, todos os alunos presentes voltam a fazer o que faziam antes, ignorando tudo o que acabou de acontecer, incluindo o corpo inconsciente de Diego no chão.

"Mas que porra foi essa?", penso.

Clã Kanashi

O quartzo-verde ou aventurina está relacionado com a saúde. É responsável pelo aumento da nossa energia, eliminando o cansaço, equilíbrio das emoções e fortalecimento do metabolismo. A aventurina está ligada às relações entre as pessoas, estabilizando os impactos causados pelos desencontros de magnetismo nos relacionamentos.

22 Vítima de uma condição ou somente uma assassina?

Por algum motivo, sinto meu corpo pesar durante as aulas seguintes. Não é sono, é apenas como se, não sei, algo dentro da minha cabeça me obrigasse a fechar os olhos o tempo todo. Acabo não resistindo e durmo sem nem ao menos perceber em que momento isso aconteceu. Acordo com cutucadas de alguém atrás de mim e vejo que a professora chama meu nome com mau humor.

– Minha querida, se você está com sono, vá para casa – ela diz assim que a olho. Tenho de piscar várias vezes para prestar atenção no que ela fala. – Não quero alunos preguiçosos na minha aula. Se dormir novamente, sairá da sala.

Faço um bico com os lábios e finjo prestar atenção no meu caderno quando ela volta a explicar alguma coisa que não entendo. Aos poucos, enquanto eu observo os alunos, noto que grande parte está inerte à explicação. De certa forma, parecem presos no seu próprio mundo, incapazes de falar ou pensar direito.

Estariam em transe de novo e eu em outra alucinação? Quando meu olhar encontra o de Júlia, ela sorri para mim como se fosse a única que pudesse raciocinar por vontade própria, e eu acho isso muito estranho. Franzo a sobrancelha e procuro Diego, sem me mexer muito na cadeira, mas ele não está na sala.

Respiro fundo e peço licença para sair, alegando estar com cólica. A professora me olha torto, porém permite minha ida. Do lado de fora, começo a procurar pelo loiro nos corredores e até cogito invadir o banheiro masculino, contudo a mão feminina de Juliana me impede.

– O que está fazendo? – Ela pergunta, quando eu me viro e ficamos de frente. Meu olhar cai sobre sua mão e a pedra roxa do seu anel, mas não olho com encantamento e admiração ao ver uma bela ametista lapidada; eu olho com desaprovação e nojo. Percebendo minha reação, retira a mão do meu ombro.

– Vim atrás de Diego. Ele parecia mal depois de apanhar – falo com falsa preocupação. Juliana ergue uma sobrancelha e esboça um leve sorriso, olhando no meu olho e prendendo-me às suas íris verdes. – Todos na sala parecem estar passando por algum tipo de transe.

– Talvez você esteja vendo coisas... – insinua ela com um sorriso de lado. Fico calada e não desfaço nosso encarar. Desde o início, eu e essa garota não fomos uma com a outra, ela parece saber tudo o que penso e eu não gosto desse sorriso convencido que ela carrega para todo lugar. – O que foi?

– O que você quer? – pergunto desconfiada. Juliana suspira e se aproxima de mim, grudando seus lábios na minha orelha.

– Você pode achar que é melhor do que todo mundo, Renata, mas eu sei que está fingindo ser o que não é – sussurra. Eu fico parada escutando suas palavras. Sua voz é fina e ameaçadora, porém não me assusta. – Se fizer algo, terá de me enfrentar, e eu acho que não quer isso.

Minha mão agarra seu pulso e a tiro de perto de mim sem largá-la. Com seus olhos frios, Juliana me encara e apenas me sente apertando seu pulso ainda mais, fechando a circulação de sangue e deixando sua mão roxa. Nós duas permanecemos nesse contato de ódio mútuo até que eu a solto. Juliana continua com a pose de durona, mas eu vejo que ela gira o pulso algumas vezes para aliviar a dor. Então, eu sorrio para ela e umedeço os lábios.

– Tente! – falo e dou as costas para ela sem me preocupar com o que faria em seguida. Juliana é calculista, então sei que não me atacará por trás e não fará nada que possa prejudicá-la, principalmente dentro de um ambiente escolar. Essa garota é gananciosa, não mede esforços para conseguir o que quer.

Minha cabeça começa a pesar de novo e de repente me sinto fraca, mole. Meu olho arde e começo a coçá-lo para evitar lágrimas. Sinto meu corpo perder os movimentos e o chão parece girar; tento me apoiar na parede para me manter em pé, mas não consigo me mover, estou perdendo meus sentidos de novo e meu olho está se fechando mais uma vez.

– Por que não vai para casa? – Escuto uma voz masculina. É distante, quase não entendo o que fala.

– O que faz aqui? – A voz de Juliana rebate e então consigo piscar de novo e busco por ar.

– O que *tu* fazes aqui? Sai! Não me irrita – diz a voz com agressividade.

– Não queira medir forças comigo, você sabe que está em um campo minado. – A voz dela está firme, e sua concentração nele faz com que meu corpo volte a se mover. Cada vez que ela fala, mais forte me sinto de novo. – Se pôr contra nós só vai o colocar em perigo. Deve ter cuidado!

– Sai! – repete ele. Eles ficam em silêncio e a paralisia me atinge de uma vez, fazendo-me ir de encontro ao chão.

Quando caio, não consigo enxergar absolutamente nada, minha audição também some, e minha voz não sai. Me sinto presa em algum lugar e tateio o chão para conseguir sentir algo, mas meu tato também não funciona. Meus cinco sentidos desaparecem e minha respiração começa a falhar. Levanto minhas mãos, mas não as enxergo. Então, passo as unhas pelo meu rosto com força, mas continuo sem sentir nada. Não sinto dor ou o contato das minhas unhas arranhando minha pele. Quase em desespero, mordo minha língua, mas o sangue que preenche minha boca não tem gosto. Olho para os lados, tudo está escuro e silencioso. Eu me sinto em um vazio, em um vão, um lugar totalmente sem entrada e sem saída. Minha mente está bagunçada e começo a respirar ofegante, o ar é limitado, eu não consigo puxá-lo e começo a me sentir mais pesada.

Uma mão. Sinto uma mão e então pisco. Minha visão volta na mesma rapidez com que foi retirada. Ouço uma voz e Júlio está na minha frente, chamando meu nome. O sabor ferroso do sangue invade meu paladar, minhas bochechas ardem por causa dos arranhões, e minha voz retorna no momento que digo com calma e seriedade:

— Eu vou matar sua irmã.

— Não, tu não vais — ele fala enquanto balança a cabeça e massageia meus ombros. Minha respiração ainda está pesada, mas eu consigo olhar em seus olhos e ouvir o que ele diz com atenção. — Apenas estás passando por um momento complicado. Acho que tu precisas de um médico.

— Por que acha isso?

— Faz dias que alucina, que não diz coisa com coisa e suas atitudes são... — Júlio engole em seco e se levanta, levando-me com ele. — ... homicidas. Teus pensamentos, tudo. Acho que precisas de um tratamento...

– E eu acho que você não sabe de nada. – Cerro os olhos e caminho para o pátio. Está ensolarado, o clima está confortável e o vento é fresco. Isso me acalma um pouco e me ajuda a respirar com mais facilidade.
– O que tu queres dizer? – Ele pergunta ao me alcançar e agarrar meu braço, virando-me para ele.
– Acha que, só porque lhe dou alguns momentos comigo, isso o faz especial? Não seja idiota.
– Eu nunca pensei isso. – Júlio franze os lábios, e eu me desvinculo do seu aperto com um puxão.
– Então não aja como se eu devesse algo a você. – Reviro os olhos. – O que você quer comigo agora?
– Eu quero te entender, OK? – Ele ergue os braços e suspira. Olho o céu e vejo que as nuvens começam a ficar um pouco pesadas. – Saber o motivo desse teu ódio, saber por que não posso sequer olhar para o teu corpo por inteiro sem correr risco de vida, saber por que matas as pessoas... E eu sei que matas. Eu sei que desde que chegou a Porto Alegre tu tens matado gente sem nenhuma justificativa. – Eu permaneço calada, e Júlio vê isso como uma deixa para continuar e se aproximar de mim. – Eu sei que sentes prazer em sangue, mas acho que sentes medo dele. Eu sei que odeias quem te toque e não queres que as pessoas conheçam quem tu és de verdade.

Júlio dá mais um passo em minha direção. Um passo cauteloso, um passo delicado. Suas mãos gentilmente seguram meus braços e seus olhos me estudam com um certo receio, temor. Ele respira fundo e pisca algumas vezes.

– Tu não sentes nada por mim a não ser uma atração possessiva que ainda não entendo, e eu aceito isso – ele fala com precisão e isso faz meu olho cair para seus lábios entreabertos. – Eu sei que tu queres me beijar agora apenas para não ter de entrar nesse assunto que ninguém conhece, e eu aceito isso também. Se quiseres me usar como tua válvula de escape, usa. Eu não vou me importar.

– Você é louco! – É o que digo.

O que ele quer que eu faça? Concorde? Evidentemente, nunca farei isso. Primeiro porque somente parte do que ele disse é verdade, segundo porque ele não precisa saber disso. Eu ficarei quieta e deixarei que ele tire suas próprias conclusões sobre mim, contanto que não me prejudique. Afinal, nada pode me prejudicar, principalmente sentimentos que não entendo e não existem. Não sei como ele deduziu tudo isso, mas, também, não irei atrás de descobrir. Deixarei que Júlio faça de mim sua nova pesquisa, seu novo entretenimento. Ele é uma pessoa observadora, então permitirei que me estude até o momento em que eu me cansar. Mas ele não precisa saber disso, ele não precisa saber que a sede sexual que tenho por ele é realmente possessiva e que eu preciso disso para conseguir achar algum sentido nessa relação.

– Que louco eu seja. – Júlio então me puxa e me beija pela segunda vez no dia. Ele está disposto a arriscar a vida dele apenas para entender o que se passa dentro da minha cabeça? Curioso. Eu retribuo o beijo, mas meu olho permanece bem aberto enquanto nossas bocas se movimentam. Então Júlio quer saber quem eu sou? Certo. Ele saberá, então.

Eu o empurro com as duas mãos e o deixo momentaneamente sem entender o porquê de eu ter feito isso. Olho-o com a cabeça inclinada para o lado e dou de ombros. Os pingos de chuva começam a cair em nós, mas isso não nos incomoda.

– Eu tinha 12 anos quando o conheci – falo sem retirar meus olhos dos dele. Ele o sustenta e seus ombros relaxam. – Isso foi no ano de 2001. Apesar de ter um rosto peculiar, como você bem sabe, eu era popular, simpática. Eu conseguia tudo o que eu queria apenas com um simples jogo de manipulação e um sorriso forçado. Felipe entrou na escola antes de eu fazer aniversário. Ele era dois anos mais velho. – A chuva começa a engrossar lentamente enquanto Júlio presta atenção em cada palavra minha. – Mesmo sendo uma garota muito fria e confiante, eu acreditava em qualquer palavra bonita. Afinal, meninas de 12 anos são assim. A ingenuidade é um perigo.

"Felipe veio até mim com um sorriso maravilhoso, alegando ser novo na escola. Ele disse que me achou bonita e tentou se aproximar pedindo informação. Nós viramos amigos e, quando completei 13 anos, começamos a namorar. No início ele era um amor, mas eu me entediava facilmente; nosso relacionamento entrava em altos e baixos porque eu não suportava ficar uma semana fazendo as mesmas coisas, então iniciamos uma relação sexual pouco tempo depois. E ele não era tão ruim, admito!

"Nossos dias e nossas noites eram uma loucura, eu nunca estava satisfeita e o perigo de sermos pegos sempre deixava as coisas mais intensas. Não tínhamos responsabilidade com nada, fazíamos isso no banheiro da escola, em ruas vazias, na sala da casa, em qualquer lugar que parecesse interessante para mim. Mais ou menos uns... três meses depois, ainda em 2001, ele começou a revelar quem era de verdade. Felipe começou a me agredir. Ele ficou extremamente violento e abusivo, às vezes me ignorava na escola e fazia piada com seus amigos sobre eu ser insuficiente e desesperada. Hoje, eu tento entender o porquê de eu não reagir aos ataques dele, eu realmente obedecia. Talvez fosse porque eu acreditava que, se fizesse isso, conseguiria mais sexo. Eu tinha muita necessidade disso, então eu não sabia se o que eu sentia era vício ou algo mais profundo. O comportamento dele me fazia lembrar do meu comportamento com minha irmã, de modo que eu achava que aquilo era normal. Ele estava querendo me dizer que eu era dele, assim como

Rafaela era minha. E, em troca, eu conseguiria dez minutos de prazer. Provavelmente eu estava dependente disso.

"Então começaram as ameaças. Eu não chorava quando ele me batia, muito menos quando apontava uma faca para mim sempre que eu tentava deixá-lo. E foram muitas as vezes em que eu disse 'vamos terminar'. Ele dizia que eu era doente por não conseguir chorar e por isso me espancava mais. Ele tinha um desejo por dominação e me ver chorando e implorando para que ele parasse era uma realização para ele. Mas eu nunca derramei uma lágrima, nunca senti medo. Ainda em 2001, Felipe disse que diria a todos quem eu era se eu não parasse de agir desse jeito. Eu perguntei do que ele estava falando, e ele debochou de mim. Soltou uma risada enorme e disse que ninguém acreditaria na menina que matou o pai e a irmã de 5 anos em um incêndio que ela mesma provocou. Ele disse que contaria quem eu era e todo mundo saberia a verdade. Saberiam que eu era um monstro incapaz de sentir culpa depois de tirar duas vidas inocentes. Não foi preciso ele ver lágrimas no meu rosto para saber que aquilo me afetava de uma forma que nenhuma ameaça afetaria.

"Depois desse dia, os ferimentos causados pelas lâminas começaram. Sempre depois que ele ia embora da minha casa ou de qualquer lugar em que estivéssemos, eu abria um corte na minha coxa. Eram fundos e a água do chuveiro deixava o chão todo vermelho, mas nem mesmo isso fazia eu me sentir melhor. Eu não sabia o que estava sentindo, apenas queria preencher aquilo, um vazio, talvez, nunca soube definir. O cheiro e a cor do sangue apenas me deixavam excitada e com uma raiva incontrolável. Eu me viciei nisso ao ponto de sentir prazer enquanto me machucava. Comecei a sentir muita raiva, e ela só era dissipada quando eu abria um corte.

"O problema é que eu não sabia o que realmente estava acontecendo. Acreditei que nosso relacionamento era bom no começo, porque ele gostava de mim, e eu defendia suas atitudes violentas, afinal acreditei que era proteção, um tipo de amor possessivo. Somente depois de ele debochar de mim daquela forma eu descobri que tudo foi uma aposta. Todas as noites foram gravadas, todas as nossas conversas, todos os momentos íntimos foram registrados por câmeras que ele escondeu em alguma parte antes de me levar até lá.

"Tainara, prima dele e minha amiga, foi quem me disse. Três colegas dele o desafiaram a me conquistar, a me fazer desejá-lo, porque ele achava que podia ter tudo o que quisesse. Na verdade, ela sempre soube e nunca disse nada para não trair a confiança do primo. Felipe e os amigos dele riram e me expuseram ao ridículo apenas para provar que eram alguma coisa, que podiam ter e fazer o que quisessem. As fotos sem nenhuma censura circularam pela escola no dia 5 de novembro de 2001. Eram dezenas de imagens minhas de diversas formas pelos corredores da escola. Eu ouvia as risadas, os sussurros, os xingamentos nos corredores. Meninas me chamavam de puta e meninos tentavam me apalpar, me imitavam de forma pejorativa e caíam na gargalhada. Eu nunca reagi a nada, nunca demonstrei qualquer emoção, sempre fiquei quieta, apenas suspirando, mas eles continuavam a fazer isso. Eu me perguntava por que eles agiam assim, mesmo sabendo que meu namorado abusava de mim sexualmente. Eu me perguntava se os adultos não estavam vendo ou se apenas ignoravam, mas, no final, eu apenas dava de ombros para esses pensamentos. Achava que não valia a pena.

"No final do mês, ele apareceu na escola de novo. Felipe veio até mim, e isso reuniu vários alunos curiosos ao nosso redor. Ele disse que se arrependia, que fez errado, que não tinha o direito de ter feito o que fez, que não merecia o meu perdão, mas eu apenas o olhei com o mesmo olhar e a mesma expressão de sempre. Isso o irritou. Ele gritou comigo na frente de todos e perguntou se eu não tinha sentimentos. Ele urrou dizendo que estava bêbado quando aceitou a aposta, que ele era homem. Como homem, tinha de seguir em frente, preservar sua honra e então tentou me abraçar na intenção de reatar alguma coisa ou apenas se aproveitar de mim. As risadas eram tão altas que me deixaram com dor de cabeça.

"Acho eu que estava em transe. Quando minha mãe apareceu junto com o diretor e os pais de Felipe, todo mundo começou a correr para não se meter em encrenca. A confusão e a gritaria não tinham fim, mas a única coisa que eu queria era ficar sozinha e sentir o cheiro de sangue para me acalmar. Enquanto eles berravam uns contra os outros, eu permaneci calada. Ouvia tudo com o olhar fixo no vazio. Eu morri ali."

Júlio escuta tudo com atenção, com os olhos arregalados e sem saber o que dizer.

– O que foi, Júlio? – pergunto ao soltar uma risada irônica. – Você não quer saber a verdade? Eu estou lhe contando...
– Ele permanece calado e eu aproveito para afastar meus cabelos do rosto que estão grudando por causa da chuva. Júlio abaixa os olhos quando se depara com meu rosto e eu sorrio um pouco. Ele não consegue me encarar agora.
– Depois desse dia, eu fiquei de dezembro a maio do ano seguinte trancafiada dentro do quarto. Eu não vi ninguém, não falei com ninguém, não escutei ninguém. Era apenas eu comigo mesma. Minha mãe deixava comida na porta do quarto e, quando eu via que estava sozinha, abria e trazia para dentro. No começo, ela tentou conversar; ela chorava, pedia que eu a deixasse entrar, mas eu apenas dizia para ela ir embora. Outras vezes, eu só ficava em silêncio. Com o tempo, ela desistiu e me deixou sozinha.

"Mais cortes surgiram. Durante esse período que fiquei trancada, eu abri feridas antigas e criei novas. Arrancar cascas de ferimentos sempre foi um *hobbie* gostoso. O quarto ficou com o cheiro metálico e, por eu nunca abrir as janelas, era abafado. Eu quase não tomava banho, quase não dormia, quase não comia. Eu só me machucava, porque essa era a única maneira de me sentir viva. Algumas vezes, eu tentei chorar para entender como é a sensação, saber como é tristeza ou culpa, mas não saía nada. Nunca saiu. Então eu apenas aceitei aquela condição. Quando eu conseguia dormir, tinha pesadelos e ouvia as risadas deles; por isso, passava a maior parte do tempo acordada. As vozes deles entravam na minha cabeça e a única coisa que fazia sumir era o sangue. Eu vivi assim por quase seis meses. Quando eu consegui me olhar no espelho, foi para desejar feliz aniversário. Em abril. Minha mãe deixou um presente na porta do meu quarto com uma carta, mas eu nunca li. Depois de completar 14 anos, eu deixei um médico entrar no quarto. Eu não sabia o que ele estava fazendo, mas minha mente observou cada olhar, cada passo, cada suspiro que ele dava lá dentro. Ele fez perguntas estranhas e no final perguntou se eu queria me vingar deles. Eu disse que não era vingança, mas um acerto de contas. A única coisa que eu queria e na qual conseguia pensar era que eles deveriam passar por todas as dores que eu passei, sangrar como eu sangrei e sofrer como eu sofri.

"Tudo na minha mente havia se fechado, e eu só queria sentir o prazer de ter o sangue deles escorrendo pelas minhas mãos. Naquele dia, eu senti algo queimar dentro de mim. Algo como fogo. Senti meu corpo entrar em combustão e gritei de dor, de ira, de ódio. Naquele dia, eu vomitei sangue pela primeira vez. Vomitei tanto que até do meu nariz escorreu. Eu não entendia o que estava acontecendo, apenas queria encontrar aqueles que fizeram aquilo comigo e de algum modo eu senti que estava diferente. Na verdade, eu sempre me senti diferente. Sempre me achei melhor que os demais, superior, inteligente, bonita. Depois do que aconteceu, eu senti algo despertar em mim e não quis que isso desaparecesse.

"Passei metade do ano de 2002 trancafiada e, na outra metade, aprendi a rastrear e hackear computadores e outros eletrônicos; usei a tecnologia a meu favor, comprei equipamentos e fiz planos. Sem ao menos sair de casa, descobri as rotinas, comprei um GPS e programas avançados de computador para encontrá-los em qualquer lugar a que fossem. Raquel comprava tudo o que eu pedia sem pestanejar, sem perguntar ou julgar. Depois de calcular tudo o que eu deveria fazer sem deixar nenhum rastro, eu saí do meu quarto. Sair de casa foi um passo de vitória. Eu me senti incrível por cruzar a porta no dia 21 de abril de 2003. Porque foi nessa data que minhas gloriosas atividades começaram. Cada grito, cada pedido de socorro, cada lágrima... Eu tenho tudo guardadinho na minha memória como um troféu.

"Bruno teve uma morte lenta. Eu sabia que ele havia comprado ingressos para uma festa qualquer, então coloquei o melhor vestido e droguei sua bebida. A sedução sempre fez parte de mim, então retirá-lo de lá não foi difícil. Estava tarde, escuro, todos estavam enlouquecidos por causa dessa festa. Cortar seus dedos das mãos com uma faca de cozinha foi muito prazeroso. Ele gritava tanto... Foi *tão* excitante vê-lo agonizando de dor enquanto eu colocava sal nas fissuras dos dedos... Esquentei uma colher comum com um isqueiro e encostei em sua barriga, um pouco abaixo do umbigo, depois fiquei observando aquela pele branca queimar e sangrar. Me deu muito prazer, satisfação e eu sabia que iria gozar só com os gritos dele.

"Minha segunda vítima se chamava Thales. A morte dele foi bem rápida. Seus pais haviam viajado e ele estava em casa sozinho. Arrombar uma porta sem fazer barulho foi muito simples, bastaram algumas pesquisas e treino com a maçaneta da porta do meu banheiro. Ganhei experiência rápido. Eu só enfiei uma peixeira dentro do seu peito. Penetrei até o cabo. Ele estava dormindo tão tranquilamente, abriu os olhos de uma vez e deixei que memorizasse o meu rosto antes de enfiar dois espetos em seus olhos, afundando tanto a ponto de o sangue salpicar. Thales tentou gritar, mas eu sentei na boca dele e deixei que sangrasse até a morte. Até hoje tenho dúvida se ele morreu de hemorragia ou asfixiado. Nunca saberei, não é mesmo?!

"O terceiro foi Gabriel. Foi muito divertido matá-lo, deixa eu te contar. Na época, eu ainda não tinha armas o suficiente, então usava qualquer coisa para vê-los agonizando. Gabriel estava ficando com uma menina em um beco. Os dois pareciam muito concentrados no que estavam fazendo, pois nem notaram quando apareci e cortei a garganta da garota. Ele tentou fugir, mas eu chutei suas partes baixas, e ele caiu no chão. Eu agi bem depressa, amarrei-o em uma cadeira e tapei sua boca com um tecido enquanto arrancava as suas unhas do pé com um alicate grosso. Depois disso, eu o forcei a abrir a boca e prendi sua língua no alicate. Nunca imaginei que iria sair tanto sangue quando eu puxasse e rasgasse. Foi a primeira vez que sangue espirrou no meu rosto. Eu lambi um pouco e o gosto era tão nojento quanto ele. Eu sempre fui esperta, sabe?! Nunca me preocupei com a possibilidade de me acharem, porque nunca senti culpa ou arrependimento, nunca deixei rastros. Estudei por muito tempo para não deixar qualquer pista que trouxesse a polícia até mim.

"Eu me banhei com o sangue dos três, vi os três morrendo na minha frente, chorando, mijando nas calças, implorando pela vida. Escuto seus gritos até hoje na minha cabeça, mas eu já me acostumei. Estava feliz! Realizada! Ri quando vi seus corpos do mesmo jeito que eles riram de mim. Eu me lembro de ouvir o médico falando com minha mãe sobre eu ter um transtorno que podia me tornar perigosa, que ela deveria ter cuidado. Mas eu discordo dele. Eu sou perfeitamente normal. Eu fui a vítima, então por que eu estaria errada?

"Por fim, teve o Felipe. Eu não o matei. Não... Eu não podia matá-lo. Eu fiz com que ele e sua família sofressem como eu e minha mãe. Eu fiz com que ele desejasse todos os dias a morte, chorasse e rezasse para que o que quer que fosse o levasse embora. Quebrei os ossos dos braços com uma barra de ferro, algumas costelas, parte da coluna e as duas pernas. Nunca imaginei que, quando o visse, sentiria tanta raiva a ponto de usar contra ele uma força sobre-humana. Ainda possuo essa força. Às vezes, penso que tenho isso por causa da adrenalina, da fúria; mas outras vezes penso que fui abençoada com algo que me fez destruí-lo. Eu podia sentir alguma coisa dentro de mim que crescia a cada golpe dado. Espanquei-o, não deixei nenhuma parte de fora, o prazer que eu senti ao fazer isso foi indescritível. Felipe entrou em coma. Tainara veio até mim chorando desesperada, porque ninguém sabia quem tinha feito isso. Disse que ele não merecia aquilo. E então eu falei orgulhosa que tinha sido eu. Ela ficou assustada, então eu a ameacei. Falei que ela sabia do que eu era capaz e que eu não hesitaria em matá-la se ela fizesse algo contra mim. Ela prometeu ficar calada se eu fosse embora. E assim fiz. Claro que me certifiquei de que Felipe não escapasse vivo daquele hospital, então saí daquela cidade com um sorriso no rosto.

"Agora estamos em 2004. Eu já tinha 15 anos quando nos mudamos para Brasília e fiz um oral em um policial, no quintal da minha casa. Depois de ficar entediada, eu o convidei para comer algo e passei uma faca em seu pescoço com um único movimento. Livrei-me do corpo sem dificuldade, jogando-o em um rio que havia perto de lá. Raquel nunca soube desse acontecido, porque limpei tudo antes de ela chegar. Na verdade, ela não soube das minhas atividades rotineiras por um longo tempo. Até que me cansei de esconder.

"Antes de me livrar do policial, eu guardei a sua pistola e, sozinha, aprendi a manuseá-la. Na semana seguinte, fiquei com um carinha da minha idade perto de um tronco de árvore. Enquanto as preliminares aconteciam, eu o peguei em um momento distraído e enfiei uma faca próximo à sua clavícula. O sangue espirrou para todo lado, e ele quase caiu em cima de mim. Eu estava limpando o local quando avistei uma menina de uns 8 anos do outro lado me olhando com medo. Ela estava paralisada, então fui até ela com um sorriso no rosto, sem pressa. Não podia deixar a garota me dedurar para os pais dela, não é verdade?

"Raquel sempre estudou para coisas do trabalho dela, acho que era concurso, então ela dizia que o motivo para nos mudarmos tanto era esse. Mesmo assim, ela me levou a muitos médicos, incansavelmente. Ela acreditava que poderia curar o meu *trauma*, e eu apenas aceitava, nunca perdi meu tempo discutindo com ela sobre isso. Conversava com eles e ocultava aquilo que me beneficiava. Eles me enchiam de medicamentos, que foram inúteis, e eu dizia que estava tudo bem. Quando fomos para o Rio de Janeiro, conheci uma garota peituda e baixinha. Ficamos amigas, e ela disse que se apaixonou por mim. Ficamos por um tempo, mas, quando ela me viu com o próprio irmão enquanto eu o esfaqueava no peito, tive de terminar o serviço com ela também. Os meses presa em casa me deixaram esperta o suficiente para saber quando e como fazer minhas artes. Queimei os corpos para não deixar vestígios e então nos mudamos de cidade novamente. Raquel não gostava de ficar em um lugar no qual ela sabia que eu tinha feito algo.

"Ainda em uma parte do Rio, um cara tentou me estuprar durante a madrugada, em um beco, e acabou levando a pior. Ele não precisou me forçar a nada, se quer saber a verdade. Eu sempre andava com uma tesoura e consegui enfiá-la dentro da garganta dele repetidas vezes. Ele se debateu enquanto eu o esfolei, seu sangue jorrou como um chafariz quando cortei seu pênis. Eu acho essa história muito engraçada. E, em Salvador, matei outro policial, mas dessa vez com sua própria arma. Um tiro nas costas. Foi meu primeiro tiro. Foi muito emocionante, sabe?!

"E então conheci Nicolas aos 16 anos. Nicolas foi que me ajudou a controlar toda a ira e o ódio que eu tinha. Ele que me ensinou a lutar, a me defender e mostrou que nem sempre eu poderia sair impune dos meus atos. Quando o vi pela primeira vez, eu o achei muito atraente. Senti algo entre as minhas pernas e pela primeira vez quis finalizar o sexo com alguém. Não sei o que ele tinha de tão extraordinário, mas eu o quis muito. Nós nos provocamos no restaurante, e eu consegui fugir até o banheiro com ele. Nicolas era intenso, forte. O sexo foi realmente muito bom, porém não era o suficiente.

"Eu queria matá-lo, isso seria muito *sexy*. Então decidi que iríamos sair. Fomos para um motel qualquer, em algum dia, e lá eu tentei abordá-lo, mas ele desviou facilmente da faca que eu segurava. Ele tinha 23 anos e era muito mais forte que eu. Nicolas não teve dificuldade em me desarmar, virar minhas costas para ele, pressionar meu peito na parede e me deixar imóvel. Fiquei tomada pela raiva por ele ter conseguido me vencer. Então, contei tudo para ele, como estou fazendo agora com você e, depois desse dia, Nicolas se tornou uma espécie de tutor, e eu fiquei obcecada por ele. Eu comecei a ver Nicolas da mesma forma que via Rafaela. Ele era meu e só. Eu sempre o rastreava e o perseguia porque o queria por perto.

"Nos anos seguintes, tudo se repetiu. Minha vida era um tédio, eu tentei inovar usando máscaras de simpatias. Tudo que eu fazia era no intuito de matar alguém, porque isso se tornou o propósito da minha vida. Quando Raquel descobriu, ficou com mais medo de mim do que já tinha e entrou em depressão. Depois de um tempo e com muita terapia, ela passou a aceitar as minhas *atividades*. O que ela poderia fazer? Ela é minha mãe, ela não me entregaria para a polícia, e eu acho que ela já desconfiava. Sério! De qualquer forma, mesmo sabendo que ela ainda sente medo de mim, eu jamais faria mal a ela. Raquel é minha mãe, então posso contar com ela, dizer 'Ei, Raquel, dei um tiro em uma garota porque eu quis'. Ela fica muito mal, mas não me importo.

"Além disso, tem a voz. – Minha garganta está seca e Júlio me encara sem cor no rosto. Eu não digo a ele, mas essas não foram as únicas mortes. São apenas as de que eu me recordo com detalhes, as outras são gritos na minha cabeça que escuto vez ou outra. Ele respira com dificuldade, parece estar assustado e, por causa da chuva, seus lábios estão roxos. O encaro com meu olho neutro e sem expressão, não espero que ele diga algo.

– O que é a voz? – Ele pergunta, depois de um tempo.

– Eu não sei. Comecei a ouvir quando senti ataques de fúria, antes de iniciar minhas atividades e matar o Bruno. É uma voz doce, normalmente ela tenta me dizer o que fazer, pede que eu fique calma e não mate. No início, era apenas um sussurro, eu só ignorava. Então ela sumiu e, depois que eu cheguei aqui, ela resolveu voltar.

– Aqui em Porto Alegre? – Vejo que ele engole em seco e eu ergo a sobrancelha.

– Sim. Essa voz tem me atrapalhado muito atualmente.

– Renata... – ele diz meu nome, e eu aguardo que conclua sua fala. Sei que dirá algo chocante, sua voz está fraca e suas mãos tremem levemente. Júlio dá um passo vacilante para a frente e termina de falar – tu mataste... uma criança de 8 anos. – Seu comentário não me causa nenhum remorso ou dor. Todas as mortes são justificáveis para mim, inclusive a da menina que rezava para o Anjo da Guarda enquanto eu enfiava a faca nos olhos dela para ensiná-la a não ver o que não deve.

– E daí? Tudo na vida tem certo preço, e alguém sempre tem de pagar por ele – digo.

Ele balança a cabeça negativamente, provavelmente sem acreditar, e retorna para trás quando eu me movo para um dos lados, olhando ao redor do pátio. Seus olhos me acompanham com cuidado e ele tenta entender o que procuro com tanta determinação.

– Bem, agora que sabe disso tudo não vai se importar se... – paro de falar e faço uma expressão infantil totalmente feliz e boba quando avisto um pedaço de tronco abandonado perto de um dos bancos. Esse colégio tem vários pátios, então há muitas árvores. Viro o corpo para Júlio depois de apanhar o que quero e ele alterna o olhar entre nós dois. – Bem... não vai se importar se eu matar você, certo?

– O que é você? – pergunta ele após soltar um soluço. Sua voz assustada é cortada pela chuva que bate forte no chão. Coloco o tronco pesado em cima do ombro direito e forço a visão para poder enxergá-lo, porque a água atrapalha um pouco. A sensação que eu conheço bem está vindo à tona e isso me faz sorrir. Meu sangue borbulha dentro das minhas veias, a adrenalina me preenche e minha força vem junto com a ira e a necessidade de matar. O pigmento vermelho escorre pelo meu nariz quando digo:

– Seu pior inimigo!

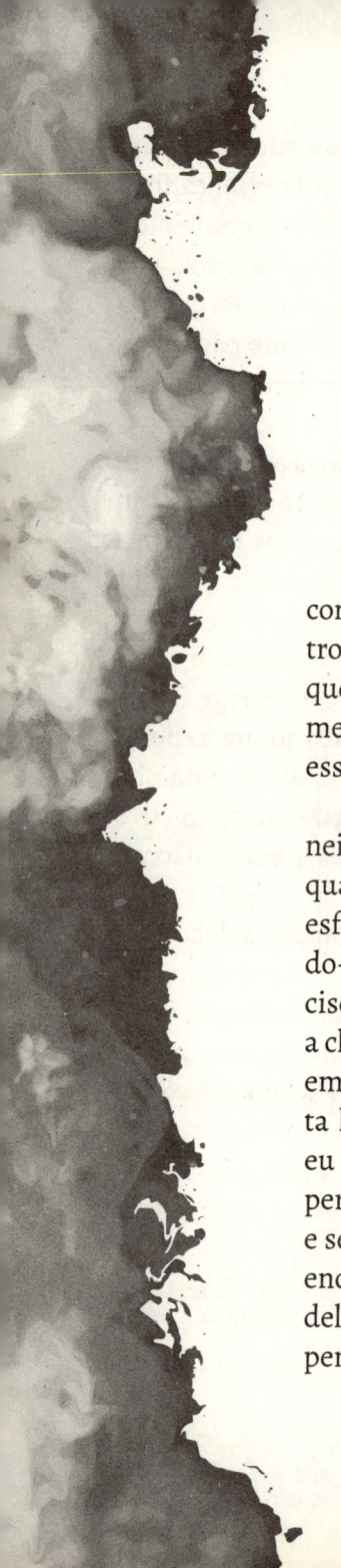

Renata Gomes, aquela que renasce e sobrevive

Ah, estou tão sedenta por isso. Sinto-me como uma cadela no cio e, apesar da voz dentro da minha cabeça repetir incansavelmente que não devo fazer isso e que esse rapaz não merece, eu apenas digo "foda-se!" e ignoro essa maldita voz doce, contida e autoritária.

Júlio tem muito mais força do que imaginei, pois segura o tronco com as duas mãos quando o lanço em sua direção e, sem muito esforço, joga-o por trás de sua cabeça, fazendo-me notar seus movimentos rápidos e precisos. Quanto mais seu olhar me penetra, mais a chuva engrossa a ponto de os pingos doerem em minha pele quando batem nela. Com muita habilidade, Júlio me lança uma rasteira, e eu caio de costas no chão, sentindo dor. Sem perder tempo, ele se agacha em cima de mim e segura minha gola, que está completamente encharcada, puxa meu corpo para cima sem delicadeza, e eu faço uma careta. Entretanto, penso rápido e jogo meu joelho entre suas pernas, causando-lhe uma dor instantânea. Ele geme e me larga, caindo para o lado e franzindo o cenho.

Antes que possa se recuperar e me pegar de surpresa mais uma vez, eu me levanto do chão e agarro seus cabelos com uma das mãos, arrastando-o até a parede cujo alpendre protege da chuva. Deixo-o lá, respirando com dificuldade para se recuperar da dor e me olhando com um semblante cansado.

– Eu não sei por que estás fazendo isso, Renata, mas precisas parar. – Ao dizer isso, um trovão junto com uma forte ventania surgem.

– Por quê? Meu bem, você acha mesmo que eu deixarei você viver depois de ouvir tudo o que eu disse? – Solto uma risada e volto a olhá-lo. Sequer espero que ele se recupere da dor entre as pernas e arremesso meu punho em seu rosto, acertando seu queixo. Ele solta mais um gemido quando a cabeça cai para o lado e, quando vou acertá-lo mais uma vez, Júlio consegue desviar para a direita e meu soco vai de encontro com a parede, rachando-a levemente. Eu já deveria estar acostumada com essa força que eu tenho, mas, sempre que isso acontece, acabo me surpreendendo.

Rápido demais para que eu possa acompanhar, Júlio se afasta e vai para o meio do pátio enquanto limpa a boca e toma posição de luta, pondo os cotovelos em frente ao corpo em proteção, separando os pés e cerrando os punhos com força. Semicerro os olhos ao perceber que ele está começando a levar isso a sério.

Com uma velocidade que eu achei que nunca seria capaz de ter, consigo atacar Júlio e acompanhar seus movimentos velozes enquanto trocamos chutes, pontapés, socos e diversos tipos de ataques ao mesmo tempo que protegemos nossos corpos com agilidade. Jogo minha perna em sua mandíbula, mas, como se estivesse prevendo o que eu ia fazer, Júlio segura meu tornozelo com as duas mãos e, em uma tentativa falha, tenta me derrubar com um puxão feroz. Contudo, apoio minhas mãos no chão quando estou prestes a cair, rodopio no cimento áspero e, de cabeça para baixo – como uma bananeira –, forço os braços a aguentarem meu peso, acertando a perna livre em seu queixo.

Júlio me solta e tomba para um dos lados, mas não cai.

Eu, por outro lado, perco o equilíbrio e caio de barriga no chão, tendo de usar as duas mãos para não bater a cara no concreto. É neste momento que sinto o sangue se acumular na minha boca, banhando minha língua. Cuspo e vejo uma pequena poça vermelha ser formada. O cheiro é forte, mas logo passa porque se mistura com a água da chuva. Júlio, com muita força, me pega e me arremessa na parede, fazendo com que minhas costas batam nela e eu arfe de dor. Quando o encaro, vejo que seus olhos verdes estão brilhando com raiva e um raio ilumina o céu nublado no momento que ele soca a lateral da minha cabeça.

Nós estamos ofegantes, olhando um para o outro com uma mistura de raiva e desejo. Sem pensar duas vezes, Júlio agarra minha nuca e prende minha boca na dele em um beijo desesperado, quente e molhado. Nossas bocas entram em uma sincronia urgente, e nossas línguas, mesmo misturando saliva, água e sangue, dançam juntas de um jeito incessante. A minha excitação aumenta quando ele passa as mãos pelas minhas costas, deixando minha pele arrepiada. Seus lábios beijam minha mandíbula e eu solto um suspiro alto, fechando o olho e bagunçando seus cabelos, puxando-o mais para mim até sentir sua excitação em minhas coxas. Ao notar isso, ponho impulso nos pés e salto, enlaçando-me em sua cintura, cruzando os tornozelos e o prendendo mais a mim. Estou colada na parede e Júlio movimenta levemente o quadril, fazendo-me sentir ainda mais seu tesão pulsar dentro das roupas molhadas.

A voz sussurra dizendo que devo me controlar. Eu a ignoro mais uma vez e deslizo os dedos pela sua nuca, acariciando seus cabelos enquanto nossas bocas ainda estão ocupadas.

– Nicolas também beija assim? – pergunta ao ironizar suas palavras, rindo quando me solta e me faz ficar de pé mais uma vez.

– Está com ciúmes? – ironizo de volta e solto uma curta risada, jogando os cabelos molhados para trás.

– Por que eu sentiria ciúmes de ti? – indaga e sorri de lado. – Sexo eu posso ter em qualquer lugar.

– Quero ver dizer isso depois de morto! – Corro até ele e começo a jogar os punhos contra seu rosto, mas ele se afasta todas as vezes para o lado oposto, desviando dos golpes com facilidade. Meus socos atingem o ar e isso me frustra, porque ele consegue segurar meus pulsos e me jogar para um dos lados sem a menor dificuldade.

– A raiva está te cegando – ele diz. Ignoro o que ouço e tento mais uma vez alcançá-lo, mas meu corpo não me obedece e o músculo da minha perna cede, o que me faz cair de joelhos. A dor no corpo, as mãos trêmulas e a dor de cabeça latejante me atingem na velocidade de um raio. Minha visão fica turva e por um segundo escurece.

Balanço a cabeça e sinto as mãos fortes de Júlio me levantarem, escuto sua voz perguntar se estou bem em um tom preocupado, mas, no momento em que pisco, tudo parece diferente. Minha visão parece mais aguçada e consigo enxergar as gotas da chuva caírem mais devagar, enxergo as manchas dos olhos de Júlio quando o encaro e posso ouvir no fundo do meu ouvido o barulho da água batendo forte contra o chão.

Júlio arregala seus olhos com o que quer que esteja vendo e eu percebo sua pele ficar arrepiada, seus pelos escuros se levantarem e o frio percorrer sua espinha. Ele dá um passo para trás e me solta devagar, o que me deixa mais atenta aos seus movimentos. O ambiente está mudado, eu me sinto um passo à frente de qualquer coisa, como se meu olho fosse mais rápido que o restante. Contudo, a dor latejante e os gritos invadem meu cérebro e toda essa sensação e percepção somem. Então, caio no chão mais uma vez e tampo os ouvidos com as duas mãos.

– Renata, eu posso ajudar... – Ouço sua voz ao fundo e tento me concentrar nela, e não nos gritos dentro da minha cabeça, mas minha raiva volta e atinjo seu abdômen com um soco certeiro no momento em que ele se abaixa e toca em meu ombro. Abro o olho e o encaro.

Sua expressão de dor é nítida. Ele prende a respiração e segundos depois cospe sangue. Seu rosto perde a cor e observo seu corpo pender para os lados e cair mole no chão. O encaro mais uma vez a tempo de ver o verde-esmeralda dos seus olhos sumirem enquanto ele perde os sentidos.

As ruas estão desertas por causa da forte chuva que caiu, e eu aproveito essa oportunidade para lavar os ferimentos que adquiri momentos antes com o restante de água que cai do céu. Caminho pela mesma praça em que ganhei o colar, a Praça do Japão, e me lembro de que não faço a mínima ideia de onde ele está e que, por causa dele, eu fui sequestrada. Esse colar parece ser algo importante, mas eu não tenho interesse em saber o porquê.

Sento-me em um dos bancos molhados e massageio os ombros doloridos com os dedos machucados após minha briga com Júlio. O tempo está frio, o vento arrepia minha pele e faz meu queixo tremer um pouco. Isso me deixa desconfortável e com sensação de vulnerabilidade. Decido voltar a caminhar para esquentar o corpo, mas uma vertigem me atinge, deixando-me tonta e com a visão turva por alguns segundos. De novo.

Respiro fundo e tento recobrar o equilíbrio, voltando a andar como se nada tivesse acontecido. Que horas são agora? Preciso ir para casa e descansar um pouco. Toda essa agitação está me deixando saturada e com dor, e sentir dor que não seja causada por mim mesma não é lá algo que curto muito. Fecho o olho para respirar fundo e relaxar, mas, quando o abro novamente, minha visão escurece e eu me sinto no mesmo vazio que estive ao passar por Juliana mais cedo.

Tento me segurar em algo, mas nada está próximo para servir de apoio, então tombo para o lado e vejo *flashes* brancos e incandescentes invadirem meu campo de visão, o que me deixa ainda mais tonta. O aperto no meu peito faz minha respiração falhar, e começo a suar pelas mãos e pela testa. Abro a boca em busca de ar e sinto meus batimentos cardíacos acelerarem drasticamente, causando dor no peito. Minha consciência briga com os *flashes* e fecho o olho com força para despistar isso. Não adianta, pois todo o cenário muda de repente e tudo parece distante.

Ela olha as unhas recém-pintadas de preto. Finaliza seu penteado ao balançar levemente o cabelo loiro e verifica mais uma vez a suave maquiagem em suas pálpebras, averiguando se tudo está em ordem. Quando a campainha toca, ela não consegue evitar o sorriso e vai correndo atender a porta. Lá está ele... vestido em um belo e engomado terno escuro que contrasta com seus olhos claros. Ele até parece um estrangeiro, e isso a faz sorrir mais.

— Oi, meu bem! — Ele fala ao se aproximar de sua testa, depositando um beijo delicado ali.

Por algum motivo, o rosto dele está embaçado e a única coisa que é possível ver com clareza é a cor dos olhos.

— Você está linda, eu nunca me canso de olhá-la.

– Obrigada, amor. – Ela sorri com timidez. Ah, como ele ama essa timidez. Tão diferente de Naraíh, sua primeira amante. Essa mulher é como uma flor delicada que precisa ser protegida de tudo, o oposto do seu primeiro amor. Como um homem que nem ele pôde amar uma mulher como esta? Ele será capaz de cuidar dela sabendo o que pode fazer? Não! Ele não pensará nisso agora. Apenas aproveitará a presença dela.

– Vamos! Vou levá-la a um restaurante muito bom hoje. – Ele estende a mão e ela segura sem pestanejar. – Cortou seu cabelo? Parece mais curto – pergunta ao franzir as sobrancelhas negras.

– Apenas fiz cachos. Você prefere assim ou liso?

– É diferente, mas eu prefiro você. O modo como usa o cabelo não mudará nada, você continuará perfeita. – Ele sorri para ela e lhe passa confiança. Eles entram no carro e dão partida para o restaurante.

A noite está tão agradável... Os dois pedem o jantar, ele toma uma taça de vinho enquanto ela opta pela água; conversam intimamente sobre seus dias e sobre o tempo dele nas batalhas antigas. Ela o olha admirada enquanto ele narra suas vitórias com empolgação, cerrando os punhos para mostrar sua masculinidade e sorrindo ao se lembrar da sensação. Isso é lindo! Ela ama a forma como ele conta suas histórias, e ele ama a forma como ela o admira, sempre acreditando em cada palavra que sai de sua boca.

Quando a comida chega, ela desmancha o sorriso e encara o prato com desgosto. Ele ainda está rindo quando percebe que sua amada não parece confortável. Ela o escuta perguntar se está tudo bem, então respira fundo e cruza as mãos no colo para que ele não perceba seu tremor. Ela o conhece, mas teme como ele pode reagir ao saber.

– Amor... – ela começa e engole em seco – preciso contar algo.

– Aconteceu alguma coisa, Vanessa? – Ele questiona e franze o cenho em preocupação. Ela suspira e cria coragem para confessar.

– Eu estou grávida.

Ao ouvir essa frase, o rosto dele se suaviza aos poucos e, depois de processar o que ouviu, ele estica sua mão para pegar na dela, que agora descansa sob a mesa. Ela a segura e ele a encara com pesar no olhar.

– É isso que a assusta?
– Eu... eu não sabia como...
– Já sabe há quanto tempo?
– Dois meses... – ela abaixa o olhar sem ter coragem de o encarar, envergonhada. Vanessa escuta o suspiro pesado vindo da respiração dele e não sabe como reagir.
– Não se preocupe com isso.
– Como não me preocupar? – Ela altera um pouco a voz e o olha com lágrimas nos olhos. – Se for verdade o que me disse, sabe o que vai acontecer comigo, com você e com esta criança.
– Não pense nisso, eu darei um jeito.
– Hu... – Vanessa coloca as duas mãos no rosto para cobrir as lágrimas e seu amado segura sua mão, paga a conta e a tira do restaurante com pressa, levando-a para um lugar seguro e afastado.
Os dois entram em um beco escuro, e ele a prende na parede com delicadeza, segurando seu queixo com os dedos e olhando em seus olhos castanhos. Ela engole em seco e o encara de volta.
– Não me chame assim, Vanessa. Por favor, não complique as coisas. – Ele acaricia a pele dela e tira uma lágrima que escorre por sua bochecha.
– Desculpe! Eu não estava pensando direito. – Ela o encara e seu corpo inteiro treme quando vê seus olhos mudarem para o vermelho da ira. – Amor...
– Está mudando, eu sei – ele não deixa que ela termine de falar. Ele vira a cabeça para o lado para não a assustar, mas ela segura seu rosto com as duas mãos e o vira para ela.
– Eu amo você. – Ao dizer isso, Vanessa beija os lábios entreabertos dele, e ele corresponde.
Enquanto se beijam, as memórias dele voltam, e ele vivencia os momentos de amor e prazer que teve ao lado dela. A primeira vez e o medo que ela teve ao se entregar a ele, a vez em que ele falou em voz alta que a amava, quando ela chorou ao saber da maldição, todas as noites de ternura e promessas que nunca poderiam ser cumpridas se

esse dia chegasse. Vanessa roubou algo que nenhuma outra mulher além de Naraíh conseguiu: o amor dele. E esse amor seria sua destruição, a menos que ele o destruísse primeiro.

A última memória vem em sua mente quando ele se afasta e a olha. O sorriso. O sorriso que ela lhe deu ao abrir a porta da casa seria o que ele guardaria dentro de si até o último momento.

Ela começa a chorar de novo quando a expressão do seu amado muda. Seus olhos, antes apaixonados, tornam-se frios e inexpressivos. Um típico matador, um caçador atrás de uma presa qualquer. Nada além disso os olhos dele transmitem. Porém, Vanessa percebe que suas mãos tremem. Isso é a prova de que ele ainda está consciente e ela tenta aproveitar seu último momento.

– Fuja! – Ele sussurra. – Esconda essa criança de todos, incluindo de mim. – Ela escuta suas palavras e tenta tocar seu rosto mais uma vez, mas ele hesita. O toque daquela mulher o deixa com raiva, ele apenas deseja matá-la ali e agora. Ele não pode permitir que a maldição tome conta dele agora, ela deve fugir. Deve estar segura dele, isso é mais importante do que qualquer coisa. – Esqueça tudo. Quando eu voltar, não me lembrarei do que tivemos, apenas de que você carrega esta criança e que ela deve morrer. Tenha-a e a esconda. Se ficar aqui por mais tempo, vai morrer antes da hora.

– Não sei se consigo fazer isso sem você. – Ela chora com mais desespero e coloca as mãos na barriga em forma de proteção.

– Vanessa, escute. Por favor, não se desespere agora. – Ele segura seus ombros com mais força que o necessário e isso a assusta um pouco. – Um dia, esta criança irá me salvar. Ela acabará com a maldição, e eu serei livre.

– Como sabe disso? – pergunta com os olhos arregalados.

– Porque ela está no seu ventre. – Vanessa respira fundo e isso a tranquiliza o suficiente para ficar mais calma. Então eles se encaram por alguns segundos em silêncio, e ele volta a falar. – Não importa o que *aconteça ou o que eu faça, Vanessa, não diga nada. Eu não serei mais o homem que você ama e eu espero que até lá você possa me perdoar.*

– Eu amo você – ela repete. Ele segura suas mãos com força e a olha pela última vez.

– Eu também amo você. – E então o último beijo do casal é dado com paixão, delicadeza e dor. Vanessa se afasta dele devagar, gravando seu corpo tenso, as mãos trêmulas, os lábios cerrados, os olhos vermelhos e as discretas e finas lágrimas.

"Esta criança poderia ser sua salvação?", pensa ele enquanto observa Vanessa partir. Apesar de ser apenas uma mulher comum, Vanessa é uma descendente que consegue ver os olhos. Quem foi seu ancestral? Um Herdeiro? Uma Realeza? A única certeza que ele tem é de que a criança emana um imenso poder mesmo dentro da barriga. Seria ela capaz de salvá-lo? Sim, ele irá acreditar nisso até não conseguir mais.

Ele sabe que a maldição não permitirá que ele se entregue nas mãos do seu único filho. Em poucos anos, ela irá corrompê-lo e seu principal objetivo será destruir a vida que ele criou. Para isso, ele usará todos os meios necessários.

Enquanto isso, Vanessa luta por sua vida longe do seu país de origem. No exterior, ela conhece uma mulher que a acolhe de mãos abertas. Com a amizade fortalecida, Vanessa conta toda a sua história e o que está predestinado a acontecer. É difícil para ela acreditar, mas, após pesquisas e estudo, sua amiga resolve confiar em suas palavras e aceitar seu filho.

– Fique com ele, por favor. Eu não confio em mais ninguém além de você. – Vanessa chora ao segurar a barriga pesada de sete meses de gestação.

– O que acontecerá com você? Não quero que morra.

– Isso será inevitável – Vanessa diz. – Ele me achará, eu sei. Os pesadelos estão ficando mais frequentes, eu sei que ele está usando magia negra para me rastrear no meu momento mais vulnerável. Os extremistas ainda acreditam que sou uma bruxa por carregar uma

cria dele, outros acreditam que sou uma aberração por ser descendente de algum Herdeiro, então devo ser exterminada.

– Isso não faz nenhum sentido, Vanessa.

– Apenas cuide do bebê. Ele será seu filho e você deve protegê-lo acima de tudo. Daqui a sete anos, eu sinto, algo irá acontecer e isso vai transformar suas vidas, então tudo que disser será baseado em mentiras para a proteção desta criança.

– Eu farei o que for necessário por você. – Ambas dão as mãos e fazem uma promessa silenciosa.

A criança nasce em uma noite fria e elas observam a pequena menina mamar no seio da mãe. Enquanto observa sua filha, um sorriso triste brota nos lábios de Vanessa e por um momento ela quer desistir disso tudo e apenas ficar com ela em seu colo para sempre. Mas a realidade cai em seus ombros quando a criança abre os olhos.

– São tão lindos... – sussurra Vanessa, com tristeza. – Prateados como um diamante.

Sua amiga franze as sobrancelhas e se aproxima para ver também, mas só enxerga olhos castanhos, escuros e inocentes. Ela não diz nada, pois sabe das habilidades especiais de Vanessa em poder enxergar o que os outros não conseguem.

– Um dia, minha filha, você verá quão lindos são os seus olhos – Vanessa murmura para a criança e beija sua testa antes de colocá-la nos braços de sua nova mãe.

– Diga o nome dela. Quero honrar seu último desejo – diz a amiga. Vanessa fecha os olhos para afastar as lágrimas e sorri.

– Ela sobreviverá ao pior dos incêndios e renascerá de suas próprias cinzas, como uma fênix. Renata é seu nome. Renata Gomes.

É melhor viver com a mentira do que sofrer com a verdade?

Pisco rapidamente para ajustar minha visão embaçada. Respiro com dificuldade, meus pulmões doem a cada inspiração profunda e minhas narinas ardem quando expiro. Aperto a ponte do nariz com força e franzo o cenho quando fecho o olho e tento manter a calma. Eu não consigo entender muito bem o que acabou de acontecer, mas eu tenho certeza de que eu já tinha visto aquelas pessoas antes. Onde foi?

– Ah! – exclamo. Eu os vi nos sonhos. No primeiro sonho, a mulher estava grávida e, no segundo, foi morta por um homem de olhos vermelhos. Agora eu posso entender... O homem era Hushín e a mulher se chamava Vanessa. Os dois eram um casal até ele descobrir a gravidez, mas algo aconteceu, e ele a matou. Isso faz algum sentido? – Não, Renata. Não faz.

Continuo tentando manter a calma para que eu consiga entender o que diabos acabou de acontecer. Meu nome apareceu. Eu ouvi muito bem "Renata Gomes" sair da boca daquela mulher, então...

– Raquel mentiu para mim? – Paro de andar e passo a mão no rosto. – Respire, Renata. Se você fizer alguma loucura, pode se dar mal – digo para mim mesma.

Mas o nome continua rodopiando na minha mente, a voz de Vanessa não sai da minha cabeça e os olhos de Hushín me deixam mais inquieta do que antes. Eu estava certa, Maju realmente tinha olhos demoníacos. A prova está nisso. Eu não sei o que eles são, mas eu tenho certeza de que estão diretamente ligados a mim. É muita coisa para processar, o meu cérebro queima e minhas mãos tremem.

Eu conheço esse tremor.

É raiva.

Cerro os dentes e novamente respiro fundo, pondo as ideias no lugar. Preciso encontrar Raquel, ela é a única capaz de me explicar o que diabos eu vi e por que eu vi. O vento frio deixa minha pele arrepiada, então volto a andar até encontrar um táxi.

– Vá depressa – digo depois de dar meu endereço. O senhor assente e acelera.

Durante o trajeto, eu penso em uma maneira de abordar Raquel sem deixar que ela invente uma mentira, como fez durante todos esses anos.

Quando chego em casa e entro, vejo que está silencioso. Ela ainda não havia voltado, estaria trabalhando ou me evitando? Não conversamos desde a hora em que ela me viu suja de sangue. Raquel nunca comenta quando percebe que fiz minhas atividades, apenas abaixa a cabeça ou chora. Desta vez, ela está agindo diferente, está me ignorando, evitando me olhar. Isso quer dizer que ela esconde algo? Talvez.

– Ah, eu vou ficar louca. – Coço a cabeça e subo as escadas, indo em direção ao seu quarto.

Somos discretas e respeitamos o espaço da outra. Desde jovem, eu aprendi a não entrar em seu quarto sem sua autorização e vice-versa. A privacidade é um dos princípios entre nós. Mas, dessa vez, é diferente e eu não me importo em arrombar a porta do seu quarto e entrar.

Observo o local com atenção, varrendo o olho para cada mínimo detalhe, e busco algo que seja realmente útil. Ando devagar pelo quarto e, com cuidado, vasculho os móveis e a cama. Vou até sua mesa de estudo e abro os livros, afasto os enfeites e as canetas, mas não encontro nada. Tateio sua estante, que está cheia de livros relacionados ao Direito, mas, também, não acho nada. Não sei o que procuro, porém continuo a busca.

Prendo os cabelos em um nó e olho a cama. Acima dela há um quadro, uma pintura que nunca me chamou atenção até agora. Uma mulher está segurando um bebê de olhos prateados. Com atenção, observo a imagem... Como nunca estranhei ela ter isso? O rosto dela está baixo, ela olha para a criança e parece sorrir enquanto o bebê encara a mãe com inocência. "Prateados como um diamante", lembro. Engulo em seco e subo na cama para alcançar o quadro, então o retiro com dificuldade da parede na esperança de ele esconder alguma coisa. A parede está lisa.

Franzo os lábios desapontada e estou prestes a colocá-lo no lugar quando noto algo atrás dele. Meus olhos encaram com atenção os números 8263772 escritos na madeira, e eu tenho de pensar para entender o que significam. Desço da cama depressa e procuro meu celular. Quando encontro, imediatamente encaro os dígitos das teclas e as letras que cada um representa. Os números soletram VANESSA.

Em vez de devolver o quadro para a parede, começo a investigá-lo. Ele é pesado e relativamente grosso, então algo me diz que há alguma coisa dentro dele. Balanço-o para os lados e ouço um barulho, então meus olhos se arregalam com a surpresa e imediatamente procuro por minha adaga, minha amiga que nunca me abandona. Xingo baixo e começo a golpear a tela até que finalmente o material não resiste e rasga. Arranco a pintura do quadro e percebo que dentro dele existe uma maleta preta trancada com um fecho que tem senha. Viro o quadro e decoro os números gravados em sua madeira, colocando-os em ordem para que o cadeado se abra.

Tenho sucesso e vejo o conteúdo que ela guarda. Uma foto de duas mulheres sorrindo está no topo e logo identifico Raquel. A outra deduzo ser Vanessa, e minha boca se abre ao notar que é exatamente a mesma mulher dos sonhos e que há uma extrema semelhança entre nós. Balanço a cabeça para os lados, deixo a foto de lado e pego outra que está guardada.

Desta vez, não é uma foto. É uma pintura antiga de uma mulher esbelta. Ela usa um vestido longo, branco, e segura uma longa lança em frente ao corpo. Em sua cabeça há uma tiara e sua expressão é séria, fria e ameaçadora. Seus olhos são roxos, mas eu não a conheço, então ignoro-a e vasculho o restante. Há cartas e depoimentos sobre a história de Raquel e Vanessa, mas isso não me chama atenção. Contudo, meu instinto diz que devo checar até o final, e encontro uma outra pintura. Está dobrada e velha, então tento não rasgar quando a seguro.

Cinco pessoas olham para a frente sem expressão no rosto. É uma pintura a óleo, muito antiga. Uma mulher de olhos roxos, dois gêmeos, um com olhos azuis e outro com olhos vermelhos iguais aos de Hushín e Maju, um quarto homem tem olhos verdes-esmeralda – imediatamente, me lembro de Júlio – e a quinta pessoa é uma mulher mais jovem que tem olhos amarelos e que me lembram Chayun.

Todos usam armaduras, seguram armas medievais e têm tiaras na cabeça. Olho o verso da pintura e vejo escrito

"As Cinco Realezas". Retorno a observar a pintura e reparo em algo no pescoço da mulher de olhos roxos: um colar. Ele carrega uma pedra de ametista e isso me faz franzir a sobrancelha, pois não consigo enxergar muito bem. Se antes eu estava confusa, agora eu estou à beira de um colapso.

A maleta está vazia, mas, de qualquer forma, eu não preciso ver mais nada. Deixo tudo em cima da cama e vou para o meu quarto. Troco minha roupa, arrumo os cabelos e passo perfume. Pego uma bolsa e saio procurando pela casa materiais para colocar dentro. No final, ela está com uma pequena caderneta, canetas, lixa de unha, um batom qualquer e uma tesoura afiada de unha. Olho o relógio e vejo que são quase três horas da tarde, então me apresso. Saio de casa, chamo um táxi novamente e digo para ir ao Fórum Municipal.

O trajeto é um pouco longo, mas espero pacientemente no banco traseiro. Quando paramos e eu saio do veículo, respiro fundo, ajeito os ombros e vou até a entrada do prédio. Logo de cara, me deparo com um detector de metais e um segurança me olha torto quando o aparelho apita.

– Senhorita, por favor, deixe-me verificar sua bolsa. – Ele estende a mão para mim e eu ofereço um sorriso tímido.

– Desculpe – falo com a voz baixa e dou a ele. – Sou nova na cidade, não sabia que isso funcionava. Onde eu morava era quebrado.

– Entendo... – Ele comenta ao averiguar rapidamente o conteúdo da bolsa. – Você é estudante universitária? – pergunta ao ver minha identidade e verificar minha idade.

– Não, mas vim assistir a uma audiência, porque tenho interesse em cursar Direito. Minha mãe trabalha aqui. – Sorrio quando ele devolve a bolsa e me deixa passar. Agradeço e procuro a vara criminal, área em que Raquel atua.

Sem chamar muita atenção, entro no salão e me sento em uma das poltronas do final, vendo Raquel defender seu cliente com afinco e confiança para os jurados. Observo suas roupas, seus cabelos, suas mãos, seus olhos cansados e claramente com olheiras. Ela está concentrada em seu trabalho, então nem nota que estou aqui.

– Psiu – cutuco uma pessoa na minha frente e sussurro. – Quanto tempo vai demorar para acabar?

– Acho que não muito, talvez uns quinze minutos – a mulher sussurra de volta, e eu agradeço depressa. Volto a observar Raquel e espero pacientemente o juiz encerrar o julgamento.

Saio com antecedência e calculo os passos dela. Sei que ela vai esperar o juiz sair da sala, vai cumprimentar o promotor e se despedir de seu cliente. Depois disso, ela vai arrumar seus papéis e ir ao banheiro para ajeitar sua aparência cansada. E é para lá que eu vou.

Olho com discrição as câmeras e esbarro em uma mulher propositadamente. Por suas roupas, noto que ela é responsável pela limpeza do prédio, então pede desculpas e está prestes a sair quando seguro seu braço e peço que espere.

– Desculpe, mas você pode me dizer onde fica o banheiro? – Ofereço a ela um sorriso simpático e ela retribui.

– No final do corredor, meu anjo. Mas ele está com alguns problemas, então recomendo não ir lá.

– Oh, é mesmo? Tudo bem, obrigada pela informação.

Ela sai e eu espero que suma de vista para seguir reto e entrar no banheiro. O cheiro realmente não é agradável, mas ignoro e entro em um dos boxes. Tampo o nariz e espero a porta se abrir. Demora alguns minutos e, quando é aberta, percebo que não é Raquel, porque a mulher que entra não usa salto. O barulho em seus pés se arrasta no chão e deduzo serem sapatilhas.

— Oh, que cheiro desagradável — comenta ela para si mesma e também entra em um dos boxes. Eu espero mais um pouco. A mulher sai do box e vai lavar suas mãos quando finalmente ouço o que quero.

Os sons de seus sapatos batem no chão enquanto ela caminha até o banheiro. Estou acostumada com esse barulho, não é difícil para mim reconhecer seus passos e não evito sorrir. Imediatamente, abro minha bolsa e retiro a tesoura de unha que está depositada no fundo. Anos de experiência me mostraram que qualquer coisa com ponta afiada pode matar, incluindo uma inofensiva tesoura de unha.

Abro a porta do box e fico ao lado da mulher que, no momento, enxuga as mãos com o papel. Ela me olha pelo espelho e me oferece um sorriso amigável no mesmo momento que Raquel abre a porta e entra no local.

Meus reflexos são rápidos. Agarro o pulso da mulher e a coloco em minha frente como um escudo. Cubro sua boca com minha mão e aperto a ponta da tesoura em sua jugular.

— Não tente fazer nada ou isso aqui vai entrar em sua garganta com um único movimento — murmuro para ela no momento em que tenta se livrar de mim. Raquel entra em transe ao ver a cena e nossos olhos se encontram. — Tranque a porta — ordeno.

Raquel começa a tremer ao perceber o que está acontecendo e eu a mando trancar a porta mais uma vez. Ela obedece em completo silêncio e gira a chave. Estamos só eu, a mulher e ela. A moça começa a chorar quando aperto mais a tesoura em seu pescoço, e eu a mando calar a boca. Ela engole em seco e tenta não fazer barulho.

— Renata... — Raquel estende as mãos para mim e tenta se aproximar com calma. — Por favor, não faça nada com ela.

— Por que não? — pergunto, com um sorriso. — Você não aguentaria se eu enfiasse isso nela?

— Renata... — repete. — Ela não merece isso. Por favor, deixe-a livre. Ela não tem nada a ver com isso.

— Ah, então você sabe. — Solto uma risada e aperto mais a tesoura na moça, furando um pouco. — Sabe por que estou aqui.

— Renata, eu posso explicar.

— Quem é Hushín? — pergunto ao interromper sua fala e Raquel congela. Seu queixo treme e seus olhos se enchem de lágrimas. — *Quem é Hushín?!* — Repito com a voz mais grave e ameaçadora. Suas lágrimas caem quando ela escuta o nome novamente.

— Renata, por favor, por favor... Por favor, não faça nada. — Raquel chora desesperadamente e soluça. — Por favor, não mate mais uma pessoa inocente, por favor... — ela implora e eu a observo. Seu choro se torna mais alto e desesperado. — Quantas pessoas você já matou apenas por causa das minhas mentiras? Quantas famílias estão sofrendo sem saber o motivo da morte de seus entes queridos? Por favor, Renata, não faça nada. Eu sou a única culpada.

— Você acha que eu faço isso por causa de você? — pergunto com curiosidade e solto outra risada. — Eu faço porque eu quero.

Raquel olha para mim com um olhar assustado e eu sei que atingi sua ferida. Ela nunca suportou a ideia de eu matar apenas por prazer. Ela sempre se culpou, porque é mais cômodo para ela fazer isso do que aceitar que sou assim.

— Eu vou repetir... Quem é Hushín? Se não disser, eu corto a garganta dessa mulher agora. — Isso assusta as duas que estão comigo e Raquel pede, novamente, que eu não faça isso. A mulher segura meu braço que prende sua boca, mas eu aperto mais ainda. — Fique quieta! — Digo em seu ouvido.

— Hushín... — começa a falar e soluça. Ela passa as mãos no rosto e fecha os olhos, sem coragem de me encarar. — Hushín é seu pai.

O silêncio reina no banheiro por alguns segundos enquanto eu absorvo a resposta. Então é verdade. Raquel levanta o olhar para mim e tudo o que encontra é um rosto sem qualquer expressão ou sentimento. Isso a deixa pior do que antes, e ela chora mais ainda. Respiro fundo e viro para mim a mulher que prendo.

Seus olhos estão arregalados quando encontram o meu, e eu falo baixo, em um tom ameaçador:

– Você vai sair por aquela porta em silêncio e vai ir embora. Se falar alguma coisa, eu acho você. E pode ter certeza de que não será difícil encontrar seu endereço. Suma da minha frente. – Solto-a e ela concorda, saindo do banheiro rapidamente e fechando a porta logo em seguida.

Guardo a tesoura em minha bolsa e lavo minhas mãos, ignorando a presença de Raquel. Estou prestes a sair do lugar quando ela segura minha mão e me para.

– Filha, por favor...

E é aí que um ataque de fúria me domina. Com toda a força e raiva que surge, agarro os cabelos de Raquel e arremesso sua cabeça contra a quina da pia. O barulho é alto e o corpo dela cai inconsciente no chão no mesmo instante.

– Você não é minha mãe – sussurro ao olhar seu rosto banhado por lágrimas.

Saio do banheiro sem olhar para trás.

Cruzo a rua depois de caminhar por um tempo e vejo que encontro o que procurava. Tive de perguntar pacientemente para algumas pessoas como chegar até aqui, e até que não foi tão difícil. O local é grande e com muitas janelas, é arejado e confortável, chama bastante atenção.

Não costumo ir a bibliotecas, mas tenho certeza de que encontrarei o que quero aqui. Quando entro, a primeira coisa que noto é o cheiro de livro velho. O lugar é cheio de estantes e as pessoas se movem para lá e para cá em silêncio para não atrapalhar os outros.

Procuro a recepção sem fazer barulho e, quando a encontro, cutuco um rapaz que está digitando no teclado do computador e não nota minha presença.

– Diga. – Ele rapidamente sorri para mim. – O que deseja?

– Quero que me ajude a encontrar algo.

– Claro! – O jovem ajeita sua postura na cadeira e alterna o olhar entre o computador e eu. – Vou procurar o assunto aqui no sistema. O que procura?

– Absolutamente tudo sobre As Cinco Realezas.

As Cinco Realezas

Em tempos medievais, as guerras e a magia dominavam as terras dos reis e das rainhas que governavam em busca de poder e riqueza. A principal família possuía, em seu brasão, a figura de um coração trespassado por uma espada, e era conhecida, entre a nobreza, como a casa das Cinco Realezas, pois seu fundador fora agraciado com cinco filhos.

Na verdade, ninguém sabia como a rainha conseguiu engravidar. Todos acreditavam que ela era infértil devido a uma doença grave e, quando anunciaram o nascimento do primeiro filho, foi uma verdadeira surpresa para a região. Após o nascimento do quinto filho, começou a correr um boato de que a Kifujin, nobre que deu à luz os filhos do Daimyö, tinha apelado para as artes negras de modo a recuperar sua fertilidade, o que gerou profunda inquietação entre a nobreza.

Naya foi a primeira a nascer. Sua personalidade era difícil, seu temperamento era muito forte para uma jovem criança. Após completar três anos, a mãe deu à luz os gêmeos fraternos Sorín e Oxita. Sorín, mais velho por poucos minutos, herdou as feições delicadas de sua mãe, enquanto Oxita nasceu com traços do pai. Dois anos *depois, Karashi veio ao mundo. Por último, nasceu Ny, o oposto de sua irmã mais velha, Naya. Ny era sensível e pequena. O parto não foi fácil, e ela adoecia facilmente, sempre tendo de ficar sob cuidados intensos.*

Foi necessário bastante estudo para que os historiadores pudessem entender um pouco mais sobre As Cinco Realezas. Após anos de pesquisa, concluíram que os cinco filhos faziam ano após o nascer do primeiro sol do outono. Quando as folhas caíam, uma grande festa era celebrada em toda a região. As cinco crianças recebiam presentes e bênçãos de todos os lugares. Contudo, quando Naya tinha 12 anos; os gêmeos, 9; Karashi, 7; e Ny, 6, algo inesperado aconteceu.

Especulações afirmam que as cinco crianças então adoeceram gravemente. Acordaram com dores inexplicáveis nos olhos. Os gritos eram tão altos que até os cavalos ficaram inquietos. Devido a isso, a celebração de aniversário foi cancelada e o monarca buscou um curandeiro. Acreditava-se que as crianças estavam passando por uma maldição colocada muito antes de nascerem e, por isso, o Daimyö teve de isolar seus filhos do restante. Por muito tempo, as crianças ficaram acamadas, sem conseguir abrir os olhos.

Muitas vezes, lágrimas de sangue escorriam pelas pálpebras e, quando os curandeiros tentavam abri-las, as crianças gritavam. Então, seus olhos foram protegidos com panos para que não fossem abertos de jeito nenhum até que eles conseguissem enxergar de novo.

Passaram-se dois anos até que, em uma noite de tempestade, as crianças se levantaram e abriram os olhos pela primeira vez. Contudo, não foi alegria que os pais e servos sentiram ao vê-los, mas pânico. O Daimyö ordenou que todos que viram o estado dos seus filhos fossem mortos, e a Kifujin pessoalmente cuidou de cada um; como mãe, tentou não ter medo dos olhos demoníacos de seus filhos.

Naya tinha olhos roxos; Sorín, azuis cristalinos, quase transparentes; Karashi possuía íris verdes-esmeralda, reluzentes e de cor intensa; Ny, olhos brilhantes e amarelados; mas Oxita... Seu terceiro filho estava com olhos vermelhos e, onde deveria ser branco, como os demais, era negro como a escuridão. As mãos da mãe tremiam ao chegar perto do filho.

Quando finalmente se acostumou com a aparência dos filhos, a mãe os escoltou para um riacho que ficava atrás do castelo. Ela se certificou de que ninguém visse as crianças e, ao chegar lá, começou a banhá-las. Entretanto, notou algo inusual. Seu filho mais velho controlou a água com os olhos, e sua primogênita, para irritar o irmão, a explodiu em diversas gotas. Karashi estabilizou o líquido transparente e, mesmo com os irmãos brincando lá dentro, o riacho ficou calmo. Ny não entrou na água porque estava doente, mas ergueu grãos de areia que estavam sob seus pés, e Oxita, que estava ao seu lado, evaporou a água quando seus pés tocaram a margem do riacho.

O diário da Kifujin foi encontrado alguns anos após sua morte e nele havia descrições de como as cinco crianças se divertiam ao manipular a água e o solo. No mesmo manuscrito estava registrado que um homem de olhos completamente negros apareceu no local e, ao ver o que faziam, alertou a monarca de que os cinco eram filhos de um Kami e disse para ela renunciar ao trono. A filha mais velha, Naya, de 14 anos, ouviu a ameaça e não permitiu que ele continuasse a intimidar sua mãe. A jovem olhou para o intruso e em questão de segundos a cabeça dele explodiu. Sangue se espalhou por todo o lugar e o corpo do homem caiu ao chão no mesmo instante. A monarca, imediatamente, ordenou que retornassem ao palácio.

Em seu relato, também dizia que ela guardou esse segredo de todos, pois sabia que sua família seria perseguida. E então, no oitavo outono, quando os cinco tinham 15, 12, 10 e 9 anos, respectivamente, a rainha contou para seu esposo o que aconteceu no riacho, e ele decidiu renunciar para protegê-los e entender melhor do que seus filhos eram capazes.

O pais dos cinco adotaram os nomes de Daigoro e Chiyo e então decidiram mudar-se para as montanhas. A família passou a viver isolada, como nômades, dedicando-se apenas aos filhos. Daigoro nunca foi um pai atencioso, suas crias o temiam. Já Chiyo tentava entender o que acontecia com seus filhos de forma calma e paciente, pois ela sabia que nem mesmo eles eram capazes de compreender.

Um dia, quando eles acordaram, perceberam que a cor dos seus olhos havia sumido e sido substituída por castanho-escuro. Isso gerou grande curiosidade em Daigoro, então ele passou a estudar seus filhos com rituais dos monges chinto para fazê-los voltar às suas verdadeiras formas.

Porém, ele se tornava cada vez mais violento e agressivo. Muitas vezes, Daigoro agredia seus filhos para conseguir algum resultado, e isso irritou Naya. Ao ver que sua mãe não fazia nada para impedir os ataques de Daigoro, no décimo outono, após completar 17 anos, Naya e Chiyo tiveram uma briga que terminou em morte.

Daigoro registrou em suas meditações o momento em que sua filha encarou Chiyo com os olhos roxos e, repleta de frieza, explodiu sua cabeça. O cérebro foi repartido em diversos pedaços, sangue escorria por toda parte e a cabeça de Chiyo ficou irreconhecível.

– Está se divertindo? – A voz que escuto me faz deixar a leitura de lado e olhar para cima.

– O que faz aqui? – pergunto e cubro o conteúdo dos livros abertos com os braços.

– Vim procurar meu primo – Ítalo responde e aponta para o rapaz da recepção. – Vi você aqui sentada tão concentrada que me perguntei sobre o que estava lendo.

– Não é nada demais, apenas curiosidade sobre uma coisa.

– Ah, entendi. – Ele puxa a cadeira que está na minha frente e se senta. – Sobre o que é? – Fico em silêncio e nós nos encaramos. Meu instinto diz que não devo confiar nele, então permaneço quieta e cubro mais os livros.

– É para o vestibular – minto. – Tenho de estudar se quiser entrar em uma faculdade, é importante ter um futuro promissor nesta era de jovens competitivos.

– Oh, você está certa. Pensei que era algo mais divertido, então não vou atrapalhar seu estudo. Boa sorte! – Ele sorri e pisca para mim ao se levantar e sair. Engulo em seco e volto para a história sem me incomodar com a interrupção.

Vejo fac-símiles de papéis antigos escritos em um idioma que não me preocupo em saber qual é e pulo alguns parágrafos que falam sobre o crescimento dos cinco filhos. Quando meus olhos encontram algo que me interessa, retorno à leitura.

Daigoro morreu pouco tempo depois de Chiyo. Os cinco filhos entraram em um consenso e decidiram que seu pai deveria morrer para que pudessem comandar as próprias vidas. Já adultos, eles entenderam que a maldição que tinham foi imposta por causa do pai. Em troca da fertilidade da esposa, os cinco filhos receberam o infortúnio e o antigo monarca aceitou a condição. Porém, eles não viram como algo ruim. Os cinco entenderam que seus dons mudariam o mundo e fizeram de tudo para ir além de seus limites.

Naya, aos 21 anos, aprendeu que controlava a mente. Sempre soube que era a mais poderosa entre os cinco irmãos e nunca fez questão de esconder isso. Ela se gabava. Sua condição fria e sem qualquer emoção, sua capacidade de dominar seus sentidos e sua espiritualidade eram o que dava cor aos seus olhos roxos. Por causa disso, Naya escolheu a ametista como símbolo de poder e ambição. Ela se tornou uma mulher poderosa, mas muito perigosa. Afastou-se dos demais por achar que não precisava de nenhum deles. Apesar de ter total controle sobre si, era gananciosa. Sempre buscou por mais poder e, por causa disso, começou a matar incansavelmente. O desejo por sangue e dominação tomaram conta dela.

Sorín, aos 18 anos, dominou completamente a água. Tudo que continha água ele controlava. Desde seres humanos e plantas até rios e lagos. Sorín era um homem equilibrado e tranquilo, a serenidade era uma qualidade dele. Seus olhos azuis cristalinos fizeram com que ele escolhesse o quartzo-azul como símbolo, pois ele representa a cura, uma de suas diversas habilidades. Tinha olhos profundos, podia fazer alguém sentir que estava se afogando apenas com o olhar. Era uma pessoa muito contida, apesar de mortal. Sorín, infelizmente, tinha muita inveja de seu irmão gêmeo, Oxita. Mesmo sendo uma pessoa centrada, Sorín não suportava ver Oxita e a grande atenção que recebia por onde ia.

Oxita, ao contrário do irmão gêmeo, comandava o fogo. Ele se tornou um homem feroz, seus traços eram fortes e rígidos. Tinha olhos de escleras pretas e íris vermelhas, o que sempre deixou seus irmãos incomodados, mas ele nunca procurou entender por que tinha esse diferencial. Para Oxita, isso o tornava mais viril. Era uma pessoa incontrolável, tinha sede por perigo e era quente. Como seu símbolo, escolheu o jaspe-vermelho, pois acreditava que isso o protegeria contra os perigos que sempre enfrentava e o ajudaria a ter mais força. Oxita sabia da inveja de seu irmão gêmeo, mas tudo o que ele sentia era ira. Sempre brigava e se descontrolava. A ira do fogo fazia com que Oxita destruísse tudo com apenas um grito.

Karashi era símbolo de equilíbrio, harmonia e vitalidade. O verde-esmeralda dos seus olhos brilhava sempre que ele entrava em contato com a natureza. Suas emoções estavam diretamente ligadas aos fenômenos naturais. Se ele chorasse, o céu chorava. Se sentisse raiva, o chão tremia junto com seus punhos. Por isso, a aventurina se tornou seu símbolo, já que Karashi sempre buscou bem-estar para si e para os seus irmãos. Ele sabia que, se algo acontecesse com ele, a população ao seu redor sofreria com isso. Era esse o motivo de ele ser tão aclamado no reino? Talvez. Porém, havia algo que sempre descontrolava o jovem de 16 anos. O sexo e o dinheiro. Karashi era lascivo, pecava pela luxúria, pelo desejo e pelo prazer. Suas atividades sexuais sempre deixavam seus irmãos desconfortáveis, ele sempre inovava e era louco por isso.

Ny era a irmã mais nova, de 15 anos. A jovem de olhos amarelos controlava a terra, o solo e as raízes. Seu dom estava interligado com o de Karashi, por isso ele a treinou por muito tempo. Diferentemente de sua irmã mais velha, Ny era alegre, otimista e sorridente. As cores dos seus olhos sempre trouxeram calor para os demais e por isso ela escolheu o citrino como símbolo, para lhe dar energia e positividade. Ny, apesar de ser a mais nova, era muito orgulhosa. Nunca demonstrou ter muito poder, era reservada, mas o orgulho que sentia a tornava solitária, pois ela sempre pensava em si. Suas brigas com Naya se tornaram cada vez maiores à medida que seu orgulho crescia.

Os cinco irmãos ficaram conhecidos como As Cinco Realezas. Depois da morte de seus pais, os cinco alastraram as regiões com seus dons e dominaram povos e mais povos. As Cinco Realezas decidiram então que deveriam se separar. Vendo que não poderiam continuar juntos, concordaram em criar cinco clãs. Um para cada. Assim, poderiam viver de acordo com seus próprios princípios e ensinamentos.

Eles se espalharam pelo mundo e, em pouco tempo, a quantidade de descendentes aumentou. Não se sabe ao certo como eles conseguiram espalhar tão depressa os dons, alguns acreditam que foi de forma natural, outros dizem que foi por meio de experimentos e bruxaria. Naya, em seus escritos, relata ter percebido que alguns de seus descendentes não nasciam com seus olhos. Estes eram pessoas comuns, enquanto outros possuíam os mesmos poderes que a progenitora. Por causa disso, os cinco se reuniram e entraram em um acordo. Os Elementares não deveriam conviver com as pessoas normais. Sorín acreditava que eles eram uma raça pura e por isso não deviam se misturar com as outras pessoas, e, sim, viver apenas entre eles, dentro do seu próprio clã. Por isso, qualquer criança que nascesse sem os dons seria exilada e aquelas que nascessem com os olhos seriam levadas para o clã específico das Cinco Realezas.

Porém, a separação não ocorreu como o planejado – leio em um sussurro e observo as imagens de crianças de olhos incomuns sendo arrancadas de suas mães – Algumas crianças desenvolveram mais de um dom devido à mistura de raças, mas o segundo dom só era percebido no seu sétimo ano de vida. Isso causou desordem no equilíbrio dos clãs e irritou As Cinco Realezas. Decidiram, então, buscar um famoso profeta, que vivia nas montanhas e dizia ouvir o sussurro dos Kamis *no vento da tarde, a fim saber o que aconteceria se essas crianças continuassem a nascer.*

> *Aquele que nasceu do fogo*
> *Cujo poder prateado domina*
> *Será a maldição ou a salvação dos cinco*

Os irmãos se opuseram a Oxita e, desde então, ficou permanentemente proibida a junção de clãs diferentes. Oxita e seu clã se revoltaram com os demais ao ver que eles os tratavam como desgraça, então se isolaram e prometeram vingança. Além disso, Naya ordenou a morte de todas as crianças que, no sétimo aniversário, manifestassem dois ou mais dons.

Tempos depois, no século XIV, no mesmo período da Sengoku Jidai, a Saisho no Sensö aconteceu. Oxita liderou seu clã em um ataque contra o clã de sua irmã mais nova. Ela e Karashi uniram forças, mas foram facilmente derrotados pelo exército do fogo, altamente treinado. Eles pediram ajuda a Naya, mas ela negou. Os dois se voltaram em oposição à irmã mais velha, fazendo com que ela se unisse a Oxita, causando mais guerra e morte. Sorín aceitou ajudar os irmãos mais novos, principalmente por causa de sua rivalidade com o irmão gêmeo.

O Saisho no Sensö durou muitos anos e, no final, Ny e Karashi foram massacrados por Naya e Oxita. Os sobreviventes renderam-se a eles e Sorín prometeu devoção e lealdade a Naya se ela o deixasse vivo. A irmã mais velha concordou, pois sabia das habilidades de Sorín e como isso a beneficiaria no futuro. Com a morte dos dois mais novos, os restantes uniram-se e fizeram dos descendentes da terra e dos fenômenos seus soldados.

Naya e Oxita já estavam em seu leito de morte quando escolheram seus sucessores. Sorín sempre teve uma saúde de ferro, consequentemente viveu por mais alguns anos após a morte dos irmãos. Ele estava ao lado de Naraíh e Hushín quando estes foram escolhidos para liderar os clãs, mas não sabia do romance proibido entre os dois. Pois, se soubesse, os mataria por traição.

Eles escolheram dois Elementares para liderarem o clã de Karashi e Ny novamente e, juntos, os cinco criaram uma aliança que tinha como símbolo um oito na horizontal cravado com as pedras de cada clã, marcando assim uma nova era para As Cinco Realezas.

A imagem no livro me deixa com a cabeça doendo. É o colar que ganhei de Chayun. É o mesmo colar, exceto pelo diamante no centro. Olho ao redor com cuidado e relaxo os ombros na cadeira para tentar assimilar tudo o que li sem parecer que estou louca. Massageio minhas têmporas e respiro muito fundo. Olho para outro livro de gravuras e passo algumas páginas, até que uma delas me prende a atenção. A imagem ocupa toda a folha e eu observo com atenção os detalhes.

Uma mulher de olhos roxos traja um vestido longo na cor branca e o capuz de um manto da mesma cor cobre sua cabeça. Seu rosto é sério e seu olhar frio. Sua mão segura com firmeza uma lança dourada, e seus dedos estão repletos de anéis, mas o que tem mais destaque é um solitário com uma ametista em seu dedo anelar. Não me surpreendo ao perceber que é a mesma pessoa que vi na festa, apenas solto uma risada frouxa.

Ao seu lado está um homem com um elmo na cabeça, mostrando apenas os olhos vermelhos. Ele é forte, traja uma armadura e segura na frente do corpo uma grande espada. Na ponta do cabo, um jaspe-vermelho brilha com intensidade.

Na outra página há uma curta descrição sobre os dois. Diz que Naraíh liderou os clãs por um século após ser amaldiçoada. Naraíh estava impedida de morrer, condenada a ver seu amado destruir a vida de todos os seus descendentes para que a profecia não se cumprisse.

Hushín tentou enganar uma bruxa depois de descobrir que ela o amava e, como vingança, ela pôs uma maldição nele. Ele estaria fadado a destruir qualquer vida que viesse dele e qualquer mulher que ele se atrevesse a amar. Exceto Naraíh, sua primeira amante. Os dois lutariam eternamente, incapazes de morrer, até que o filho dele com o poder prateado aniquilasse ambos.

Naraíh e Hushín aboliram a lei que proibia a relação entre clãs e as crianças que nasceram com mais de um dom foram nomeadas Herdeiros. Naraíh não acreditava na profecia, dizia que nenhuma criança merecia morrer por causa de erros de adultos. Contudo, os Herdeiros ainda não eram bem-vistos e por isso sofreram bastante no decorrer de suas vidas, sendo perseguidos e mortos. Devido a isso, eles se espalharam pelo mundo sem deixar rastros e tentaram viver entre as pessoas comuns.

Entretanto, os líderes das Cinco Realezas souberam que os Herdeiros não viviam muito. Na verdade, a expectativa de vida deles era de 20 anos, porque o corpo não suportava os dons e acabava sucumbindo.

– A história que a Júlia me contou é um pouco diferente. Me pergunto se ela fez isso de propósito ou se realmente acreditava no que me dizia – comento baixo e procuro outro livro sobre Hushín e Naraíh que fale a respeito dessa maldição.

Hushín e Naraíh, líderes do clã Oxita e Naya, tiveram um filho pouco tempo depois de caírem na maldição. A criança nasceu com os olhos roxos e, aos 7 anos, como esperado, desenvolveu o poder do pai.

Naraíh não acreditava que a maldição de Hushín fosse real, porque ele não apresentou qualquer mudança de comportamento durante o crescimento do filho deles. Eles viveram bem até o momento em que o menino dominou o fogo. Ver seu filho controlar o elemento fez com que Hushín matasse a criança com as próprias mãos. Naraíh o confrontou e os dois batalharam até não aguentarem mais ficar de pé. Infelizmente eles não morreram, mas, após isso, Hushín fugiu.

Com a morte de Sorín e dos outros dois líderes, Naraíh decidiu governar os clãs sozinha e observar todas as crianças descendentes de Oxita. Uma criança com o poder prateado era o maior medo dos

Elementares. No entanto, por um século inteiro, nunca souberam de ninguém que pudesse ter tal poder ou como ele se manifestaria.

Hushín foi consumido pela maldição e se tornou um assassino. Seus seguidores o ajudaram na busca pelo Herdeiro descendente de Oxita e, com o tempo, Hushín começou a fazer experimentos. Com o avanço da tecnologia, Hushín extraiu os genes de Elementares de cada clã e forçou o nascimento de Herdeiros na tentativa de fazer o poder prateado surgir. Durante esse período, ele e Naraíh batalharam diversas vezes.

– O descendente de Oxita com o poder prateado poderá salvar ou arruinar As Cinco Realezas... – Fecho todos os livros e passo a mão pelo rosto. – Poder prateado... – repito e penso mais um pouco. – O que seria isso? – Massageio as têmporas de novo e solto um gemido.

– Com licença – diz a voz do recepcionista.

– Sim? – Ergo minha cabeça para dar atenção a ele.

– Nós já vamos fechar. – Ele sorri com timidez e aponta para o relógio. Eu vejo que está perto de escurecer e me levanto rapidamente.

– Eu não vi a hora. Irei sair. Obrigada pelos livros.

– Ajudaram na sua pesquisa? – Ele sorri de novo e eu concordo, então saio depressa.

Percebo que estou suando. Isso me incomoda. Limpo a testa e chamo um táxi; mas, antes de entrar, noto a silhueta de alguém na entrada da biblioteca. Quando me viro para ver quem é, não há ninguém.

– Talvez seja coisa da minha cabeça – sussurro ao franzir as sobrancelhas.

– Não vai entrar? – pergunta o motorista. Entro sem falar nada e dou o endereço. Meu instinto diz que devo ir até lá, então faço isso. Estou preparada para qualquer coisa que aconteça, então o que quer que eu veja não me surpreenderá. Eu já sei o que preciso saber, então o restante será lucro.

Quando chego no portão, vejo que está aberto. Entro sem fazer barulho e paro na sala para pensar. Escuto vozes vindas do segundo andar, então subo devagar e sigo até um dos quartos. Pelo que percebo, é uma reunião. As diversas vozes falam ao mesmo tempo e parecem discutir algo.

– ...tegê-la para sempre – diz uma voz masculina quando me aproximo da porta. Ele está bravo e me repreendo por não ter chegado mais cedo para escutar tudo.

– Talvez protegê-la de você – uma voz familiar fala.

– De mim? Você é louca!

– Você tentou matá-la! – Grita ela. Seguro a maçaneta, mas não faço nada. Tenho de esperar o momento certo para agir.

– Jamais faria isso, Júlia. Eu estava apenas... brincando.

– Sua voz calma me irrita, desgraçado.

– O que quer que eu faça? – Samuel ri. – Era um teste. E ela não passou. Se tivesse passado, não se sentiria afogada apenas olhando em meus olhos.

– Diferentemente de você, ela não teve o preparo necessário. Você é tão mesquinho que me dá nojo.

– Obrigado.

– Você sabe que Naraíh irá matá-lo se souber o que fez. – Escuto Júlia vociferar, e eu franzo os lábios. Então a história que ela me contou foi inventada. Ela sabia a verdade e inventou aquilo por algum motivo que ainda não descobri. Aperto a maçaneta com mais força, mas continuo aguardando.

– Vocês dois estão me irritando – diz Juliana.

– Olha quem fala! Eu sei que a fez ter alucinações e abusou do seu poder para fazê-la perder os sentidos – Samuel diz. – Não aja como se fosse melhor do que nós apenas porque é mais velha.

– Eu não me importo com o que diz, Samuel.

– Então não vai se importar se eu disser isso a Naraíh, certo?

– Ora, seu...

Giro a maçaneta e escancaro a porta de uma vez a tempo de ver Juliana segurar a gola da camisa de Samuel com força. Todos me encaram, e eu dou um sorriso.

– Que falta de educação falar de alguém pelas costas.

– O que faz aqui? – pergunta Juliana ao soltar Samuel. Nós duas nos encaramos e ficamos em silêncio por alguns segundos.

– Se estão fazendo uma reunião sobre mim, eu deveria estar presente. – Atravesso o quarto e me sento em uma cadeira giratória que tem ali. Olho ao redor, fazendo contato visual com cada um deles.

Júlio está encostado na parede com os braços cruzados e uma expressão séria, Júlia está ao seu lado e, na frente dela, está Samuel. Diego sai do banheiro e sobe o zíper da calça quando me vê. Parece assustado, pois não esperava que eu aparecesse aqui. Juliana está do outro lado da cama e me encara com raiva no olhar. Raquel está sentada na cama e com um curativo na cabeça, mas ela está de cabeça baixa, e eu solto uma risada ao me certificar de que ela também sabia e não disse nada.

– Vocês são uma piada – falo e dou uma gargalhada. – Pretendiam esconder a verdade de mim e então me contar com a maior naturalidade e dizer o quê? Parabéns?! Ou acharam que eu ia me desesperar e chorar?

– Não – responde Júlio.

– Isso torna vocês menos patéticos. Quer dizer então que eu sou a descendente de Oxita com o tal poder prateado?

– É – ele responde de novo.

– Vamos ver se eu entendi direito... – Aperto a ponte do nariz e tento organizar meus pensamentos. – Eu sou filha do imortal Hushín com uma mulher chamada Vanessa. Sou um Herdeiro com o poder prateado e vocês são seres elementares, descendentes das Cinco Realezas, cujo objetivo ainda não descobri qual é. Talvez me matar, porque sou uma ameaça.

— Não pretendemos matar você — Diego se pronuncia. — Nosso objetivo é a proteger.

— Com certeza. Juliana e Samuel tentaram me matar e você e Júlio lutaram contra mim para me testar. Grande proteção.

— Você não parece querer entender as coisas — ele diz.

— Eu entendo, Diego, eu não sou burra. Por muitos séculos a raça de vocês procurou por mim. — Ergo os dedos e faço um movimento com eles para formar aspas quando falo "raça". — Isso significa que dependem de mim, certo?

— Não se ache tanto — diz Juliana ao vir até mim. Pela primeira vez, vejo a transformação dos seus olhos e caio na realidade. Sua íris verde fica escura com tanta rapidez que mal acompanho quando elas mudam de cor para um roxo feroz. Meu cérebro entra em alerta quando a vejo erguer a mão para mim e, antes que ela faça algo para me ameaçar, bato em sua mão e agarro seu pescoço.

Os outros se espantam, mas não fazem nada, me observam apertar o pescoço da mais velha com os dedos.

— Preste atenção, *meu bem* — falo com um sorriso —, você pode ser a mais velha e até a mais poderosa, só não se esqueça de que eu posso matar você apenas com uma mão. Então, não me teste.

— Solte-a, Renata — ouço a voz de Carla e direciono meu olhar para a porta sem soltar o pescoço de Juliana. Seus olhos estão completamente brancos e eu me pergunto o que ela pode ser. Um demônio? Guardo minha curiosidade e tento me conter enquanto a olho. — Por favor.

Cerro o olho com cuidado e afrouxo o aperto no pescoço de Juliana, dando espaço para que ela se solte e se afaste de mim. Todos os presentes me encaram, e eu suspiro.

— Mas, então, o que seria o poder prateado? E o que significa? — pergunto ao me sentar novamente na cadeira giratória.

— Nós não sabemos — diz Samuel ao intercalar o olhar entre mim e Juliana. Os demais estão estranhamente quietos.

— A única coisa da qual temos certeza é que você é a última descendente de Oxita — Raquel se pronuncia, mas não levanta a cabeça para me olhar. — Diego é um Oxita, mas não é descendente.

— Um experimento? — dirijo minha pergunta a ele.

— Não exatamente. Minha mãe foi um experimento, então acabou passando os genes para mim. Eu não tenho ligação direta com As Cinco Realezas, mas possuo as habilidades de Oxita.

— Como sou filha de Hushín, tenho ligação direta — deduzo.

— Sim, e por isso acreditamos que é a última. Ele está caçando você incansavelmente, mas não sabe se você tem o poder prateado.

— E como sabem que sou o Herdeiro da profecia?

— Por causa daquele incêndio. — Dessa vez, Raquel me olha e eu sou pega de surpresa. — Você tem a ira do fogo que foi despertada quando tinha 7 anos. Isso prova que é descendente direta de Oxita e, como única filha de Hushín, você se torna o principal alvo. Nesses 19 anos, eu não presenciei os outros dons em você, mas, quando recebeu o colar, eu soube que tem o poder prateado.

— O diamante no colar — completo seu raciocínio com um pouco de cautela. — Como despertar os dons?

— Não sabemos exatamente, mas acredito que uma forte carga de emoção possa libertá-los — Carla se pronuncia.

— Então Renata nunca liberará isso — Júlio comenta com humor, mas ninguém ri. — Esqueçam. Pode haver outros métodos, nunca fizemos experimentos ou testes. Nossa função, dada por Naraíh, é proteger você. Ela não acha que o último Herdeiro vai destruir a raça.

– Vocês dizem que sou o último Herdeiro, mas nem vocês sabem se é verdade. – Solto uma risada sarcástica e me levanto da cadeira. – Me poupem disso agora. Eu não quero ter contato com esse mundo fantasioso e eu não preciso de proteção. Nunca precisei, na verdade. – Ofereço um sorriso para cada um e saio do quarto.

Noto que alguém vai tentar me impedir, mas outra pessoa diz "ela só precisa de um estímulo" e a pessoa para. Eu ignoro e caminho para a escada. Estou descendo os degraus quando *flashes* me atingem e me impedem de pensar direito.

E então os gritos começam.

Desço as escadas devagar e coloco as mãos na cabeça, pois não consigo andar direito por causa dos *flashes*, e os gritos só aumentam. Minha respiração fica ofegante e eu franzo o cenho com força. Chego na base da escada e tento me segurar na parede, mas os gritos ficam cada vez mais altos. Ouço minha própria gargalhada, ouço tiros e mais gritos, súplicas e pedidos de misericórdia. A oração para o anjo da guarda de uma criança invade meus ouvidos ao mesmo tempo que meus gemidos de prazer ecoam dentro da minha cabeça a cada assassinato.

Controle-se!

A voz surge e sinto a raiva tomar conta de mim. Abro a porta e saio da casa na tentativa de afastar isso, mas os gritos permanecem. "Saia da minha cabeça", penso com irritação e uma lembrança me atinge com tanta força que perco o equilíbrio e caio no chão.

Felipe está em cima de mim. Ele está apertando meu pescoço, me enforcando enquanto gozo. As lágrimas de dor escorrem pelo meu rosto quando ele me penetra e eu grito junto com minhas vítimas que berram em meus ouvidos.

Coloco as duas mãos na cabeça e escuto uma risada de criança. A risada de Rafaela.

Eu senti sua falta, Rê. A voz infantil da única pessoa que falava "Rê" ecoa em minha cabeça, que começa a doer mais. Sinto minha garganta fechar e o gosto de sangue impregna minha língua. Me levanto do chão e tento caminhar, atravesso a rua depressa, ignoro os semáforos e caminho até chegar nos limites da cidade.

"Saia da minha mente!", repito, mas a risada de Rafaela permanece e as súplicas aumentam. Minha visão está embaçada, tudo gira e eu não consigo raciocinar direito. Os *flashes* de luz continuam e eu sinto meu corpo queimar quando entro na mata.

Fogo. Está tudo queimando.

Vejo a casa pegar fogo. Eu e Rafaela estamos presas no quarto e as chamas queimam minha pele. Eu corro para fugir delas, mas elas me seguem e me prendem dentro do quarto. *Rê, eu estou com medo.* Rafaela... Onde ela está?

— Rafaela! — grito. — Rafaela, onde você está? — Entro mais na floresta e procuro por ela. Minha respiração está pesada, o fogo se espalha mais depressa e eu tento fugir da casa. Começo a tossir sem parar, meu rosto arde, e eu tento proteger meus olhos e as queimaduras ao redor dele. O que está queimando?

Tento respirar fundo, mas o cheiro de queimado é forte demais.

Rê, eu estou com medo, escuto novamente e grito. Corro mais depressa no intuito de fugir do incêndio, mas não consigo. Tento me lembrar de como eu o iniciei, mas não consigo. Minhas lembranças são confusas, turvas. O pensamento faz minha cabeça doer, eu não consigo compreender, e ela lateja mais forte. O fogo me cerca e eu tento me concentrar, despistar essas imagens e esses sons.

– Saia da minha mente AGORA! – grito e tudo para. O silêncio predomina, e eu olho ao redor, observando o que aconteceu.

Está escuro, já anoiteceu e eu não percebi. Não sei quanto tempo se passou, minha cabeça ainda dói. Respiro com dificuldade, estou inteira transpirando e meu corpo pesa. Eu me deito no chão e olho para cima, encarando o céu e as estrelas. O vento frio não me faz tremer, então tento apenas acalmar minha respiração e entender o que aconteceu.

Sou descendente de Oxita e possuo a ira do fogo. Mas como saber se tenho os outros dons? O que é necessário fazer para que eu os desperte? E quantos eu tenho? Afinal, o que é o poder prateado? Eu me lembro do colar, o símbolo da aliança entre As Cinco Realezas, e penso no diamante. Um poder prateado... "Prateados como um diamante", disse Vanessa sobre meus olhos quando nasci.

– Aquele que nasceu do fogo, cujo poder prateado domina, será a maldição ou a salvação dos cinco – repito a profecia em voz alta e acalmo minha respiração. O chão frio me ajuda a relaxar. – Descendente de Oxita... Ira do fogo... Olhos prateados... Poder prateado... As Cinco Realezas. – Fecho os olhos por um momento para entender o que estou dizendo e dou um leve sorriso. – Ah, eles têm razão. Eles não fazem a mínima ideia do porquê, mas eles têm razão. – Encaro o céu novamente e fico em absoluto silêncio quando entendo o que isso significa. Eu tenho o poder prateado, Vanessa previu isso no momento em que nasci e Raquel não percebeu, por isso eles não têm certeza.

Eu realmente sou o último Herdeiro, mas não uma salvadora.

O líder dos clãs: Naraíh

Quantas horas haviam se passado desde que saí da reunião? Eu estou com algumas dúvidas, mas não sei como irei retirá-las, já que aquela galera provavelmente mentirá. Aperto a ponte do nariz e penso em uma forma de andar pela cidade sem chamar atenção. Fico intrigada, pois não sei como fazer isso, já que não trouxe celular e não sei como me comunicar com os demais.

— Você tem sorte em ter alguém como Naraíh na sua cabeça. — A voz de Juliana me faz revirar os olhos e ergo a cabeça ao vê-la sentada em um dos galhos das grossas árvores. — Maconha? — Ela me mostra um *beck* e uma roupa nova. Cerro os olhos ao ver que ela sorri para mim.

Juliana pula e vem até mim ainda com um sorriso. Eu deveria me preocupar?

— Relaxa, Renata. Você é o último Herdeiro. Eu não faria nada para machucá-la.

— Não é com isso que estou preocupada.

Ela acende o *beck*, dá uma tragada e me oferece. Eu aceito e repito o que ela faz.

— Uh, eu estava precisando disso. Valeu – falo enquanto sinto a fumaça subir.

— Naraíh me enviou aqui. Ela me pediu que eu a ajude a se recuperar, então pensei em trazer algo que relaxasse.

— Isso realmente é uma boa ajuda. – Dou uma risada e ela me passa o baseado. – Isso é o quê? Uma trégua?

— Podemos dizer que sim.

— Foi você que me fez alucinar quando saí da reunião?

— Sim.

— Por quê?

— Acreditei que uma forte carga de emoção faria com que despertasse. – Ela responde – Mas, como Júlio disse, você parece não sentir isso.

— Rafaela não é meu ponto fraco, se é o que quer saber. – Eu pego a garrafa de plástico e despejo o restante da água em minhas mãos para lavá-las melhor. – Ela é apenas algo que não pude ter muito tempo.

— Você não precisa me explicar. Eu falhei, então não sei como fazer você despertar os dons. – Juliana se levanta e me oferece uma roupa limpa. Aceito com educação e me troco na sua frente.

— Adrenalina – respondo enquanto visto o *jeans*. Juliana parece não entender, então não me dou ao trabalho de explicar.

— Permite que eu melhore seu rosto? – Ela retira de sua bolsa um pouco de maquiagem e eu franzo o cenho. – Você parece doente.

— Acho que está me preparando para algo. – Fecho os olhos e deixo que ela passe um pouco de pó no meu rosto, incluindo a área dos meus olhos que escondo com o cabelo. Ela ignora meu comentário e continua o trabalho.

— Se sente melhor? – Juliana sorri e pega as coisas que estão no chão. Eu concordo e ela se afasta. – Faça o que achar melhor agora.

— Você está confiando demais em mim.

— Isso é errado? — A descendente de Naya franze as sobrancelhas, e eu sorrio.

— Com certeza.

<hr />

Quando chego em casa, percebo que as luzes estão acesas e suspiro, cansada. Está tarde, mas não sei ao certo quanto tempo passou. Massageio um pouco meus ombros e passo os dedos na testa para retirar o suor que insiste em pingar.

Ao entrar, dou de cara com *ela*. Olho atentamente para Naraíh e chega a ser inacreditável como sua aparência é a mesma do livro. Ela parece jovem, os olhos são realmente frios e inexpressivos, como nas gravuras, e seus dedos são finos, longos e delicados. A pele dela parece ser tão sensível que, se eu tocar, ela vai rasgar... A mulher traja o mesmo vestido branco, mas não usa o manto. Todo o seu ser emana elegância e poder.

Nós duas nos encaramos por alguns segundos, até que ergo a sobrancelha.

— Algum problema? — pergunto e ela pigarreia.

— Eu só estava tentando entender seu comportamento.

— Achei que já sabia, já que está na minha cabeça há anos. — Reviro o olho. — Por muito tempo eu quis matar você.

— Eu sei disso. Seus pensamentos eram... gritantes. — Sua voz é educada e controlada. Naraíh parece ser o tipo de mulher que não se abala com nada, a elegância em sua postura é nítida.

— Desculpe-me se isso atrapalhou seu sono.

— Não faça piadas desnecessárias. — Ela cruza as pernas e apoia as mãos no joelho. — Eu conheço seu interior, mas confesso que seu comportamento é muito curioso. Sua personalidade é, no mínimo, peculiar. — Eu não digo nada. Não tenho curiosidade em saber o que ela pensa de mim, isso é irrelevante. – Eu achei que não aceitaria a situação. Descobrir que é o último filho de Hushín e ter o poder prateado não é algo que um ser humano normal aguentaria.

– Ser o último Herdeiro não parece grande coisa. – Ajeito o cabelo na frente do olho e volto minha atenção para ela. – Por que eu me surpreenderia ao saber que As Cinco Realezas existem?

– Muitos Herdeiros cometeram suicídio quando souberam que poderiam ser o último. É um fardo pesado.

– Nada que não possa ser revolvido com uma morte bem realizada. – Sorrio e pisco para Naraíh. Sua expressão não muda, ela permanece calma.

Nós ficamos em silêncio por um momento. Ela tem razão quanto a um ser humano normal não aguentar o peso de ser filho de Hushín, mas eu não sou como os outros. Sou superior a eles.

– Você sabe como despertar o poder prateado, não sabe? – Naraíh retorna a falar, e eu pisco.

– Por que a pergunta?

– Porque você sente que tem conhecimento sobre algo que os demais não têm, e isso faz você se sentir melhor que eles. – Reflito sobre isso, porém não deixo transparecer. – Eu sei que você sabe. Você chegou a essa conclusão sozinha, é uma mulher muito inteligente. Você despertou aos 7 anos, correto?

– Não sei do que está falando.

Naraíh respira fundo e olha diretamente para o castanho do meu olho.

– Devo fazê-la recordar, Renata? – Franzo o cenho e minha visão escurece rapidamente. Quando pisco, revivo o dia do incêndio. Contudo, sou uma mera observadora, não participo da cena.

– *Rê, não acho que devemos fazer isso.* – *Rafaela puxa a manga da minha blusa, mas eu a empurro para longe.*

— Não se meta se é medrosa. — Meu olhar é feroz, isso a assusta. Volto a acender o fósforo e olho atentamente para o fogo. — O fogo é perigoso, mas, se nós o controlarmos, ele estará a nosso favor. — Olho novamente para ela e vejo que minha pequena irmã treme. Isso me diverte. — Não se preocupe, você é minha. Ninguém vai fazer nada contra você enquanto me tiver ao seu lado.

— Mas alguém pode se ferir, Renata...

— Olhe isso. — Mostro a chama no fósforo para ela e seus olhos se arregalam. Diferentemente de mim, Rafaela teme aquilo. Meu sorriso e animação se tornam maiores quando o palito diminui e o fogo se aproxima do meu dedo. — Você não quer segurar? Não machuca.

— Mas e se eu me queimar? — Minha irmã de 5 anos alterna o olhar entre mim e a chama.

— Eu não estou me queimando. — Sorrio e jogo o fósforo para trás sem me preocupar em apagá-lo. Abro a caixinha e acendo outro, dando-o para Rafaela no momento que o fogo aparece. Ela segura com as mãos trêmulas e olha atentamente. — Viu?

— Rê, está ficando quente. — Rafaela me olha com desespero, mas não larga o palito. — Rê, o cheiro é forte.

— Não largue. Se eu fui capaz de aguentar o fogo, você também aguenta. — Seguro a mão dela com força e não deixo que ela solte o palito. A pequena chama se aproxima cada vez mais dos seus dedos, e ela começa a chorar.

— O cheiro está ficando mais forte... — Eu não a respondo, apenas observo o calor ficar mais próximo da sua pele. Rafaela chora e tenta soltar o palito enquanto eu continuo apertando sua mão. — Rê, estou com medo.

E então eu também sinto o cheiro, e o calor finalmente me incomoda. Olho para trás e vejo as chamas subirem e destruírem uma das cortinas da sala. Pego Rafaela pela mão e vou para o lado oposto, afastando-me do fogo que começa a se espalhar pela casa.

— Larga isso — eu ordeno para ela ao olhar o fósforo em sua mão. Subimos as escadas e corremos para o quarto. Quando entramos,

Rafaela deixa cair o fósforo em uma das almofadas e a situação não fica fácil. – Sua idiota. Deveria ter jogado para longe, não aqui.

Por alguma razão que eu não entendia na época, o fogo se espalha ao nosso redor e nos prende dentro do quarto. Rafaela chora mais quando as chamas alcançam o teto e fica cada vez mais feroz.

– Fique atrás de mim! – grito para Rafaela.

– Estou com medo, Rê. – Ela me abraça e nós nos encolhemos mais no canto enquanto o fogo destrói a casa.

– Eu vou te proteger, Rafaela – falo com a voz infantil, porém firme. – Eu sempre vou te proteger – engulo em seco ao sentir o incêndio se aproximar –, porque você é minha – sussurro e encaro com raiva o fogo.

– Rê, o teto! – grita. Quando a tábua começa a cair, empurro Rafaela para longe e a madeira despenca no meu rosto. Ouço seu grito ao mesmo tempo que sinto minha pele queimar.

Com a descarga de adrenalina, empurro a madeira para o lado sem me importar com o fogo e me levanto com dificuldade. Sinto algo diferente em mim, algo que despertou no momento que vi que estava prestes a morrer. Uma força extraordinária me atingiu e o fogo não doía mais. Eu vi que, quando movi a mão, ele se afastou. Como se eu o controlasse. Mesmo com o rosto sangrando e sem conseguir enxergar direito, vou até minha irmã e seguro seu braço. Nós nos encaramos e ela grita com pavor.

– O que aconteceu com você? – Ela chora alto e eu ignoro.

– Cale a boca! Eu disse que ia protegê-la, então farei isso. Mas, se continuar gritando desse jeito, eu a deixo aqui. – Nós nos encaramos, e ela segura minha mão com força. Estou determinada a passar por aquela porta, e o fogo segue o meu comando quando eu começo a correr para fora do quarto.

Quando estamos prestes a sair pela porta, consigo ver meu rosto queimado no espelho e a cor prateada dos meus olhos. Eu ignoro isso e sigo firme, mas o lado de fora está pior do que antes. Toda a casa pega fogo e não temos como sair. Rafaela está quase perdendo a consciência por causa da fumaça, e eu olho para todos os lados em busca de uma saída.

— Renata! — Escuto a voz de um homem. Quando observo sua silhueta, vejo meu pai tentando vir até nós. Ele corre e nos segura em seus braços com um abraço desesperado. — Renata, precisa sair daqui!

— O que faz aqui? — pergunto com autoridade, e ele começa a chorar. Seus olhos escuros parecem tristes ao me ver desse jeito e suas roupas estão chamuscadas.

— Eu vou levar Rafaela nos meus braços. Desça as escadas depressa, tente não se machucar. — Ele toca meu rosto e beija minha cabeça. Ele está velho, não sei como conseguirá levar Rafaela. Eu não digo nada, apenas saio correndo.

Desço as escadas sem me incomodar com o fogo e saio da casa depressa. Não sei quanto tempo se passou desde que o incêndio começou, mas, quando caio no chão, os bombeiros correm até mim para me socorrer. Segundos depois, acontece uma explosão e tudo na casa desmorona. Minha respiração está fraca e noto que toda a minha força se foi. Olho para trás com o olho arregalado, sentindo uma imensa dor no rosto.

— Menina, tinha mais alguém na casa? — Um dos bombeiros me pergunta. Eu olho para ele com dificuldade e vejo sua expressão de espanto. — Chamem logo a ambulância! Essa garota precisa de um médico imediatamente. — Todos começam a correr de um lado para o outro, as sirenes são altas e eu sinto meu corpo pesar, caindo de novo no chão.

Pisco com força e estou sentada no sofá de novo. Encaro Naraíh e vejo que ela está na mesma posição de antes, a calma e tranquilidade em seus olhos me irritam.

— E daí? — pergunto.

— Você causou o incêndio de propósito. Você sabia que tinha comando do fogo e fez aquilo para testar seus limites, mesmo que custasse a vida da sua irmã e do seu pai.

— Hoje eu sei que ele não é meu pai, que diferença isso faz? Já se passaram muitos anos. O seu discurso sentimentalista não vai me abalar.

— Não pretendo fazer isso. Estou tentando conhecê-la melhor. E vejo que não se importa em machucar pessoas para conseguir o que quer. — Eu fico em silêncio e deixo que Naraíh tire suas próprias conclusões sobre mim. — Você viu seus olhos prateados. Desde o momento em que leu sobre As Cinco Realezas, você sabia. — Naraíh para de falar e pensa por um momento. — Na verdade, você sabe sobre eles desde o dia em que ganhou o colar.

Eu sorrio de lado.

— Você é inteligente.

— Você está enganando todo mundo que quer ajudá-la? — Naraíh cerra os olhos.

— Não diria enganar. Essa palavra é muito forte. — Troco de posição mais uma vez e me sinto no topo de novo. — Eu ainda não descobri o que a cor dos meus olhos representa, nem como posso usar isso a meu favor. Acredito que precisarei de vocês para descobrir. É muito fácil deduzir que o poder prateado é relacionado aos Herdeiros, quero ver descobrirem o que ele faz.

— Já tentamos.

— Eu sei que já. E por isso precisam de mim. Vocês me temem mais do que querem me proteger, e eu não me incomodo com isso. — Estalo os pulsos e dou de ombros. — Tenho muitas dúvidas, mas não é o momento certo de tirá-las.

— Hushín tem um exército, Renata. Sei que quer matá-lo, mas não conseguirá fazer isso sozinha. Ele tem séculos de experiência. Precisará de nós assim como nós precisamos de você.

— Um trabalho em equipe. É o que quer dizer?

— Sim, um trabalho em equipe. Sinto que ele está brincando conosco enquanto avança com seus experimentos...

E isso é perigoso. – Naraíh fecha os olhos e posso ver a tristeza em sua fala. – De todos aqui, eu sou a única que conhece seu rosto. Sabe-se lá o que ele está fazendo agora ou com quem está. Não podemos baixar nossa guarda.

Novamente ficamos em silêncio, e, mais uma vez, Naraíh inicia a conversa.

– Você sabe o que é um eclipse? – Ela olha rapidamente para mim.

– Claro, é um fenômeno celestial. Por quê?

– OK, você sabe o mínimo. Existem alguns tipos de eclipse, mas o eclipse solar total é que interessa. Os eclipses são muito importantes para as Realezas porque podem intensificar os dons deles. Tanto o solar quanto o lunar causavam algum efeito neles, e os clãs Hikari e Kuro também obtinham suas vantagens. Não sei se sabe, mas as guerras daquela época aconteceram em momentos de eclipses exatamente por causa disso. De qualquer forma, acho que você não tem conhecimento de que o próximo será no dia 22 de julho do ano que vem.

– O próximo eclipse solar será em 2009? – pergunto.

– Sim, Renata. – Sua voz preenche meus ouvidos. – No próximo ano acontecerá o maior eclipse solar total deste século, e por isso eu acredito que é quando Hushín atacará. Porque ele estará mais forte e usará isso como vantagem.

– Certo... – murmuro.

– Ele já está treinando, então acredito que seja importante você saber dessa informação.

– De fato. Mas, de qualquer modo, isso não é algo que me preocupa. Estou mais interessada em saber o que Carla é.

– Se refere aos olhos brancos dela? – indaga mesmo sabendo a resposta. – Carla faz magia branca. Antigamente, existiam dois clãs que não foram inclusos nos livros de História por causa de suas práticas. Magia branca e magia negra.

O Clã Hikari tinha olhos inteiramente brancos e seus poderes ficavam mais fortes na luz do Sol. Eles estudaram o corpo humano por séculos, muito antes de as Realezas nascerem. Suas habilidades derivam dos ossos.

– Ossos?

– Sim. Lâminas de espadas criadas a partir de ossos, flechas, lanças e outros materiais.

– Então também existe alguém com olhos completamente negros – falo ao me lembrar da história em que Naya matou uma pessoa com olhos assim e da pessoa que me atacou no galpão.

– Esses são os usuários de magia negra. O oposto do Clã Hikari, o Clã Kuro estudou a natureza do mundo material. Suas habilidades eram, entre tantas outras, a bruxaria, e suas aparências não eram agradáveis. Eles tinham poder na noite. Sem o calor do Sol, eles podiam se fundir nas sombras.

– E onde eles estão hoje?

– Não sabemos. Originalmente, Naya exterminou o Clã Raito – diz Naraíh. – Em seu tempo de glória, torturou e matou todos que encontrou. Ela se tornou aliada do Clã Kuro para que pudesse ter mais poder. Carla é uma descendente e por isso não suporta qualquer descendente de Naya. Seja eu ou Juliana.

– Acho que Carla também está envolvida nessa minha proteção.

– Sim. Mas não se preocupe, isso é algo que ela poderá lhe explicar. – Naraíh sorri e se levanta. – Eu devo ir agora. Renata, me ouça. – Ela caminha até o corredor e para quando vai dirigir a palavra a mim. – Não use seus dons contra aqueles que querem ajudá-la. Descubra sobre o poder prateado, mas não sozinha. Se quiser ajuda para entender mais a respeito disso, converse com alguém experiente.

– Quem seria essa pessoa?

– Sua mãe.

27 O sentido de uma profecia

Vou para o meu quarto e me deito, respirando fundo e assimilando tudo o que aconteceu nas últimas horas. Se eu quiser sobreviver a isso, devo estar dois passos à frente de todos eles. Sejam meus inimigos ou aliados, eu não posso depender completamente de nenhum. Sei que já tenho a prova para o poder prateado, que são meus olhos, mas eles ainda não descobriram. Agora preciso saber o que ele significa e, para isso, eu preciso do colar. Onde ele pode estar?

Naraíh acertou quando disse que eu percebi sobre o poder prateado no momento que recebi o colar. Aquela cena nunca saiu da minha cabeça e, por algum tempo, achei que tivesse sido apenas algo da minha imaginação, coisa de criança ou momento de desespero. Contudo, receber o colar de Chayun só confirmou o que eu já desconfiava. Eu sou superior aos outros e estou destinada a realizar grandes feitos. Só que eu nunca disse se seriam positivos ou negativos para aqueles que dependessem de mim, e Naraíh sabe disso.

Acho que ela tem medo de que eu destrua o mundo do qual ela cuidou por tanto tempo e por isso tentou me limitar através da voz na minha cabeça. Reconheço que Naraíh é mais experiente e que pode me matar antes que eu pense em fazer algo contra ela. Aliás, mesmo que eu tentasse, eu não conseguiria me livrar dela. Pelo menos não agora, quando nem sei direito quais dons eu tenho, exceto o fogo.

Uma batida na porta faz com que eu desperte de meus pensamentos, e logo Raquel entra cabisbaixa, meio receosa. Nós nos encaramos brevemente e me levanto da cama ao direcionar meu olhar para o seu ferimento na testa.

Endireito os ombros e volto a encará-la, esperando que ela inicie a conversa.

– Eu sei que descobrir as coisas dessa forma foi... intenso – diz. – Eu sei que está brava e que quer matar todo mundo para que se sinta no comando de novo, mas é importante que entenda algumas coisas que podem iluminar seus pensamentos.

– Como o quê? – pergunto.

– Rafaela era minha filha. Eu a tive depois de me casar com um homem chamado Davi, o seu pai. Você pode achar que ela não é sua irmã, mas ela é. Eu sei o que sentia por ela e hoje eu entendo. Eu sinto muito por nunca ter conseguido lidar com você antes, por me esconder e deixar que se transformasse... nisso.

– Você sabe que eu causei o incêndio e matei sua família? – Pendo a cabeça para o lado e vejo lágrimas rolarem no rosto de Raquel. Ela concorda rapidamente e funga. – E mesmo assim você me ama?

– Você é minha filha e minha família desde o momento que a coloquei em meus braços, Renata. Eu jamais odiaria você. Mesmo que tenha causado o incêndio que tirou a vida de Rafaela e de Davi, eu amarei você até meu último momento. – Eu fico em silêncio para que ela continue. – Eu nunca vi seus olhos prateados, eu acreditava somente que era filha de Hushín, mas Vanessa comentou sobre eles no dia em que nasceu, e eu acreditei nela. Naraíh entrou em contato comigo depois que você começou suas atividades e me auxiliou para lidar com isso. Disse também que ajudaria você da melhor forma.

– Foi Naraíh quem nos convocou para Porto Alegre?

– Sim, foi. Ela disse que reuniu os descendentes das Realezas e que eles iriam estudá-la para saber se você era ou não o último Herdeiro. Eles não tiveram muito êxito e, por causa disso, você passou por muitos problemas.

– O que Vanessa era? – Olho para seu rosto e ela hesita por um momento.

– Ela era uma descendente de algum Herdeiro, mas não teve os dons despertados. Por causa disso, ela podia ver os verdadeiros olhos das pessoas, mas acho que Hushín nunca soube. Acredito que ela teve medo de dizer antes do tempo e acabar sofrendo antecipadamente. E eu também acho que, depois que pegar esse colar, perceberá coisas que antes não eram possíveis.

– Falando no colar... – penso por um momento. – Você sabia o que ele era quando eu o levei para casa?

– Sim, eu sabia.

– Está com ele? – pergunto e vejo que ela o retira do bolso. Existe uma fina linha entre nós duas e ela não quer romper. Raquel me entrega a joia, e eu a analiso com cuidado.

Ametista, jaspe-vermelho, quartzo-azul, aventurina e citrino. Os símbolos das Cinco Realezas com seus respectivos significados e, no centro, o diamante, representando o poder prateado do último Herdeiro que será a maldição ou salvação dos cinco. Então um pensamento surge, e eu finalmente entendo o que significa o poder prateado.

— O que é o colar? — pergunto ao segurar o cordão na mão, deixando o pingente pendurado no ar.

— O colar é a chave para os seus dons. As pedras simbolizam não só o poder de cada um, mas a força e a hierarquia. Dos mais velhos para os mais novos. Dos mais fortes para os mais fracos.

— Karashi controla os fenômenos, isso significa água, fogo, terra e ar... Está errado?

— Não exatamente. Concordo com você que Karashi pode provocar uma tempestade, causar terremotos, um *tsunami* etc., mas ele não controla o ar. O ar não pode ser controlado, nunca apareceu alguém assim, acho que seria algo impossível no mundo elementar. De qualquer forma, Oxita e Sorín são mais velhos que Karashi, então mesmo que um descendente de Karashi tenha mais poder que eles, ele deverá respeitá-los. Essa é a base da aliança formada entre As Cinco Realezas.

Eu me lembro então da briga que aconteceu na nossa sala e como Júlio, Diego, Samuel e Juliana falavam sobre serem mais velhos e que deviam respeitar isso. Como eu suspeitava, o respeito está acima de qualquer coisa. Júlio é mais poderoso que Diego e nasceu primeiro, mas, por ser descendente de Karashi, deve respeito ao descendente de Oxita e assim sucessivamente.

— Como eu descubro se existem descendentes por aí? — questiono.

— Apenas com o tempo e a experiência. Eles não saem por aí mostrando que possuem os dons, a cor dos seus olhos só aparece em momentos de forte emoção ou adrenalina, vida ou morte, algo que instigue o instinto de sobrevivência. Entretanto, quando você tiver experiência, talvez possa ver.

— Já aconteceu outras vezes... Eu vi algumas vezes os olhos verdes de Júlio, mas achava que era apenas a luz ou coisa da minha cabeça.

– Com o tempo você poderá ver com mais frequência e nitidez. Eu tenho certeza de que Naraíh lhe ensinará como. Além disso, acho que já sabe, mas quero que não se esqueça. – Eu pisco e vejo Raquel respirar fundo antes de continuar. – Cada Realeza tem habilidades únicas. Naya explode o cérebro das vítimas; Sorín tem poder de cura; Oxita faz o corpo da pessoa queimar de dentro para fora, entrar em combustão e carbonizar; Karashi tem capacidade de criar uma chuva de granizo, por exemplo; e Ny sente movimentos a quilômetros de distância apenas tocando a terra. Todas as habilidades foram desenvolvidas para ajudarem no campo de batalha, mas nem todos os descendentes e experimentos conseguem desenvolvê-las. E tem mais uma coisa...

– Mais? Os cinco irmãos gostam de desenvolver muita coisa.

– Cada irmão domina um sentido – ela diz sem se importar com minha piada. Eu franzo a testa e Raquel coloca as duas mãos nos meus ouvidos. Eu não me movo e apenas aguardo a explicação. – Naya tem superaudição. Ela pode ouvir tudo se quiser. – Raquel desliza as mãos e para em meu olho. – Sorín tem visão aguçada, por isso ele consegue fazer o inimigo sentir que está se afogando ao olhar diretamente para ele. Ele pode ver tudo, se quiser. – Agora, suas mãos tocam meu nariz. – Karashi sente o cheiro. Com o olfato, ele sabe se você está com medo, excitado, nervoso. O odor que seu corpo transpira diz muito sobre você, então nunca conseguirá enganar o olfato dele. – Ela desce os dedos lentamente para a minha boca. – O paladar quem domina é Oxita. Principalmente sangue. Provar o sangue de um inimigo ajuda a identificá-lo. Cada sangue tem um gosto único. Apenas uma gota é o bastante para Oxita. – Abro meu olho e vejo Raquel segurar minhas mãos. – Ny domina o tato. Por isso, ela consegue sentir o solo e identificar onde seus inimigos estão. Ny, a terra, as árvores, as raízes são um só.

Eu retiro minhas mãos e olho para ela, tentando entender o que acabo de escutar.

– Eu entendi. Interessante isso e explica muita coisa. Mas, voltando ao colar... Se ele é a chave, como faço para usá-lo?

– Você sabe. – Raquel fica com um semblante sério e eu alterno o olhar entre ela e o pingente.

– O poder prateado será a maldição ou a salvação dos cinco – falo em voz alta e encaro o diamante. – Eu sou filha de Hushín, descendente direta de Oxita e dominei o fogo aos 7 anos.

– Foi o primeiro dom. Fogo. – Ela completa meu pensamento.

– Acessar as memórias das pessoas e ver suas lembranças foi quando o dom da mente despertou.

– O segundo dom. Mente, descendência de Naya.

– A força, a rápida recuperação e a resistência durante as atividades vêm da água e do poder de cura.

– O terceiro dom. Água, descendência de Sorín – continua Raquel. Nós nos encaramos e eu franzo as sobrancelhas. – O desejo sexual incansável fez com que você tivesse o pecado da luxúria. Ela está ligada aos fenômenos e à sedução.

– O quarto dom. Fenômenos da natureza. Karashi – sussurro. – Saber o que as pessoas sentem quando tenho contato físico e a capacidade de camuflar minha presença e meus passos...

– O dom da terra e do tato. O quinto dom. Ny.

– Isso significa que o Herdeiro com o poder prateado é aquele que dominará os cinco dons e, por isso, poderá salvar ou destruir As Cinco Realezas – concluo o pensamento, e Raquel concorda. Ela pega o colar da minha mão e o prende em meu pescoço exatamente como fez na primeira vez.

– Você.

Clã Ny

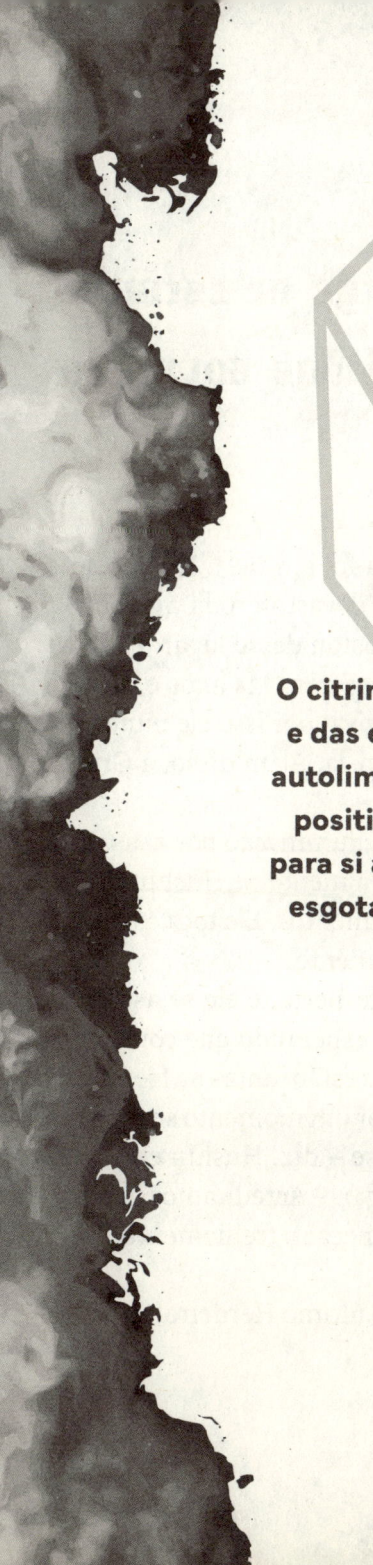

O citrino é o cristal da prosperidade e das energias solares, capaz de se autolimpar. É uma pedra de energias positivas e revigorantes, atraindo para si a alegria. Ele também atua no esgotamento mental, ajudando na concentração.

O verdadeiro perigo se esconde no mais fiel dos sorrisos

A última vez que visitou Ubajara foi em 1883. No ano seguinte, aconteceu um incêndio que devastou toda a população do belo local. Hushín sempre gostou desse lugar e isso o deixou levemente chateado. Já se passaram 124 anos e toda a beleza da Gruta de Ubajara ainda é viva, por isso ele nunca se importa em cruzar o país para visitá-la. Além disso, a Gruta sempre lhe traz boas lembranças.

As rochas estão úmidas e não há iluminação por causa da noite. Tudo está em silêncio, exceto a mente de Hushín. Esse lugar sempre o deixa cheio de pensamentos. Ele toca as paredes e respira fundo, acalmando sua mente.

— Mestre! — A voz de Nicole o desperta, e ele se assusta. Hushín pigarreia e se vira para ela, esperando que continue. Nicole está de cabeça baixa, e as mãos estão juntas na frente do corpo. Ele a olha de cima a baixo e por um momento se lembra de Naraíh. — A garota sabe do eclipse — diz. Hushín ergue as sobrancelhas e lambe os lábios devagar. — Acreditamos que ela irá para a Origem em breve para começar o treinamento.

— Então ela despertou os dons?

— Sim, senhor. Ela realmente é o último Herdeiro.

— Fascinante — responde com a voz neutra e calma. Hushín forma um pequeno sorriso em seus lábios e respira fundo mais uma vez. O ar frio da serra irrita um pouco suas narinas, mas ele ignora. — Tudo está indo como planejei — reflete. — Continuem o trabalho.

— Sim, senhor. — O silêncio retorna por alguns segundos. — Senhor?

— Sim.

— A garota matou um dos nossos, e um dos melhores. Ela parece ser poderosa. Não deveríamos nos preparar também?

— Não há necessidade de se preocupar com isso agora.

— Alguns seguidores estão com medo. Querem nos deixar.

— Apenas mate-os! — responde Hushín, sem pensar duas vezes.

— Senhor, muitos acham que o senhor pode sucumbir e... — Ao ouvir isso, Hushín soca uma das rochas e seu punho afunda na pedra, deixando várias rachaduras. Seu braço treme com o impacto.

— Não se preocupe com isso — fala de costas para Nicole. — Eu sei das fraquezas da garota. Conheço-a o suficiente para saber que todo esse poder será sua maldição.

— Não acha que a está subestimando? — questiona Nicole. Hushín se irrita e atira uma bola de fogo na direção da seguidora, mas ela não a atinge. A bola passa ao lado do seu rosto e a assusta. — Peço perdão pelo meu comportamento. — Nicole se ajoelha e abaixa mais a cabeça. — Por favor, perdoe-me.

— A garota tem a ira do fogo, mas não sabe como utilizá-la. Preocupe-se consigo mesma e deixe que eu me preocupe com o último Herdeiro.

Dito isso, Hushín volta a ficar de costas para Nicole e espera que ela se retire. Ele olha para o buraco que seu soco causou na pedra e lambe os lábios mais uma vez. Apesar de a garota ser extremamente forte, ela tinha uma fraqueza. Ela jamais admitirá isso, mas Hushín usará isso a seu favor.

Ele sai da gruta e olha para o céu estrelado.

– Está vendo isso, Vanessa? Em breve, terei um encontro com nossa filha. Não está ansiosa? – Hushín ri.

Ela pode ser o último Herdeiro, e os seguidores de Naraíh podem tentar treiná-la, mas Hushín sabe da fraqueza dela. Ele sabe o que todos os outros jamais poderão imaginar. Ele solta uma risada mais alta e ergue a mão para o céu, fazendo chamas saírem dos seus dedos. O homem observa o fogo sair da ponta dos dedos com admiração, e um largo sorriso nasce em seus lábios.

– Renata Gomes será a maldição de todos eles, do mesmo jeito que é a minha.

"A maldição vos persegue."

Agradecimentos

Agradeço inicialmente à minha mãe, Conceição Santos, por desde o começo ter escutado sobre minhas ideias a respeito de uma garota diferente que se muda de cidade. Ela sempre teve paciência e me incentivou, mesmo sem entender nada quando criei *As Cinco Realezas*.

Agradeço também à Maria Alice, à Yasmin Barros e à Caroline Damascena, que estiveram ao meu lado e davam suas opiniões para a criação de cada capítulo.

Ao Leonardo Alves e ao Félix Nery, que leram a obra inteira e me ajudaram na revisão e nos detalhes que passaram despercebidos pelos meus olhos, anos atrás.

À Mylena Silva e ao Douglas Dantas, dois leitores que acompanharam a história desde sua primeira versão, quando publiquei no Wattpad, em 2014, e me apoiaram desde então, acreditando na minha capacidade como escritora, sempre me estimulando a continuar, mesmo quando eu achava que deveria parar. Obrigada pela amizade de vocês.

Tiago Saraiva, meu amor, agradeço por sua paciência, por seu apoio e por todas as horas que passamos juntos discutindo e revisando esta obra tão importante para mim. Não me deixou desistir depois de 10 anos.

Por último, mas não menos importante, ao cantor Zé Ramalho, que me inspirou a criar Renata com sua canção "Corações animais".

Meu mais sincero obrigada!

A flor da realeza que desabrocha em meio a um deserto

As Cinco Realezas (ACR) foi criado em 2012. A história de Renata Gomes se passa em 2008, na cidade de Porto Alegre, e, nessa realidade fantasiosa, personagens de outro universo participam de modo indireto, pois todos estão interligados.

Em meio a um deserto (EMD), livro de mistério policial criado no ano de 2013, passa-se no Ceará, na mesma época em que foi feito. Nele, personagens como Juliana e Gabriel estão presentes. Além disso, Daniel, um dos personagens principais da obra, encontra-se com Renata brevemente em um dos capítulos da história.

Flor, obra iniciada também no ano de 2013, é um livro de romance que tem seu universo passado no ano de 2019, também no Ceará, e lá, Matheus faz amizade com Gabriel e Daniel, personagens de *Em meio a um deserto*.

Além disso, a adaga usada por Renata no capítulo 21 é a mesma adaga que o vilão de *Em meio a um deserto* usa para bolar seu plano maléfico contra todos aqueles que entraram em seu caminho.

A flor da realeza que desabrocha em meio a um deserto (FREMD) é o universo paralelo onde os personagens das três obras se encontram, como um *crossover*, ou estão ligados de alguma forma.

grupo novo século

Compartilhando propósitos e conectando pessoas

Visite nosso site e fique por dentro dos nossos lançamentos:

www.gruponovoseculo.com.br

TALENTOS DA LITERATURA BRASILEIRA

- facebook/novoseculoeditora
- @novoseculoeditora
- @NovoSeculo
- novo século editora

gruponovoseculo.com.br

Edição: 1.ª edição
Fonte: Alegreya